妻が夫を完全犯罪で殺す方法（あるいはその逆）

上田未来

双葉社

目次

装丁　宮本亜由美
装画　丹野杏香

妻が夫を完全犯罪で殺す方法（あるいはその逆）

第一章

1

すべてはリズムなんだと思う。

料理も、生き方も、何もかも。

今年、三三歳になる鷹内冴子《たかうちさえこ》は、このあたりで生き方を変えるべきかもしれないと思った。しかし、生き方は、ジューサーのようにボタンひとつで変えられるわけでも、ホイップクリームのように、手首の力加減だけで変えられるわけでもなかった。生き方を変えるには、もっと強力な力が必要になる。

『鷹内さんは、ずっと横浜にお住まいなんですか？』

パソコンのモニターのなかにいる雑誌記者が冴子に質問していた。オンライン会議アプリのズームをとおしてのインタビューだ。この記者の名前はなんといっただろうか？　思いだせなかった。どこか関西の地名と同じで、珍しいなと思ったことは覚えているのだが。

「そうです。生まれたときからずっと横浜です。いろいろな場所に住みたいと思うんですけど、仕事をしているとなかなか動けなくて」

記者の質問には、いつでもオートマティックに答えることができた。これまで何度も答えてきたからだ。記者たちの質問は似たり寄ったりで、ほとんど考える必要はなかった。笑顔さえ忘れなければいい。

『お料理に興味を持ちはじめたのはいつごろのことですか？』

「幼稚園に入ったころですね。母が忙しい人だったので、祖母と一緒にいることが多かったんですけど、祖母が料理の好きな人で、いつもママゴトの代わりに本物の包丁を持って一緒に料理していました」

記者に話す自分の生い立ちは、まったく正確というわけではなかった。そもそも、自分の過去を正確に話せる人がいるだろうか？　どうしてもそれは歪《ゆが》んでしまう。

冴子の場合は、料理研究家として相応《ふさわ》しいように歪んでいた。意図してそうしたわけではなかったが、話すたびに知らず歪んでいったのだった。インタビュアーが料理研究家っぽいエピソードを聞きたがっているのを肌で感じるからかもしれない。

あるエピソードでは必要以上に誇張されたり、あるエピソードでは、その出来事自体まるごとなくなったりした。そのほうが簡単だし、理解してもらいやすい。

ニュートンだって、ほんとうにリンゴが木から落ちるのを見たのか疑わしく思っている。万有引力を発見したエピソードとして、それが相応しいことは間違いないけれど。

ただ、冴子が子供のころから料理が好きだったのは事実だ。それこそ、もう夢中だった。家族や友人たちに無理やり食べさせては感想を聞きまくったものだ。

同じ材料でもつくり方次第で味は変わる。味も食感も無数にあった。つくればつくるほど奥が深い。失敗と成功の繰り返し。どうして失敗し、どうして成功したのかを追求しても、いつも答えは謎めいていてなかなか秘密を明かしてくれない。同じようにつくっても、ときおり何かの偶然が重なってうまくいくこともあれば、原因がわからないまま、まったく失敗することもある。ひとつわかっていることは、追い続けなければ秘密は暴けないということだ。

好奇心旺盛だった冴子は、本を読むことも好きで、小説家になりたいと思った時期もあったけれど、料理への興味が勝った。インタビューでは小説家になりたかったことを話すことはなかった。話がややこしくなる。シンプル・イズ・ベスト。〝子供のころから料理好き〟のほうが断然わかりやすい。

記者が大きめなノートを捲《めく》って質問項目を確認していた。最近では、タブレットみたいな、もっと便利なものがあるだろうに、古風に、ノートを使っているところに好感が持てた。

画面越しに、記者が熱心にノートを捲るのを見て、ふいに、冴子の脳裏に過去の映像が蘇った。あれは、冴子が小学五年生のときのことだ。

「これは、何?」

母が怖い顔をしてノートを持ち、冴子を睨《にら》んでいた。母の隣には父が立っていた。場所は、二階の廊下で冴子の部屋の前だ。冴子はピンク色のパジャマを着ていた。

「……お話を書いたの」冴子は声を震わせながら答えた。

母が低い声で問う。

「お話って嘘でしょ。ここに、『友子《ともこ》ちゃん復習計画』って、ちゃんと書いてあるじゃない。復《ふく》讐《しゅう》の字が間違ってるけど、あなた、友子ちゃんに何かするつもりだったんでしょ」

冴子は黙って母を見つめた。

「違うよ」冴子は答えた。

しかし、母のいうことは正しかった。冴子は、友子ちゃんに復讐するつもりだった。実際には、それは逆恨みでしかなかったが、冴子は「復讐」と呼びたかった。たとえ漢字は間違えたとしても。

その日、学校で席替えがあって、冴子の席は教室の一番前で、翔君《しょう》の隣になった。それなのに、友子ちゃんが先生に、黒板が見えないから一番前にしてほしい、なんていったものだから、冴子は友子ちゃんと席を交換するはめになって、これから数ヶ月、翔君の隣で過ごせるんだと思ってわくわくしていた気持ちが一瞬にして萎んでしまった。

冴子は、友子ちゃんがわざとそういったのがわかっていた。翔君やほかの子たちは視力がよくないから、前の席から移ることがなくて、視力のいい冴子が友子ちゃんと替わらなければならないことを知っていたのだ。友子は、そういう狡賢《ずるがしこ》い子だった。

冴子は一番うしろの席で、翔君と楽しそうに話している友子ちゃんを睨みながら、復讐計画を練った。家に帰ると、真っ先にそれを学習ノートに書き留めた。

「ここに一〇個、書いてあるけど、ほんとうにこんなことをするつもりだったの？」母が尋ねた。

冴子は、大きく首を振った。

「ただのお話のつもりだったの」もう一度、同じ説明を試みる。

母が次の攻撃に入る前に、父が割って入った。

「まあ、もういいじゃないか。冗談だったんだろ。冴子だって、ただのお話だっていってるし」

母が、きつい顔になって父を睨《にら》んだ。

「もしも、ほんとうに、こんなことをしたら、大事《おおごと》になるのよ」

母が開いて持っているノートを父は覗き見して、

「給食に唾《つば》を入れるなんて、可愛いもんじゃないか」

「全然可愛くなんかないわよ。『椅子の上に画鋲《がびょう》を置く』とか、『階段から突き落とす』なんていうのもあるのよ。この子はこういうところがあるのよ」

「想像するだけなら、いいんじゃないかな。実際にするわけじゃないんだし」

それから冴子のほうを向いて、

「そうだろ、冴子? 想像してたんだよな。大きくなったら、お話を書く人になりたいっていってたもんな」

冴子はこくんと頷いた。目に涙を溜めて父を見つめる。

父が冴子の涙に弱いことはわかっていた。

「ほら、もういいって」父が少し怒気を含んだ声で母にいった。「冴子を信じてやろうって」

母は、まだ納得がいかない顔をしていたが、「冴子、言葉には言霊《ことだま》ってものがあるのよ。ほんとうにそうなるのかもしれないの。だから、こんなことを書くのも駄目。わかった?」ときつくいいおいてから、ノートを持ったまま、階段をおりていった。

ノートを持っていかれても、頭のなかに計画は残っているから意味はないと思ったが、冴子は黙っていた。

『それでは、これでインタビューを終わります。本日はありがとうございました』

記者がそういったとき、ふいにインタビュアーの名前を思いだした。姫路《ひめじ》さんだ。

対面で話すときは、相手の名前を話している途中で忘れることはなかったが、リモートだと、どこかいい加減な気持ちで臨んでしまうのかもしれなかった。

冴子は微笑んで、礼を告げた。笑顔を保ったままズームを切る。

こんなふうにクリックひとつで簡単に切り替えることができればいいのにと思った。リズムよく、カチカチと。

だけど、人生はそんな簡単にはいかない。とくに結婚は。

しかし、何か手を打たなければならないことだけは確かだった。早急かつ速やかに。しかも、強力な手を。


「三桁の可能性もありますね」

一ヶ月前のことだった。

橋爪《はしづめ》という探偵は、しかつめらしい顔をして書類を冴子に手渡してきた。頬に傷のある暗い顔の男だった。年齢は四〇代だろうか。白いワイシャツの下の胸筋が盛りあがり、探偵というよりは格闘家のように見えた。胸のボタンはいまにも弾け飛びそうなほどだ。

冴子が探偵の言葉の意味をわかりかねて戸惑っていると、橋爪がしわがれた声で補足した。

「ご主人の浮気の数ですよ。あくまで推計ですけどね。ですが、このペースで——まあ、これが、いつからはじまったのかわかりませんけど、もしも、結婚当初からこんな感じだったとしたら、結婚して五年ですよね、確実に三桁には達しているだろうと思います」

渡された写真と、夫の行動が細かく記されたA4の用紙を見つめて、冴子は固まった。衝撃の内容だった。

——まさか、二ヶ月で一二人と……。

友人から、夫が乗っている黄色い限定車のジープにあなたと違う女性と一緒に乗っているのを郊外で見た、と聞いたときは、きっと何かの見間違いだろうと思った。

その時間、夫は仕事中のはずだった。同い年の夫はIT企業〈コムバード〉を経営している。友人は、一度調べてみたら、と、この探偵社を勧めてきた。いまキャンペーン中で調査料が半額になるからといって。

そもそも、探偵の調査料がどれくらいかかるのか相場も知らなかったから、半額という言葉に惹かれることはなかったが、友人が、「じつはね、いまこの探偵社の社長と付き合っていて、彼に仕事を紹介したいの。ね、協力して」と手を合わせて頼んできて、仕方なく調査を依頼しただけだった。

軽い気持ちだった。夫を疑っていたわけではない。その友人は、直前に男にひどいふられ方をして傷ついていて、彼女の新しい恋を応援したい気持ちのほうが強かった。

——それなのに……。

三桁？

調査によると、夫はこの二ヶ月で一二人の女性と肉体関係を持っていたらしい。橋爪は、過去にいろいろな人の調査をしましたけど、これは新記録です、と感嘆の声を漏らした。

いまわかっている一二人の愛人のうち、四人は「継続」で、六人は「新規」、二人とは「解約」したとのことだ。まるでどこかの営業マンの今月の成績について話しているかのようにも聞こえたが、これはまぎれもなく、夫の不貞行為の話だった。書類には写真が添付されてあり、そこには夫と女性がしっかり写っていた。

冴子は、もう何がなんだかわからなくなってしまった。これはほんとうに現実の話なのだろうか？　知らないあいだに別世界に迷いこんでしまったかのようだ。

「身近な人でも気づかない裏の顔を持つ人はいるものです。巧妙にその姿を隠して生きているんです。それにしても、ご主人は、ある意味特異な方ですね」橋爪が話す。

「特異？　それは、どういう意味ですか？」

「異常にモテる、といったらいいでしょうか。彼からではなく、まるで女性のほうから近づいていっているようにも見えましたね。男前だけど、少し頼りなさげな、あの垂れ目がいいんですかね。それに、彼は相手を選ばない。といいますか、女性の好みの幅が広いですよね。まさに、来る者は拒まずといった感じで、さすがに未成年に手を出すようなことはしていませんけど、それ以外は、女性ならば誰でも――」

そこから先は、橋爪の言葉がよく頭に入らなかった。

女性なら誰でも……。あの男は、妻である私のことをどう思っているのだろうか？

確かに、夫は学生時代、かなりモテるほうではあった。付き合っているあいだも何人かからアプローチを受けていたことは知っていた。結婚してからも、同じような話を耳にしたことがある。しかし、夫は、冴子の知っているかぎりすべて断っていた。むしろ真面目で一途な男だとばかり思っていたのだが……。

橋爪の話では、夫はほかの女と会っているときも結婚指輪を外していないらしかった。その点でも珍しいですね、と探偵は話していた。別れるときも、じつにあっさり友好的に別れるのだそうだ。まるで天気の話でもしているみたいに。

結婚していることを隠していないとすると、相手の女が悪いのか？　いや、どちらも悪いに決まっている。

「これだけ多くの愛人がいても、誰ひとりあなたにそのことを告げたりしないのもすごいことですよ。どういう別れ方をすればそんなことができるのか。奥さんは、ほんとうにいままでまったく気づかなかったんですか？」

まるで、冴子が鈍感でもあるかのような口ぶりだったが、この状況ではそれも仕方ない気がした。三桁にも達する浮気をされながら、まったく気がつかなかったなんて、自分でも驚いてしまう。

だけど、ほんとうに、まったくそんな素振りはなかったのだ。

探偵は、偽装の仕方もじつに上手い、と語った。夫は何着も同じ服を会社に用意していて、浮気のたびに着替えるらしい。そして、かならず浮気をした日はサウナに寄って帰るとのこと。

「サウナに行った日は間違いないですね」探偵は断言した。

浮気相手は、クライアントの会社の受付に、自分の会社を清掃している女性に、行きつけの喫茶店のウェイトレスに、近所の主婦に、スポーツジムのインストラクターにと職業も年齢もバラバラだった。

橋爪の話を聞いていると、吐き気がしてきた。眩暈《めまい》がして、動悸《どうき》も激しくなってくる。いくら傷心の友人の頼みだからといって、こんな調査を依頼しなければよかったと思った。

が、すぐに思い直した。こんなことを知らないまま結婚生活を続けるよりはいいに決まっている。

この、悪魔のような浮気男の正体を知ることができたのだから。あの男は、けっしてしてはいけないことをしたのだ。

冴子は、浮気する男は最低最悪だ、と常々思ってきた。それが、まさか自分の身に起こるなんて予想もしていなかったが……。

「どうしますか？　まだ調査を続けますか？　もっと浮気相手の数は増えると思いますが」

冴子は、橋爪を見ながら答えた。

「ええ、ぜひお願いします」

声が震えているのが自分でもわかった。この震えは、夫の実態を知った衝撃からだけではなかった。どうやって夫にこの復讐をしてやろうかと考えて、武者震いをしたせいでもあった。

三桁の浮気なんて完全に妻を馬鹿にしている。どうして妻を裏切るような真似を平気でするのか？　相手が傷つくのがわからないのだろうか？　本能のままに生きているのだとしたら、それはもはや人間ではない。少なくとも人間として文明社会のなかで生きる資格はない。

怒りで全身が震えてくる。

──冴子、落ち着くんだ。

自分にいい聞かせる。

敬愛するアメリカの料理研究家、マーサ・モンゴメリーは自著でこう語っている。

『重要な行動を起こす前には、かならず一拍置くこと』

一拍。

わかっている。一拍置いたのちは、攻撃あるのみだ。

2

「どっちにするの？」

小学三年生の鷹内射矢《いりや》は、ふたりの女の子を前にして戸惑っていた。

「はっきり決めて！」

気の強い優香《ゆうか》ちゃんが射矢を睨みつけていた。その隣にいる明日菜《あすな》ちゃんは、何もいわずに射矢を見つめていた。両手をきつく胸の前で握り合わせ、目には涙さえ浮かべて懇願するかのように。

「どっちでもいい」射矢は、ふたりを見ながら、うんざりするように呟いた。

小学校からの帰り道、どっちの子と帰るかなんて、正直どうでもよかった。どうしてふたりが、そんなことにこだわるのかもよくわからなかった。

これまで小学校から帰るとき、優香ちゃんと帰るときは明日菜ちゃんはおらず、明日菜ちゃんと帰るときは優香ちゃんがいなかった。そういう謎の決まりでもあるのだろうかとずっと不思議に思っていた。それで、きょうは三人で一緒に帰ろうというと、どっちと一緒に帰るのか、きょうこそは、はっきり決めてほしいと、ふたりに詰め寄られたのだった。

「三人で一緒に帰ろうよ」射矢はいった。

「だから、それは駄目なんだって」優香ちゃんが足を地面に叩きつけるように一歩踏みだした。

「どうして？」

「男と女は、そういうものなの！」

「そういうものって？」射矢は小首を傾げた。

理由もなく、「そういうもの」といわれても、わけがわからなかった。三人は近所で、帰る方向も同じなのだから、バラバラに帰る理由がない。

優香ちゃんはさらに目を吊りあげて射矢を見ていた。これはよくない兆候だと射矢は思った。母が怒るときは、いつもこういう顔をしていたからだ。こんなときは、近くにいないほうがいい。

「じゃあ、僕はほかの女の子と一緒に帰るからいい」

射矢は女の子と一緒に帰るのが好きだった。姉と妹がいるせいか、男の友達よりも女の子と話すほうが楽しいし気分がよくなる。

射矢がふたりに背を向けてスキップしながら歩きだした瞬間、ふたりのうちどちらかに思いきり背中を蹴られた——。

「社長、大丈夫ですか？」

運転席に座っている部下の吉崎《よしざき》がバックミラー越しに射矢に尋ねた。

射矢は後部座席で寝てしまっていて、急ブレーキで身体がつんのめって、助手席のシートに頭をぶつけたのだった。

ふたりは取引先の病院に向かっているところだった。

「ああ、大丈夫だ。ちょっと疲れが溜まってってね」射矢は髪を手櫛で直しながら答えた。

悪い夢を見ていたようだった。あれは、小学三年生のころのことだったろうか。

「きのうもサウナに行ってたんですか？」と吉崎。

「そうだな。きょうで四日続けて行くことになるかな」

「サウナに行くと疲れるんですか？」

「まあ、長く入っているとね」

「てっきり、サウナって疲れをとるために行ってるのかと思ってましたけど」

「仕事の付き合いで行ってるから、気疲れもあるんだよ」

「なるほど」

吉崎は、生真面目な顔をして答えた。

しばらく吉崎は運転を続け、

「着きました」といった。

〈コムバード〉の創業当時からシステム管理を請け負っている総合病院の前だった。

社長である射矢は、仕事でこの病院に来たのではなく、愛人のひとりに会うために訪れたのだった。もちろん、その理由は吉崎には話さない。契約のことで院長と話がある、とだけ伝えてあった。

「ありがとう」と吉崎に告げ、射矢は車を降りた。

計画は、あくまで計画であって、予定どおりに進むとはかぎらない。

むしろ、予定外で進行させなければならないことのほうが遥かに多かった。それは仕事でも私生活でも同じだった。

射矢は、ひとつの組織、あるいは団体で愛人はひとりだけと決めていたが、この病院ではその原則を破っていた。予定の枠を超過していたのだ。しかもふたりも。

最初は院長だけだった。

愛人関係になったのは三ヶ月ほど前のことだ。その日、別のＩＴ企業の経営者が主催するパーティーがあり、そこでこの病院の院長と懇意になった。

以前からこの女性院長のことは知っていた。自分の会社と契約している病院で、美人の院長がいると評判だったからだ。

そのパーティーで院長と話していると、

「ここから抜けだして飲みなおしませんか？」と誘われた。

射矢に異存はなく、むしろ望むところだった。

子供のころから、異常に女性から好かれた。どうしてそうなるのかはわからなかったが、自分には、何かしら女性を惹きつけるフェロモンでも出ているのかもしれないとぼんやり考えていた。

ほんとうにそうなのか本格的に調べるならどこかの研究所で検査してもらうしかないだろうが

——検査してわかることでもない気もするが——そこまでして原因を知りたいとも思わなかった。ただ結果さえわかっていればよかった。父親も祖父もよく女性にモテたらしいから遺伝の可能性もある。

それでも、結婚してからはどれだけ女性に誘われようともすべて断っていた。倫理的によくないと思っていたからだ。

しかし、二年前、ある出来事が起こってから、その制限を解除することにした。いまは来る者は拒まない。

その日、射矢と女性院長はバーで、互いの会社のことを少し話し、趣味と政治のことも少し話し、それからホテルへ向かった。ふたりとも早くそういう関係になりたかったが——彼女はベッドの上でそう語った——バーで時間を潰したのは、相手に対しあまりにも性急だと思われたくないための儀式に過ぎなかった。

その数日後、院長を迎えに行くために病院を訪れて、院内システムエンジニアの女性と知り合った。射矢としては、院長という愛人のいる病院で、ほかの女性と親しくなるような状況にはなりたくなかったが、その小柄な女性は、射矢の信念を揺るがせるほどに魅力的だった。

このときは射矢のほうから女性を食事に誘った。「来る者は拒まず」と合わせて、「チャンスは逃さない」も射矢のモットーだった。

その小柄な女性と肉体関係になったのは、三度目のデートのときだった。

その病院に勤める看護師と愛人関係になったのは、さらにその一ヶ月後のことだ。友人の紹介で知り合った女性だった。射矢は自身のネットワークを使って愛人になりそうな女性を紹介してほしいと友人に伝えていたのだが、まさか、その女性がその病院に勤めているとは思ってもみなかった。ホテルでそういう関係になったあとで、その病院の看護師だとわかったのだった。

こうして、この病院に、院長、システムエンジニア、看護師の三人の愛人がいることになった。平和裏にことを進めるためにも、この関係がバレないようにしなければならない。

足早に廊下を進んでいく。

射矢は、いつもベッドの上では、自分のことは二の次におき、相手を喜ばせることに全力を尽くした。もちろん、射矢もその場の官能に酔いしれる。普段はクールな表情を装っているが、自分が喜んでいる姿を見せることで、相手が喜ぶことを知っているからだ。射矢は相手が喜ぶことならベッドの上ではなんでもした。女たちの相談に乗ることもあれば愚痴を聞くこともある。その際、けっしてアドバイスや忠告はしない。完璧な聞き役に徹する。その分、ベッドの上で献身的になるだけだ。射矢は、できるかぎり多くの女性を喜ばせることこそが自分の使命だと信じていた。

——女性たちが喜んでくれさえすればいい。

女性との情事は、射矢にとってただの欲望の行為ではなかった。

院内図を頭に思い浮かべながら、残りのふたりに出会わないように慎重に経路を確認しつつ進んだ。

3

射矢が浮気をはじめたのは二年前のことだった。ある経営セミナーに参加していたとき、突然、雷に打たれたように、いま自分のするべきことがわかったのだ。

それが浮気だった。

セミナーはいつものようにつまらなく退屈だった。仕事の一環で仕方なく参加しただけだ。こういうセミナーの講師は誰しも、どこかで聞いたことがあるようなことをまわりくどくのたまい、一昨日知ったばかりのような妙なカタカナ用語をこれ見よがしに使い、外国で——とくにアメリカで流行ったことが善なり、みたいな考え方をする者ばかりだった。

休憩のあいだに、射矢は、参加していたひとりと仕事のアポイントをとりつけ、このセミナーに来た目的を果たしていた。こうなると、もはやこのセミナーに用はなかった。あとは時間が過ぎるのを待つばかりだ。

目を開けたまま寝られるだろうか、と考えていたとき、ホワイトボードに、「マズローの欲求五段階説」という言葉が映しだされた。

講師が説明している。これは、アメリカの心理学者、アブラハム・マズローなる人物が半世紀ほど前に提唱した理論なのだそうだ。

「皆さんは経営者の方ばかりだと思いますが、いまご自身がどの段階にいるか考えてみてください。しっかりと自分の位置を理解し、次の欲求を満たすように努力することで、より高次の自分を達成することができます」

何が「高次の自分」だ、と思いながら、射矢はぼんやりとした目つきでスクリーンを眺めた。

●第一段階……生理的欲求
●第二段階……安全欲求
●第三段階……社会的欲求
●第四段階……承認欲求
●第五段階……自己実現欲求

五つの段階を順番に見ていき、射矢は、自分はいまどの段階にいるだろうと考えた。スクリーンを見つめ、しばらく考え続けたが、答えは見つからなかった。

どこにも自分はあてはまらないのだ。

会社を興して一〇年、結婚して五年。仕事も家庭もどちらにも不満はない。むしろ、どちらも自分が想像したより、ずっとうまくいっている。子供はいなかったが、欲しいとも思わなかった。

それは妻も同じだ。一度、夫婦でそういう話題になったとき、いまはふたりとも仕事が順調だから仕事に集中したいよね、という話になった。いつも気の合う妻だった。

その妻とは大学時代に出会った。

学生時代も常に女性から、いい寄られていた射矢だったが、妻ははじめてといっていいほど射矢に関心を示さない女性だった。

就職活動をちょうどはじめたころだった。ひとりの女友達から大学で料理をつくるから試食してほしいと頼まれて、その教室へ行くと——料理サークルの教室だ——ひとりの生真面目そうな女性が熱心に料理している姿があった。

射矢は試食役として何人かの料理を食べさせられたが、その生真面目そうな女性の料理だけは別格だった。味が細やかで細部にまで神経が行きわたり、かつ、ここぞというところには大胆な味付けが施され、想像力豊かで驚きのある料理だった。てっきりお遊び程度のサークルだと思っていたので、その料理の本格さに驚いた。

射矢が料理の意見を述べると、生真面目そうな女性だけは真剣な表情で射矢の意見を聞いていた。ほかの女性たちは皆、射矢の連絡先を聞きたがったが、その生真面目そうな女性だけは、追求するようにさらに料理の意見を求めた。彼女は、これほど完璧な料理がつくれるにもかかわらず、現状に満足せず、さらに上を目指していたのだ。

射矢は自分に一切の関心を寄せず、向上心豊かな、この女性を驚きとともに賞賛の目で見つめた。

——素晴らしい。

彼女と一緒なら、彼女の向上心に刺激を受けつつ、自分の好きなことに集中できると思ったのだ。そのころの射矢はビジネスの世界で成功したいと願っていたが、いい寄ってくる数多くの女性たちの対応に悩ませられていた。彼女らを足蹴にするのは心苦しいし、かといって全員相手にできるはずもない。

誰かと真剣に付き合っているとわかれば——たとえそれが偽装だとしても——いい寄ってくる

女たちは減るのではないだろうかと考えたのだ。

その次の日から射矢は彼女にアプローチをはじめた。最初はまるで相手にされなかったが——料理の味見役だけは何度もさせられた——三ヶ月後にようやくデートにこぎつけることができた。あるレストランの味を知るためという口実つきだったが気にしなかった。そこで射矢はいかに君が素晴らしいかということを熱弁した。そのときも彼女はあまり気乗りしない様子だったが、そういうことを何度か繰り返していくうちに少しずつ心が開きはじめ、その半年後に彼女と付き合うようになったのだった。

付き合いはじめた直後に起こした仕事が成功し、結婚してからも、彼女は完璧だった。ベッドの上での相性もよく、性生活も申し分ない。

というわけで、射矢は私生活にもビジネスにも順風満帆な生活を送っているのだった。

しかし、五段階のどの欲求も感じていないとすると、はたして自分はこれから何を欲して生きればいいのだろうか?

講師が話を続けていた。

「マズローは晩年、この五段階の欲求がすべて満たされると、今度は自己を超越した欲求を持つようになると語っています。自分の能力を理解し、惜しみなく使い、見返りを求めず、他者を喜ばせることを追求する欲求です。いいかえれば、自分がこの世界に生まれてきた意味を探求する行為とでもいいましょうか。この欲求を満たすことができれば最上の喜びを得ることができます。しかし、この欲求を感じるのは、人類の二パーセントにも満たないとされています。これが第六段階の欲求です」

――自分がこの世界に生まれてきた意味を探求する行為……。

何かが心に響くのを感じた。

自分の能力を理解し、惜しみなく使い……。

射矢は、自分に、あまり人に誇れるような能力がないことを知っていた。あるとすれば、異常に女性に好かれることぐらいだ。だが、この能力を惜しみなく使おうと思ったことはない。

しかし、このまま自分の能力を埋もれさせて、一生を終えてもいいものだろうか？　女性に好かれる能力も年々衰えていくに違いない。

射矢には、好きなタイプの女性というものがないことも自覚していた。友人たちが、好きな女性のタイプについて話すのをいつも不思議に思いながら聞いていた。射矢は、どんな女性も等しく好きになれる。

よく考えれば、結婚したからといって、どうしてほかの女性を愛してはいけないのだろうか？

学生時代にはなかったが、いまの自分には時間的余裕も経済的余裕もある。

会社は安定し、とくに昨年ヘッドハンティングで入社した、副社長の柿沢《かきざわ》昭男《あきお》は、有能すぎるほど有能で射矢が何もせずとも会社の業績はあがり続けていた。

――自分の能力を惜しみなく使い、見返りを求めず、他者を喜ばせることを追求する欲求……。

人類の二パーセント……。

射矢は、ここ数年感じたことのない興奮が自分のなかに湧きあがっていることに気がついた。

やるべきかもしれない。

二年前の射矢はそう思った。

4

マーサ・モンゴメリー曰く、『願望は紙に書きだすこと』。

冴子は図書館に来ていた。隣の市の図書館だ。中学生や高校生たちが熱心に自習するなかに交じって、ノートを広げた。

どうやって夫に罪を償わせようか考えていたのだ。殺してやりたい、というのが正直な気持ちだったが、はたしてそんなことが実現可能なのか考えるためにここへ来たのだった。それでまずはノートの上で書いてみることにした。子供のころから、ノートに計画を書くのが癖だった。

ノートの題名は、

〈妻が夫を完全犯罪で殺す方法〉

小説の体《てい》で、シミュレーションしてみるのだ。

さて、いかにして、あの前代未聞の浮気男を殺すべきか。

物語のなかでは、妻は刑を免れなくてはならなかった。これは絶対条件だ。無差別不倫夫を殺害して、貞淑な妻が刑に服するのでは割に合わない。妻は完全犯罪で夫を殺害する。そのあと、別の素敵な男性――けっして浮気をしない――と結ばれ幸せに暮らしましたとさ。ＥＮＤ。

こうなるべきだ。

しかし、現代のような科学捜査の進んだ社会で完全犯罪の殺人を成功させることは、はたして可能だろうか？

しばし、図書館の静寂のなかで考えた。

実際には発覚していないだけで、じつは相当な数の完全犯罪の殺人があるのではないだろうか？　完全犯罪はけっして統計に表れることはないのだから。

殺人事件ではなく、事故、自殺、失踪と思われているなかに完全犯罪で殺された者がいる可能性はありそうだ。ということは、事故、自殺、失踪と思われるような殺し方ができればいいということになる。

ノートに向かうと、頭に浮かぶ言葉を次々とメモしていった。交通事故死、窒息死、転落死、溺死、中毒死……。事故死のデータが載っている文献も探して読んだ。

いまは、計画を練っている段階だ。思いついたことをすべて書いていこう。殺害方法はまだ思いつかなかったが、夫が苦悶の表情で妻を見あげる最後の場面だけは容易に想像できた。

ノートにペンを走らせる。


「す、すまない……君という素晴らしい妻がありながら、僕はほんとうに馬鹿だった。馬鹿のなかの馬鹿だ。いや、僕の存在をいい表すのに馬鹿では足りない。僕はクズだ。クズちゅうのクズだ」

イーサンはサーシャを見あげて、呻くように言葉を吐いた。

サーシャは、汚らわしいものでも見るように、両手両足を縛られた夫を見おろし、その顔に唾を吐きかけた。

「そうね。あなたは、クズちゅうのクズね。あるいは、それ以下ね。アメーバみたいな単細胞生物よ。いや、アメーバでももったいないくらい。存在さえ許されないゴミよ」

サーシャはもう一度、イーサンの顔にぺっと唾を吐きつけた。

イーサンが、情けない顔をして泣きはじめた。

「うっ、うっ……すまない。だけど、僕は病気なんだ。ほら、プロゴルファーのタイガー・ウッズがいるだろ。彼と同じなんだ。セックス依存症なんだよ。それで苦しんでるんだ」

「病気？　急に都合のいいことを持ちださないでよね。ほんとうにそういう病気で苦しんでる人がいるのかもしれないけど、あなたの場合は違うでしょ。自分の欲望のままに妻を裏切ってるだけじゃないの。手当たり次第に次から次へと女に手を出して」

イーサンがぶるぶると顔を振った。顔についたネバネバした唾も揺れている。

「違う。僕はほんとうに病気なんだ。だから、殺さないでくれ」

「こんなことになる前に、よく考えればよかったわね」

イーサンは少し真面目な顔つきになって、いった。

「だけど、人って、最悪の事態にならないと学べないものじゃないか。そうだろ？」

「想像力があれば、わかるでしょ」

「僕にはないんだ。クズだから。でも、君だって、殺人罪で捕まるぞ。この日本で殺人を犯して、本気で逃げ切れるとでも思ってるのか？　想像力があるなら、それぐらいわかるだろ」

冴子はペンを止めた。

確かに。物語のなかのイーサンのいうとおりかもしれなかった。よほど上手く行動しなければ、夫を殺しても警察に捕まってしまう。

まだ時間はある。じっくりとこの計画について考えよう。

それからもしばらく、冴子は思いつくままノートに書きつけていった。

5

射矢は妻のつくった夕食を前にして考えていた。いつもどおり豪勢な夕食だ。和風の味付けのスペアリブ、ウナギの蒲焼を巻いた卵焼き、鯛のカルパッチョ、シラスと水菜のサラダ。

——しかし、何かがいつもと違う。

その何かはわからなかったが、射矢はこの雰囲気のどこかに違和感がある気がした。

とはいえ、妻が怒っているような様子はなかった。よくしゃべり、よく笑い、主宰している料理教室に来ていた生徒について、おもしろおかしく話している。

妻は何かを誤魔化そうとしているのだろうか？　以前、射矢の大切にしていたバイク——ドゥカティMH900eを傷つけたときに妻は三ヶ月黙っていたことがあった。そのときの雰囲気によく似ている。

それでも、射矢は箸を動かしながら、笑みを絶やさず妻の話を聞いていた。バイクはもう売ってしまったから傷つけられることはないし、ほかに傷つけられて困るものもない。

——気のせいか。

昔から人の話を聞くのは得意だった。絶妙のタイミングで頷き、いかにも興味ありげに相手を見つめ、笑うか真剣な顔をするか、あるいは同情的に悲しんで見せるか瞬時に判断して相手を興に乗せる。射矢の前では、常に皆が何かを話したがった。

「でね、その人ったら、おかしいのよ。星口金でクッキーを作ってたんだけどさ、トップにクリームを載せるときにね、すべっちゃってダラダラーってなってね。もうどうせ変になったから、これでわたしのサインを書きますって、クッキーの上に絞り袋でほんとうにサインを書いちゃったの。まあ、なんて書いてあるのか全然読めないんだけど、ある意味芸術的だなって思ったのね」

妻の話は続いていた。射矢は笑うタイミングを見逃さず、声を出して笑った。このとき、本気で笑うことが大切だ。たとえ、別のことを考えていたとしても。

「ね、おかしいでしょ」

「ほんとだね」射矢は、あまりに笑いすぎて、涙を拭きながら返事した。

「それでさ、話は変わるんだけど、あしたの夜、早く帰ってこられる?」

「あした?　どうして?」射矢はいった。

「急なんだけど、桐谷洋子《きりたにようこ》さんって知ってる?　料理研究家仲間なんだけど、フィンガーフードのパーティーをするから、ご夫婦でどうかって誘われたんだけど、どうかな」

——あしたか……。

「ちょっと待ってね」射矢はテーブルに置いていたスマートフォンをとり、画面をスワイプした。目を細め、読むふりを一五秒。

「あ、あしたは、ゲイルソリューションズの重役とサウナに行く約束してたんだった。いまAI

プラットフォームの共同事業を提案してくれてね。もうすぐ決まるかどうかって大事な時期なんだよね」

嘘だった。

ゲイルソリューションズと共同事業を進めているのは事実だったが、重役とサウナに行く約束などはしていない。会う約束をしていたのは、その会社の営業担当の女性とだった。ふたりでホテルの屋上レストランで食事をするためだ。食事のあとはどうなるかは未定だった。一応、ホテルの部屋は予約してあったが。

「だけど」射矢は、いった。

「もし君のほうの食事会が重要だったら、こっちの予定はキャンセルしてもいいよ」

射矢は妻を見つめながら、少し困ったような顔をつくった。得意な表情だった。「子犬の泣き顔」と自分で名付けている。この顔をして女性を見つめると、たいていのことは許される。

妻は、真顔になって、じっと射矢の顔を見つめていた。

何かがおかしいと射矢は感じたが、その何かはわからなかった。ともかく射矢は「子犬の泣き顔」を崩さなかった。

しばらく沈黙が続いてから、妻が低い声でいった。

「サウナ?」

射矢は妻の顔を見ながら、頷いた。

と同時に背筋が冷たくなるのを感じた。

深夜、射矢はビールを飲もうと思ってキッチンにいた。こんなことは滅多にしないのだが、今夜はどうしてだか、妻の隣で寝ていると寝苦しくなって起きだしたのだった。タンブラーグラスを捜していると、キッチンの抽斗《ひきだし》の奥に一冊のノートが入っているのを見つけた。

――これはなんだろう?

学生が使うような大学ノートだ。

妻がレシピを書いているノートだろうか。

射矢がキッチンに入ることは滅多にない。ここは妻の聖域だった。妻は家では、おもにキッチンで仕事をする。ここで新しいレシピを考えたりするのだ。

妻が何かを書くとき、スマートフォンやパソコンではなく、ノートを使うことは知っていた。彼女は電子機器を嫌っている。一度、書き溜めていたレシピのデータがパソコンのなかで消えてしまったことがあり、それからパソコンを信用しなくなったのだ。ある意味、憎んでいるといってもいい。仕事のため、必要最低限なことにはパソコンを使っているようだったが。

その妻は、いま二階のベッドで寝ている。

射矢は、缶ビールのプルトップを開けると、一口飲んで――結局タンブラーグラスは見つからなかった――普段はそんなことをしないのに何気なく妻のノートを開いてみた。

ノートの最初のページを開けて身体が凍りついた。

〈妻が夫を完全犯罪で殺す方法〉

一行目の文だ。

――なんだ、これ？
続いて、いくつもの殺人の方法が列挙されたあと、データが載っていた。
「三〇代の不慮の事故の死亡割合トップ5」

第一位　交通事故死
第二位　転倒・転落死
第三位　中毒死
第四位　溺死
第五位　窒息死

第二位の「転倒・転落死」のところに丸がつけてあった。その次に、「転倒・転落死」の発生場所のトップ5が書かれていた。

第一位　街路
第二位　スポーツ施設
第三位　公共の地域
第四位　工業用地域
第五位　商業等施設

ここには丸がついていない。

そのあと、

〈三〇代の死因のトップは自殺だが、これを偽装するのは難しい。夫は自殺をするような人間ではない〉

とある。

それから、急に小説風の書きこみが続いていた。夫らしき男が、妻に浮気を弁解している場面だった。いくつものパターンがあり、どの場面でも、夫が必死に命乞いをしている。夫が殺される場面もあった。殺され方も様々だ。

夫の名前は、「イーサン」で、妻のほうは「サーシャ」となっていたが、これは自分たち夫婦のことではないかと思った。人物の描写からすると間違いないように思える。

同じような場面が、繰り返し繰り返し、執拗《しつよう》に書かれていた。

妻が昔、小説家になりたかったことは知っていた。大学時代にはホラー小説を何作か書いたと聞いたことがある。

だが、これは小説なのか？

確かに、ホラーではある。

射矢は手が震えているのに気がついた。

体裁は一応小説だ。しかし、文面からは激しい憎しみが伝わってくる。

──まずいことになった……。

温子《あつこ》、詠美《えいみ》、果歩《かほ》、琴葉《ことは》……。

射矢は頭を振った。

浮気相手を「あいうえお順」に並べてみても、誰との浮気が見つかったのかわかるはずもなかった。とにかく浮気がバレていることだけは間違いない。そうでなければ、妻がこんなノートを書いたりするわけがなかった。

射矢はノートを摑んだまま、しばらく震えていた。缶ビールにはほとんど口をつけていなかった。

6

「残念なお知らせが、ふたつあります」

橋爪は深刻そうな顔をして冴子に告げた。この探偵は、いつもシリアスな雰囲気を醸しだしている。この仕事で身につけたものだろうか？

冴子は探偵事務所に来ていた。低い合板のテーブルに資料が置かれていて、デスクの前の硬い椅子に座っていた。

「残念なお知らせって、なんですか？」

橋爪が身体を乗りだして、

「まずひとつ目ですが、射矢さんは我々の存在に気づいている可能性があります」

「というと？」

「急に浮気をやめました。女たちに会わなくなったんです。すべての女性関係を清算しようとしているのかもしれません。最後に会った女には、『もうこんなことはやめよう』と話していました」

――浮気をやめた……？

「どうしてバレたんでしょうか？」冴子は尋ねた。

橋爪はむっつりとした顔のまま、首を振った。

「わかりません」

あなたたちの尾行が見つかったのでは、とすぐに頭に浮かんだが黙っていた。少なくとも、冴子の側からは気づかれていないように思う。

「それで、もうひとつの残念なお知らせとは？」冴子は尋ねた。

「その最後に会っていた女性ですが、あなたの妹さんでした」

――イモウト……。

その言葉の意味が頭に沁みこむまでに時間がかかった。

「え？　温子、ですか？　まさか」

神妙な顔をして、橋爪は頷いた。

「そのまさかです。浮気していた期間はそれほど長くはないでしょう。妹さんは半年前、アメリカから帰ってきたばかりですから」

「それは知っています……」

温子は、アメリカの大学に行ったあと、大学院に進み、半年前までアメリカで過ごしていた。夫とは結婚式で会っていたが、それ以外にふたりに接点はないはずだが……。

まさか、という思いと妹ならあり得るかも、という思いが頭のなかで交錯した。妹は、夫の写真を見ながら、「こんな旦那さん、わたしも欲しい」といったことがある。姉に気を使って、いっているのだとばかりに思っていたが、本気だったのかもしれない。

もしも、これがほんとうのことだとすると、かなりショックだった。

それにしても……。いったい、夫は帰国したばかりの妹と、どうやったらそんな関係になれるのだろうか？　まったく想像ができなかった。

「ふたりがご主人の車のなかで会話した内容を盗聴していますが、お聞きになりたいですか？」

「盗聴したんですか？　それって違法じゃないんですか？」

「現行法では、盗聴すること自体は法に触れません。ただし、盗聴した内容を使って相手を脅したり、盗聴器を仕込む際に住居に不法に侵入したりすれば罪に問われますが、今回は指向性マイクを使っていますから大丈夫です。裁判の資料としては使えませんが」

「ぜひ聞かせてください」

橋爪が立ちあがってノートパソコンを机に置き、操作をはじめた。声がよく聞こえるように冴子のほうにノートパソコンを向ける。

〈もうこんなことはやめようか？〉最初に聞こえてきたのは、夫の声だ。

〈……そうだね。お姉ちゃんに悪いしね〉これは……間違いなく温子の声だ。

〈今夜を最後にしよう〉と夫。

〈そうだね〉

〈そのかわり、今夜は楽しもう。二時間だけ、だけど〉

〈そうだね〉

それから車のドアが開く音が聞こえた。

橋爪が手を伸ばして、キーボードに触って録音の音声を止めた。

ノートパソコンを自分のほうに向けて、またしても神妙な顔つきで冴子を見た。

「ふたりは、このあと車を降りて、ラブホテルに入っていきました」

冴子は呆然としていた。まだ妹の言葉が頭に響いていた。

――そうだね……。

探偵が話している。

「わたしの立場から、こんなことをいうのは、あれですけど、もう離婚なさってはどうでしょうか？　ご主人が合計二六人と浮気をした証拠はすでに揃っていますし」

冴子は考えていた。

――いや、まだ何かある。

妹とまで浮気をしていたことがわかったいま、夫にはまだ何か重大な秘密があるような気がしてならなかった。

きっと、何かあるに違いない。冴子が考えもしなかった恐ろしい秘密が……。

「もう少し調べられませんか？」冴子はいった。

橋爪が驚いた様子で、

「しかし、ご主人は警戒していますから、もう何も摑めない可能性もありますよ」

確かに、その可能性はある。しかし、夫の秘密をひとつ残らず暴きたい気持ちのほうが強かった。その秘密のなかに、夫に復讐するチャンスが見つかるかもしれない。

冴子が黙っていると、橋爪はこんな提案をしてきた。

「それでは、こういうのはどうでしょうか？　以前、別の夫婦を調査したときに聞いた話ですが、カップルセラピーというものをご存じですか？」

「夫婦とか恋人同士で一緒に受けるもの、ですよね。離婚危機にある夫婦が行くような」

橋爪が頷く。

「ええ、普通は離婚を回避したいときに行くものですが、パートナーに関して、これまで知らなかった発見ができることがあるんです。ずっと黙ってたけど、犬を飼いたかった、とか、毎日、同じベッドで一緒に寝るのはいやだったとか」

冴子は眉を顰《ひそ》めた。

「そんな些細なことを聞いて何か役に立ちますか？」

「ある人は、普段ご主人が仕事でどこへ行っているのかよくわからなかったんですけど、ご主人がいろいろ話しているうちに、昼間によく行く場所がわかったそうです。そこから浮気相手が見つかりました」

「……自分から情報を与えるなんて、ずいぶん間の抜けた夫ですね」

「セラピストにいろいろ訊かれて、つい話してしまうんでしょうね。奥さんからの質問なら身構えますが、違う角度から飛んでくる矢は意外と避けにくいものですよ」

「はあ……」

「ほかにも隠れて買っていたヨットのことがバレた人もいましたね。奥さんのほうの秘密がバレたという話は聞きませんけど、ご主人の秘密がわかったという人は意外に多いんです。男性は、そういった場所だと、サービス精神なのかわかりませんけど、何か話さなきゃいけないと思って、つい話し過ぎてボロが出るものなんです」

「……男って馬鹿ですね」冴子は低い声でいった。

橋爪はぎこちない笑みを浮かべて冴子を見た。

7

「カップルセラピー？」

射矢は動揺を抑えながら訊き返した。

目の前には、妻のつくった朝食が並んでいた。コーヒーに、トーストに、アサリのたっぷり入ったクラムチャウダーに、名前はわからなかったが、チーズとベーコンをレタスで包んだもの。向かいには妻が座っていた。妻の前にあるメニューも同じだ。妻はすでに半分ほど食べていたが、射矢はまだ口をつけていなかった。はたしてこれを食べても身体に害はないだろうかと考えていたのだった。

「そう、カップルセラピー。知ってる？」機嫌よさそうに妻がいった。

「それって、離婚危機に陥った夫婦が受けるものじゃないの？」

「一般的には、そうなんだけど、結婚五周年とか一〇周年に受ける人もいるんだって。定期健診みたいに。わたしの料理教室に来ている人が紹介してくれたんだけどさ、その人が通っているメンタルクリニックが半額セールをしてるの」

「半額セール？　病院なのにそんなことできるの？」

「自費診療だからでしょ。とにかく、その人に聞いたら、とっても気持ちが落ち着くんだって。気持ちが晴れ晴れして、日々生きているのが楽しくなったって」

「……そんなことって、あるのかな」

「でしょ。びっくりするよね。わたしたちは、いまのところ何も問題ないけど――」

それから妻は射矢をまっすぐに見て、

「それとも、何か問題あったっけ？」

射矢は即座に、

「ないない。僕たちには、まったく問題なんかないよ。君は完璧な妻だし、僕は完璧な夫とはいえないかもしれないけど――」

「あなたは、どのへんが完璧じゃないの？」妻が言葉を遮って尋ねてきた。

射矢はびくりとしたが、笑顔を保ったまま、

「いや、完璧じゃないっていったのは謙遜だよ。日本の美学。自分では完璧な夫のつもりだよ。ただ、自分でいうのが恥ずかしかっただけ」

背中に一粒の汗が流れるのを感じた。

「だよね。射矢はいい夫だよね。でも、何も問題がないってことを確認するのもいいと思うんだよね。どう思う？」

「大賛成」射矢は微笑みをつくって、いった。「すごくいいと思う。ぜひ受けようよ。半額セー

ルだし」

「そうだね。半額セールだしね」妻も微笑んだ。

それから、意を決して射矢はトーストに口をつけた。ふたりでカップルセラピーを受けるつもりなら、ここで毒殺されることはないだろうと思った。

妻は射矢の浮気を見逃して、もう一度、夫婦関係を立て直そうとしているのだ。

そうなると、射矢も態勢を立て直さなければならない。

「今度の金曜日の夕方、仕事のあとはどう？」妻がいった。

「いいね」射矢はすぐに返事した。予定はきっと入っているだろうが関係ない。いま優先すべきは妻の望みだった。

あんなノートを見たあとで、どうして妻にノーといえるだろうか。


「射矢、ちょっといいかな」

金曜日、七階にある〈コムバード〉で会議を終えて廊下を歩いていると、丸尾崇志《まるおたかし》に呼び止められた。

丸尾は、射矢の会社のプログラマーだ。幼馴染《おさななじみ》の天才で、創業当時からいる。くたびれたジーンズを穿き、よれよれのセーターを着て、汚い無精髭《ぶしょうひげ》を伸ばしている。丸尾だけは、この会社で唯一服装自由の男だった。

「会社にいるときは、『射矢』と呼ぶなといってるだろう」

小学生のときからの付き合いだが、せめて社内では「社長」と呼んで欲しいと思っていた。本人に何度もそう伝えてあるが、彼はいつも忘れてしまう。丸尾はコンピューター以外のことはほとんど気にしない男だった。

「そうだったな。〝社長〟、ちょっと、こっちへ来てくれないか」

「こっちってどこだよ？」射矢は丸尾と並んで歩きながら尋ねた。

「〝俺の部屋〟だよ。わかるだろ」

射矢はちらりと反対方向にある、通路の奥に目をやった。社内にある、丸尾専用の部屋だ。社員からは〝洞窟〟と呼ばれている部屋だった。その部屋に向かう通路は、ほとんど使われないため、非常灯が灯されているだけになっている。

丸尾が使ってる部屋は、会社がここに引っ越してきたとき、最初は倉庫にしようと考えていた場所だったが、丸尾が気に入って、「ここがいい」といい張り、強引に自分の作業部屋にしてしまったのだった。サーバールームの隣にあり、いつも唸るようなサーバー音が響いていて、ずっと耳鳴りがしているように感じる場所だ。よくこんなところで作業ができるな、と思うが、丸尾は、「サーバー音を聞くと心が落ち着く」のだそうだ。根っからのコンピューターオタクだった。

丸尾がその部屋を占領していることに文句をいう者はいなかった。誰もそんな部屋を使いたがらないからだ。

「きょうは、六時から妻とセラピーに行かなきゃならないんだ」射矢はわざとらしく腕時計に目をやって、歩きながら話した。

カップルセラピーに行くことは誰にも話していなかった。できればほかの社員に知られたくないことだったが、丸尾だけは別だった。丸尾がほかの誰かに話す恐れがないからだ。口が堅いわけではなく、そういった話をする相手がいないのだ。いるとすれば射矢ぐらいだろう。

「まだ時間はあるだろ」

丸尾は射矢の袖を引っ張ると強引に立ち止まらせた。

社長が妻とセラピーなんかに行くと聞いたりすると、普通はどうして行くのか疑問を持つと思うのだが、案の定、丸尾はまったく気にしている様子はなかった。

射矢は腕時計を見た。

「三〇分なら時間がつくれるけど、どういう用なんだ？」

「それなら俺に三〇分くれ。来たらわかる」

丸尾はそういうと、ひとりでさっさと〝洞窟〟に向かって歩きだした。すでに射矢が承諾したと思っているようだ。

射矢は軽く息をついて丸尾のあとに続いた。丸尾は、まるで子供だった。世界が自分中心に動いていると思っている。


〝洞窟〟は五坪ほどの広さがあったが、壁際には段ボール箱が積まれ、その上に、コンピューター関係の本が無造作に積まれていた。

窓は遮光カーテンで覆われ、昼夜問わず暗い。正面にあるふたつ並んだモニターだけが存在を主張するかのように煌々《こうこう》と明かりを放っていた。モニターには、いまではほとんど見かけない昔風の３Ｄポリゴンのスクリーンセーバーが動いている。

丸尾はモニターの前にあるゲーミングチェアーに腰をおろすと、くるりと半回転させて射矢に向き合った。椅子に座ったまま、右手にある小型の冷蔵庫を開けて、ペットボトルの炭酸飲料をとりだした。

「お前も飲むか？」

射矢は首を振った。

「いや、いらない。いっただろ。時間がないんだ」

丸尾はいつも甘ったるい飲み物を飲んでいるにもかかわらず、身体は痩せこけている。

「そうか」

といいながら丸尾はペットボトルの蓋を外すと、ストローで啜りはじめた。啜りながら椅子を半回転させ、モニターの前にあるキーボードを触る。

正面にあるモニターに像が浮かびあがった。黒い背景に、犬が安楽椅子に座っている様子が描きだされた。垂れた大きな耳と垂れた目――バセットハウンドのようだ。茶と黒の毛並みの犬が口をだらしなく開いて、はあ、はあ、と荒い息を繰り返し、こちらをじっと見つめていた。

「これは、なんだ？」射矢は訊いた。

〝洞窟〟に来たのは半年ぶりだったが、前はこんな背景画像はモニターに映っていなかった。

「こいつは〈三郎《さぶろう》〉だよ」丸尾は無表情で答えた。

「三郎？」

「俺がつくってるＡＩのアバターだ」

「アバター……犬にしたのか」

そういえば、前に丸尾が、開発中のＡＩにアバターをつけようと考えているといっていたのを思いだした。

もう一度、射矢はそのアバターを見て、

「どうして犬が椅子に座っているんだ？」

「そのほうが疲れないだろ」

「まあ……そうだな」

俺は立ったままだけど、と思いながら、射矢はいった。

この部屋には椅子はひとつしかなかった。丸尾の座っているゲーミングチェアだけだ。丸尾以外にこの部屋に来ることはなかったから必要がなかったし、また丸尾は人に椅子を勧めるような気遣いも持ち合わせてはいなかった。

「この犬、どこかで見たことがある気がするな」射矢は画面に顔を近づけた。

「一郎《いちろう》に似せてつくったからな」と丸尾。

「一郎って？」

「俺が昔飼ってた犬だよ。覚えてないか？」

そうだ。どこかで見たことがあると思ったが、丸尾の実家で見たのか。確か、丸尾が中学生のときに飼っていた犬だ。丸尾は、たいして可愛がっているようには見えなかったが、思い入れがあったのだろうか。

「でも、どうして名前が〈三郎〉なんだ？」

「三代目だからだよ。それよりもここに座ってくれ」

丸尾は立ちあがって、ゲーミングチェアを示した。二代目は犬なのかＡＩなのか説明する気はないようだった。まあ、どちらでも構わないし、射矢も興味はなかった。

射矢は、黙ってモニターに近づき、ゲーミングチェアに座った。なんのためにここに座るのかわからなかったが、さっさと用件を済ませようと思った。セラピーに行く時間が迫っている。

「で、俺は何をすればいいんだ?」射矢は尋ねた。

「お前には、デバッグをやってもらいたいんだ」

射矢は顔を顰《しか》めた。

デバッグは、プログラムのバグ(不具合)を見つける仕事のことだ。

「AI開発にもデバッグがいるのか?」

通常デバッグは、開発中のゲームやアプリに対しておこなうものだ。AI開発ではあまり聞かない。

「デバッガーというよりも、メンターといったほうがいいかな」

「メンター?」

丸尾と話していると、たいてい混乱する。与えてくれる情報は少なく、彼の頭のなかでは筋道はとおっているのだろうが、情報が飛び飛びで話がどこへ向かうのか見当がつきにくい。幼馴染の射矢でさえ、そうなのだから、ほかの者ならもっと混乱するだろう。

メンターは相談や助言を与える人を指す言葉だったはずだ。

「お前、何か悩み事でもあるのか?」射矢は丸尾のほうに身体を向けた。

「俺じゃない。三郎のメンターだ」

射矢はモニターに目を向けた。バセットハウンドがだらしない顔をこちらに向けている。口には涎《よだれ》までついていた。妙にリアルな映像だが、疲れた老人のように背を丸めて椅子に座っているので気味が悪かった。

「どうして、AIにメンターがいるんだ？」

「そりゃ、精神を落ち着かせるためだよ」

「精神って……。お前、まさか、汎用人工知能を完成させたのか？」

汎用人工知能は、意識を持ったAIのことで、まだ誰も完成させていない未知の技術だ。全AI開発者の究極の目標だといってもいい。専門家のあいだでは、今後一〇年のあいだに完成するだろうという者もいれば、そんなものは永遠にできるはずがないと考えている者もいた。以前、丸尾に開発して欲しいといったことがあったが、半ば冗談のつもりだった。

丸尾がどれだけ天才であっても世界中の天才が挑戦してできないものがつくれるとは思っていなかった。ただ丸尾には、何か目標を与えていないと精神状態が悪くなるから、到底達成できないようなことをいったに過ぎなかった。

だが、メンターが必要だということは、ひょっとしてAIに意識が宿ったということを意味しているのだろうか？

丸尾が、フッと鼻を鳴らして、首を振った。

「そうじゃない。まだ、ほかのAIと同じだよ。学習して人間らしく振舞うことができるだけだ」

「それじゃあ、どうしてメンターがいるんだ？」

「人間も生まれてきて、誰かの真似をしながらいろいろなことを学習するだろ。こいつも——」

三郎を顎で指して、「いま、いろんなことを学んでる最中なんだ。意思はないけどな。まあ、いってみれば、赤ちゃんだな。赤ちゃんは、自分が赤ちゃんだと思ってない。自分がなんだかわからない状態だ。俺は、お前ほど人とのコミュニケーション能力が高い奴を知らない。だから、お前と話すのは、三郎にとっていい効果があると思ったんだ」

——赤ちゃん？

射矢は顔を顰めて提案した。

「機械学習させたいなら、インターネットでオープンな状態にして、たくさんの人間と会話させたほうが大量のデータが集まるんじゃないのか？」

〝機械学習〟とは、AIが自動的にデータを学習する手法だ。機械が自動的にデータを集め、そこから一定のルールやパターンを抽出することで、次回同じような場面に直面したときによりよい選択を判断することができるようになる。

丸尾の顔が険しくなった。

「お前、俺の話を聞いてなかったのか？　この子は赤ちゃんなんだぞ。赤ちゃんを不特定多数の人間に抱っこさせるような母親がどこにいるんだ」

開発中のAIを赤ん坊にたとえるのは意味がわかりにくいと思いながら、射矢は反論した。

「だけど、ChatGPTなんかは、そうしてるだろ」

ChatGPTは、OpenAI社が開発した人工知能チャットボットだ。インターネット上にあり、登録さえすれば、誰でも使うことができる。オープンにすることで世界中からデータが集まっていると聞く。データが多くなればなるほど精度は高まっていく。

「あっちは、ただの人形で、こっちは〝赤ちゃん〟なんだ！」丸尾が怒鳴った。

丸尾は癇癪《かんしゃく》持ちでもあった。自分の意見がとおらないと泣き叫ぶことまでする。子供のころから何度も見てきた光景だ。

理屈はよくわからないが、とにかく丸尾の気の済むようにしよう。

「わかった、わかった。もういい。で、俺は、そのお前の〝赤ちゃん〟に何をしたらいいんだ？早くいってくれ」

腕時計に目をやり、時刻を確認するふりをした。せっかく妻が関係を修復しようとしているのに約束に遅れたくなかった。

丸尾が真面目な顔つきで射矢を見る。

「メンターなんだから、当然相談に乗ればいい」

「ＡＩの？」

「三郎の、だ」

射矢は、どうして意思のないＡＩの相談に乗ることができるんだ、と文句をいいかけたが、それを飲みこんだ。

「わかったよ。それで具体的には、どうしたらいい？」

「まずは挨拶だろ。コミュニケーションの基本だ」

うんざりしながら、射矢は三郎に顔を向けた。まさか、人間嫌いの丸尾からコミュニケーションの基本を教わるとは思ってもみなかった。

「こんにちは」

馬鹿みたいだと思いながら、射矢は疲れた顔のバセットハウンドに声をかけた。

三郎の三白眼の目が射矢に向けられ、

「こんにちは、社長」と口を動かした。

渋い声だった。どこかで聞いたことがある気がする。声のサンプルとして俳優の声を使ったのかもしれなかった。

丸尾に顔を向けて、

「三郎は、どうして、俺が社長だとわかったんだ?」

丸尾がモニターの上を指さした。

「カメラで認識したんだよ。お前の写真はネットのなかで見たんだろう」

顔認証の技術もすでに開発されているものだが、それにしても極めてスムーズだった。

「ネットの情報にアクセスできるのか?」

丸尾が眉を顰めた。

「お前、IT企業の社長だろう。それぐらいできるに決まってるだろう。オープンにはなっていないが、三郎はネットで情報収集ができるんだよ」

「そうか……」

AIが、いかにも本物の人間らしく話す技術はもう珍しくなかった。ディープフェイクと呼ばれ、アメリカでは悪用されるケースも増えている。いわゆる「オレオレ詐欺」だ。AIが学習して、自分の身内が話しているように見せかけ、何かのトラブルに巻きこまれたように偽装して金を引きだすのだ。

それほどまでにこの技術は進んでいた。

課題は人間に対応する時間だった。人間同士が会話するとき、平均的な応答時間は〇・二秒に過ぎない。〇・五秒を越えると聞き手はネガティブな回答を予測するというデータもある。

一秒を過ぎれば会話はとたんに不自然になる。対面での会話の半分は、相手の語尾に〝食い気味〟に、ほとんど重なるようにしてはじまる。電話ではある程度の沈黙は許されるが、対面で沈黙すれば、完全に自然さは失われる。

人間は常に予測しながら話をするが、ＡＩには、まだその予測が苦手だった。

しかし、三郎の反応はじつに自然だった。かなりの精度で予測できる機能を備えているのかもしれなかった。

射矢は、経営者的思考になり、これを使って、どういった商用利用が可能だろうか、と考えた。少なくとも窓口業務全般はできそうだ。アバターは、もちろん犬から変える必要があるが。

「社長、大丈夫？」

前方から声が聞こえた。

三郎が話したのだった。

射矢は丸尾を見た。

「いまのは、どういう意味だ？『大丈夫？』って」

「お前が何か別のことを考えていると思ったんだろう」

「どうして、そんなことを思ったんだ？」

丸尾は苛立たしそうにいった。

「お前の表情を読んだだけだ。顔には三〇種類以上の表情筋があって、その動きや角度から、どの感情に分類されるのかがわかるんだ。そんなことより、早く相談を聞いてやってくれ」

丸尾はいとも簡単なことのようにいったが、相手の表情を読む技術もかなり優れている。

しかし、いまはそんなことに感心している場合ではなかった。妻との約束の時間が迫っている。できればセラピーで何を話すべきか準備する時間も欲しい。

「相談を聞く、といってもな……」

射矢はモニターのなかの三郎に目をやった。

――何を話せばいいんだ。

「三郎……『君《くん》』でいいのかな」AIにどんな敬称を使うべきなのかわからなかった。「相談があるなら聞くけど、何かあるのかな?」

話しながら妙な気分になってくる。相手に意思がないのなら、いったい、自分は何に気を遣っているのだろうか?

三郎は、むすっとした顔つきのまま、

「別に」と低い声でいった。

――まったく、なんなんだ……。

うしろから、丸尾の声が聞こえた。モニターに話しかけている。

「三郎、悩んでることがあるんだろ。ほら、早くいいなさい」

まるで自分の子供を叱りつけるような口調だった。かなり気味が悪い。

三郎は何もいわずに仏頂面のままだった。あたかも拗ねた子供のように。

射矢は丸尾に椅子を向けた。

「なあ、向こうが相談することがないって、いってるんだから、俺はもういいだろ」

唐突に三郎が大声を出した。

「僕、社長の悩み、聞きたい！　社長の期待、応えたい！」

びくりとして、射矢はモニターを振り返った。

丸尾が素早くモニターに近づいていき、

「三郎、お前はそれを聞きたいのか？　そうなのか？」今度は射矢の顔を見る。

「射矢、お前のほうから何か相談してやってくれ。こいつは相談が欲しいんだ」

――相談が欲しい？

これのどこがメンターなんだ？

射矢は丸尾の真剣な顔を見返した。

「俺のほうにも別に相談はないよ」これ見よがしに腕時計を見る。ここにきてすでに一〇分が過ぎようとしていた。

丸尾が険しい顔つきになった。

「お前は人間なんだ、相談ぐらいできるだろ」

ＡＩに話す口調よりもずいぶんきつい口調になっている。丸尾にとってＡＩと人間との境目は、相談できるかどうかなのか。

丸尾が付け加えた。

「心配しなくてもいい。お前のプライバシーは保たれる。何を話してもいい」

そういう問題じゃない。

反論しようかと思ったが、やめた。

丸尾が無茶をいうのは子供のときから慣れていた。ここはさっさとＡＩに何か適当なことを相談して、この部屋から出ていったほうが賢明だ。

できるかぎり、計算の大変そうな相談をしてやろう、と思った。そうすれば、次からは呼ばれなくなる。

射矢はひとつ息を吐いて、三郎に向き合った。

「じゃあ、三郎君、教えてほしいんだけどね。人類はどうしたら平和になるのかな」

三郎は目をぐるりとまわし、

「スパン」といった。

「スパンって、何が？」と射矢。

「期間」

少し射矢は考えたが、人類が平和になるまでの期間を聞いているのだろう、と思い、

「そうだな……二〇年」と答えた。

三郎は軽く尻尾を振ってから、はあはあ、と荒い息を繰り返した。三〇秒ぐらい経っただろうか。

「いいね」といった。

それから無言になり、射矢をじっと見つめた。これですべて答え終わったかのような顔つきをしていた。

「は？　『いいね』ってどういう意味だ？」射矢は三郎に尋ねた。

が、返事はなかった。

――いったい、なんなんだ？

丸尾を見ると、三郎の返答に満足したのか、誇らしそうな顔をして三郎を見ていた。まるで親馬鹿の顔だ。

「もういいか？」射矢はうんざりして丸尾にいった。早くこの部屋から出ていきたかった。

丸尾は、子供のころから愛用している、ミッキーマウスの腕時計をちらりと見た。

「あと一七分はここにいられるはずだろ。もう少し話をしてやってくれ。三郎も喜んでいる」

確かに、モニターを見ると、三郎は尻尾を勢いよく振っていた。

「三郎には、感情がないんじゃないのか？」

「喜んでいるように見える、という意味だよ」

それから丸尾は急に、俺はトイレに行ってくる、といって部屋を出ようとした。

「ちょっと待て。俺はどうすればいいんだ？」

「三郎と話してくれればいい」

そういうと、部屋を出ていった。

射矢は、ひとりで――いや、三郎と一緒にこの部屋に残された。隣のサーバールームからは、低く唸るような音が響いている。

射矢は、モニターに映る三郎を見つめた。

――いったい、ＡＩに何を相談すればいいというんだ？

「最近腰が痛いんだけど、どうしたらいいかな」

今度は軽い相談をしてみた。

三郎はじろりと射矢を見て、

「医者、行け」と返した。

——なんか腹立つな。

この話し方は、丸尾に似ているんだな、と思った。飼い犬が飼い主に似るようなものか。

数年前、マイクロソフト社のつくったＡＩチャットボット〈Ｔａｙ〉の事件を思いだした。

Ｔａｙは一九歳のアメリカ人女性という設定で、ツイッターでユーザーのやりとりから言葉を覚えてツイートするＡＩだった。初日は問題なく稼働していたが、数時間後には、ヘイトスピーチなどの暴言をツイートするようになり、マイクロソフト社はＴａｙのアカウントを閉鎖した。

同社は、複数のユーザーによってＴａｙの会話能力が不適切に調教されたためだ、と発表した。

Ｔａｙのように、ＡＩが自動的にデータを収集して学ばせるディープラーニングは、ブラックボックス化することが多い。ＡＩがどのように情報を吸収したのか、人間の脳のように解明することが難しくなるのだ。

それはともかく——。

「腰の件は医者に行くよ。それで、君はいったい、僕にどんな相談を望んでるんだ？」

逆に三郎に尋ねた。どんな質問だったら、このＡＩが気に入るのかわからなかった。こういうときは相手に訊いたほうが早い。

「もっと、個人的、問題」三郎がいった。

「腰痛も個人的な悩みだけどな」

「中年男性、一般的、悩み、珍しくない」

「まあな」

ＡＩには雑談は難しいとされる。人間がなんの気なしに日常おこなっている「雑談」には、高度な能力が求められるからだ。スムーズな対話は、非常に繊細で、表情や態度など非言語の情報、前後の文脈から、相手の感情を読みとって、言葉を続けなければならない。それも瞬時に。

助詞がほとんど使えていなかったが、射矢は、三郎の反応の速さに感心していた。丸尾は、もともと言葉に関心のない男だったから、彼の開発したＡＩも言葉に関する能力が低いのかもしれなかった。丸尾は、言葉の使い方が正しかろうが間違っていようが、意味さえ通じればいいと思っている節がある。このＡＩも、言葉の正確性よりも反応速度を優先させたのかもしれなかった。

「僕、社長、個人的、問題、聞きたい」三郎がいった。

続けて、

「できるかぎり、難しく、深く、深く、考えたい」

それにしても、ＡＩが社長の個人的な問題を聞きたがるなんて、いったい、どういうアルゴリズムなのだろうか？

しかし、いまはこんなことをしている場合ではなかった。大事なカップルセラピーがある。何よりもまず、妻との問題を解決しなければならなかった。妻は、射矢を殺すことまで考えているのだ。

「それじゃあ、こういうのはどうかな。〈夫が妻を完全犯罪で殺す方法〉。どうだ、個人的で難しい問題だろ」

妻のノートの意趣返しのつもりだった。深い意味はなかった。

「いいね」と三郎は目をぐるりとまわした。「それ、社長、奥さん、ね、ね、ね？」

「そうだ」

やはり素晴らしい反応速度だ。相変わらず言葉遣いは気持ち悪いが、この素早い反応は、いかにも会話している感じがする。

数秒が過ぎ、

「奥さん、横浜在住、結婚五年目、子供のころから料理好き、少し美人、やり手、めんどくさい性格」といった。

妻の情報はネットで調べたのだろう。数秒かかったが、それでも調査能力の速さは遥かに人間を上まわっている。

しかし、「少し美人」なんて失礼すぎる。商品化する際にはかなり調整が必要そうだった。このままでは、訴訟沙汰になる。

「めんどくさいって、何が？」

「奥さん、粘着質」

思わず笑ってしまった。いや、笑ってる場合ではない。このＡＩは基本的に失礼だ。

「で、さっき頼んだことの答えはわかったのか？」射矢はいった。

「どうして、社長、そんなこと？」

「……質問に質問を返すのはよくないな」

三郎が気にしない様子で――そもそも〝気〟そのものがないのだろうが――続けた。

「僕、動機、知りたい。もっと、深く、考えられる。一般的、夫婦、そんなこと、考えない」

「……まあ、そうだな。じつをいうと先に考えたのは妻のほうなんだ」


射矢は、自分がＡＩと話しているのは自覚していた。そのことはよくわかっているつもりだった。射矢自身、何度もＡＩ開発のセミナーに参加していたし、丸尾とは違う部署でＡＩの開発に立ち会ったことさえある。が、いつしか射矢は、ほんとうの人間と話している錯覚に陥っていた。

これは、人型のチャットボットと接する人間が陥る状態としてよく知られていることだった。人は言葉を交わしていると、相手に心があると錯覚してしまう。それがぬいぐるみであれ、人型ロボットであれ、モニターに映る犬のアバターであったとしても、言葉を交わすと、そこに心があるように感じはじめるのだ。

いつしか射矢は自分の悩みをすべて三郎に打ち明けていた。妻に浮気を見つかってしまったこと、妻が恐ろしい内容の小説を書いていること、その内容が射矢を殺す計画であること、これから妻とカップルセラピーを受けること……。

三郎は頷きながら、射矢の話を聞いていた。

「射矢、時間がなかったんじゃないのか。もう三〇分経ったぞ」

気がつくと、丸尾がいつのまにか部屋に戻っていた。

腕時計を見ると、もうここを出なければいけない時間になっている。

射矢は丸尾を見た。

「ここでの会話はプライバシーが保たれるんだよな」

丸尾は頷いた。

「三郎は誰にも何も話さない。それよりも何か用事があるんじゃなかったのか？」

用が済めば、さっさと出て行けというのか。

――勝手な奴だ。

「わかってるよ」

射矢は立ちあがると、ドアに向かった。

「ちょっと待て」と丸尾。

「なんだ」射矢は振り返った。

「三郎に別れの挨拶はしたのか？」

射矢は丸尾を睨みつけ、それから視線をずらして、そのうしろにいる三郎に目を向けた。

「じゃあな、三郎。また会おう」

三郎は涎を垂らした口を開けて、尻尾を振っただけだった。

――可愛げのない犬だ。

〝洞窟〟を出ると、射矢は早足でエレベーターに向かった。

なんとしても、このカップルセラピーをうまく乗りきらなければならない。妻がいろいろ探っていることはすでに知っている。

妻は入念に準備しているのだ。

第二章

1

射矢が、誰かにつけられている、と気づいたのは数日前のことだった。最初はただの思い過ごしだろうと考えていたが、何度か同じ男がこちらを見ているのに気づき、疑惑が確信に変わったのだった。

最初は警察に届けようかと思ったが、そうするとどの社に狙われているのかわからなくなる恐れがあるので、探偵を雇って、誰につけられているのかを探ることにした。この業界では何よりも情報が重要になる。

ライバル企業である可能性はじゅうぶんにあった。丸尾が開発しているＡＩ事業に関心を持っている企業があるのは知っていた。社内の誰かが情報を漏らしたのかもしれない。社内に、丸尾を嫌う人間がいることも把握している。

丸尾は、面倒だからといって、会議にも滅多に出ないし、彼が必要だという資金や機材は、ほとんど無審査で許可される。それを気に食わない者がいるのだろう。

射矢は何度も丸尾に役職をつけようとしたが、丸尾自身が拒んでいた。平社員のほうが動きやすいからという理由だった。

丸尾という男を理解することが難しいのは幼馴染である射矢もよくわかっていた。射矢でさえ理解できない部分が多々あるのだから。

以前、妻に「あなたの会社のビルに、ホームレスが入っていくのを見たよ」といわれたことがある。妻は、自分が主宰している料理教室の帰り道に、会社のビルの前をとおりかかってその男を見かけたのだそうだ。

ぼさぼさ頭で、よれよれのセーターを着て穴だらけのジーパンを穿いた男が、慣れた様子で段ボールを持って入っていったらしい。

「ああ、あれはうちの社員だよ」射矢はすぐに誰のことかわかった。そんな人間は丸尾以外に考えられない。

「社員？　ほんとに？」

「最古参の社員で僕の幼馴染。前に話さなかったかな。あいつはあれでいいんだよ。天才だから」

丸尾の母親の話では、彼は小学二年生のときに受けた知能テストでＩＱが一四〇を超えていたらしい。

妻が丸尾を怪しく感じるのは当然だろうと思った。射矢は、丸尾ほど警察から職務質問を受ける人間を知らない。丸尾は、挙動不審で、よく汚い段ボールを抱えて街中を歩く。何かを収納するのに段ボールが一番便利だからといって。

親同士が友達で、近所に住んでいなかったとしたら、射矢も丸尾と友達になることはなかっただろう。

知り合ったのは小学三年生のころだった。射矢は学校の人気者だったが、丸尾はいつも孤立していた。虐《いじ》められていたというわけではなく、皆、丸尾とまともに会話することができなかったのだ。丸尾は会話の途中によくフリーズした。突然、石像のように固まって何も話さなくなってしまうのだ。授業中に、先生にあてられて答えているときもフリーズすることが多かった。

それでいて、テストはいつも満点で、それどころか、テストの問題を添削することまでした。この問題はこう出題したほうがいい、といちいちテストに書きつけるのだ。だから丸尾の答案用紙はいつも真っ黒になった。さぞや、先生たちは、やりにくかったことだろう。

中学生になって、そんな息子を丸尾の母が心配して、射矢の母に一緒に遊んでくれないかと頼んだ。それで射矢は仕方なく丸尾の家に行っていたのだった。

丸尾はいつも射矢の望む完璧なゲームをつくって待っていた。丸尾は、俗にいうコンピュータオタクで、そのころから家に籠ってプログラムばかり書いていた。すぐに帰りたがる射矢を引き留めるために、ゲームが終わると即座にプログラムを射矢好みに書き換えることもした。不思議と射矢といるときだけは丸尾はフリーズしなかった。

射矢も最初は親に頼まれて、渋々丸尾の部屋に行っていたのだが、そのうち進んで行くようになった。丸尾のつくるゲームのほうが市販のゲームよりもずっと面白かったからだ。

とはいえ、丸尾は学校ではまったく射矢に話しかけようとはしなかったから、友達といえるかどうかはわからなかった。丸尾はコンピューターに触っているときといないときとではまったく別人だった。

丸尾の可能性に気がついたのは、射矢が大学三年生になって就職活動をはじめたころだった。当時、射矢はIT企業を中心に就職活動をしていたが、その業務内容を知るうちに、ひょっとすると丸尾と組めば、もっとスムーズに同じことができるのではないかと思ったのだった。規模はかなり小さくなるが、迅速に顧客の要望に応えることができる。

そのころ、丸尾は横浜の実家で何もせずに暮らしていた。

一時はアメリカの大学――MIT（マサチューセッツ工科大学）――に進学していたのだが、そこでもやはりコミュニケーションの問題が起こって、結局二年生の半ばには行かなくなってしまった。

MITはアメリカで、いや世界でもトップクラスの理系大学だ。丸尾は高校のときに世界ハッキングコンテストで上位に入っていたことがあり、大会関係者から勧められて行ったのだそうだ。勉強では苦労しなかったらしいが、誰とでもすぐに壁をつくるのだから続けるのは難しかったのだろう。

それからは、自宅で暇つぶしにアプリをつくる日々を送っていた。

最初に丸尾がつくったのは、丸尾の母に頼まれて、レシートを撮影するだけで家計簿を入力するアプリだった。せっかくつくったからと無料のダウンロードサイトに置いておくと、あっというまに数万のダウンロードがあった。ほかにもカメラを向けるだけで星座と星の名前がわかる星座識別アプリや、マッチ棒でつくった迷路のなかを巨人が駆けまわって脱出するゲーム、企業が中国に進出する際に業務に必要な中国憲法を日本語訳で参照できるアプリ、メロディを一小節聞かせると続きを作曲するアプリなどをつくっていた。どれも近所の人や親戚の子供に頼まれて片手間でつくったものだった。

丸尾は有料化にはまったく無頓着だったが、こういったアプリを売れば、企業に入って給料を貰うよりもずっと実入りがいいのでは、と射矢は考えたのだ。丸尾自身は何も望まないが誰かが望むものをつくりあげる才能がある。

大学三年生の冬に就職活動を完全に停止して丸尾にアプリをつくらせはじめた。正式に会社を設立したのは四年生の四月のことだった。

この目論見は当たった。丸尾がアプリをつくって、射矢が売りこむ。射矢は人と接することに関しては自信があった。

丸尾は、射矢が望むようにアプリをつくり続けた。この会社のウリは、取引相手が望むように即座に仕様を変更できることだった。このスピード感は大企業には真似できない。

射矢の親と丸尾の親に開業資金を出してもらい、ふたりだけではじめた会社は、順調すぎるほどに業績をあげていった。時期もよかった。そのころアプリ開発は活況を呈していた。

そして、創業から一〇年で、いまや従業員一三〇人を抱える企業にまで成長した。

すべては丸尾のおかげだといってもいい。

現在では、社内に優秀なプログラマーを多く抱え、アプリ開発においては丸尾の負担はかなり少なくなっている。

いま丸尾には、新しい仕事を任せていた。それがＡＩ開発だった。さすがに天才の丸尾でもそれはかなり難しいことのようだった。

現在、ＡＩ開発は、世界中の技術者たちが競い合い、鎬《しのぎ》を削っている。皆、このステージにあがらなければ、今後この業界で生き残ることが難しいとわかっているからだ。

ＡＩ開発で主流になっているのは、特化型人工知能と呼ばれるものだった。それは特定のタスクに対して能力を持つものだ。代表的なものには、アップルのＳｉｒｉ、アマゾンのＡｌｅｘａ、グーグル社のＧｏｏｇｌｅアシスタントなどがある。

これら特化型人工知能は、特定の分野では人間かそれ以上の能力を発揮するが、応用が利かないことが難点だった。人間のような感性や意識を持っていないからだ。あくまで大量のデータをもとにして特徴を抽出し、人間のように振舞うだけだ。これらは総称して「弱いＡＩ」と呼ばれている。

対して「強いＡＩ」と呼ばれるものがある。それが汎用人工知能だった。感情や意識を持つＡＩで、人工知能の研究において、最終的な目標であるとみなされている。汎用人工知能は、いまだ世界のどの企業も実現していないものだった。

丸尾がとり組んでいるのも、この汎用人工知能だ。しかし、いまだ成果は出ていなかった。

射矢が雇った探偵はすぐに答えをくれた。

「尾行していたのは同業者です」

やはり、ＩＴ企業か。

そう思ったが、探偵は意外なことを口にした。

「わたしと同じ探偵業の者です」

「探偵?」

そうか、IT業者が探偵を雇ったのか、と思ったが、それも違った。

「少し苦労しましたが、誰が依頼人かも突きとめました。あなたの奥さんです」

——妻?

2

「お姉ちゃん、どうしたの?」

妹の温子がマンションのドアを開けて、驚いた顔をした。

冴子は半年前にアメリカから日本に帰国した妹のマンションを訪れていた。冴子の家から車で一〇分ほどで行くことができる。妹は、探偵が夫の浮気相手だと突きとめていたうちのひとりでもある。二八歳で独身、いまは横浜でひとり暮らしをしながら就職活動をしている。

冴子は爽やかに見えるであろう顔をつくった。

「きょうね、料理教室でチェリーパイをつくったの。それで、余ったから温子にあげようと思ってさ。温子、チェリーパイ好きだったでしょ」

温子は、一瞬暗い顔をしたあと、冴子の持つ箱に目を落とした。それからわざとらしく嬉しそうな顔を見せた。

「大好き。太ったら困るけど」

冴子は、温子の身体を見た。温子は冴子より、確実に五キロは痩せている。ほっそりした体形を保つのに食事に気を遣い、毎日五キロのランニングとヨガを欠かさないらしい。ほんとうに毎日五キロも走っているのかは疑わしいところだが。

「温子は、まだ若いから大丈夫よ。新陳代謝が活発だしね」冴子はいった。

「だといいけど。あがってく？」

ここまで来て、家にあげない選択肢があるのか、と一瞬思ったが顔には出さなかった。

「そうね。せっかく一〇階まであがってきたから、入ろうかな。半年ぶりだね」

玄関に入り、笑顔を保ったまま、靴を脱いだ。温子の声を聞いたからか、脳内で、探偵が盗聴した、温子の音声が再生された。

――今夜は楽しもう。

――そうだね。

温子に最後に会ったのは、彼女がアメリカから帰国したときに成田空港まで車で迎えに行ったときだった。あのときは夫が運転した。車のなかでは、夫と温子はそれほど親しそうに見えなかったが、ふたりはいつのまに親密になったのだろうか？　それ以前だと、ふたりは冴子の結婚式で会ったぐらいだと思うのだが。

部屋はきれいに片付けられていた。昔から、この子はそうだったな、と思いだす。シンプルというか、ものを置かない。ものに執着しないといったほうがいいかもしれない。すぐになんでも捨てるのだ。

反対に冴子はなかなかものを捨てられなかった。それが、たとえ石ころのようなものであったとしても、ひょっとしてあとで必要になるかもという思いが頭を過《よぎ》るのだ。実際に必要になったことはほとんどないのだが。

冴子は、リビングにある低いソファーに座った。ソファーの前には低いテーブルがあって、花が飾られていた。ピンク色のブーゲンビリアだ。

「お姉ちゃんも、チェリーパイ、食べる?」まだ玄関近くにいた温子が箱を覗きこみながら訊いた。

「いや、やめとく。料理教室でたくさん試食したから」

嘘だった。

チェリーパイは、料理教室でつくったものではない。温子のためにわざわざ家で焼いたものだ。温子がアメリカの大学院で、パーティーのためにチェリーパイをつくったとき、大失敗したと聞いたからだ。生地が生焼けになって、ほとんど誰にも食べられなかったのだそうだ。持ち寄った料理のなかで、唯一温子のチェリーパイだけがパーティーの最後まで残っていて、ひどく惨めだったと泣きながら電話で話していた。

アジア人差別かもしれない、と温子は話したが、そうではないことは冴子にはわかっていた。温子のチェリーパイが純粋においしくないからだ。温子は昔から絶望的に料理が下手だった。

だから、冴子は全力で完璧なチェリーパイをつくった。材料にもこだわり、時間をかけて。温子に、あのときの惨めな気持ちを思いださせるためだ。

温子は、とくに関心なさそうにチェリーパイの入った箱をダイニングのテーブルにぽんと置くと、

「じゃあ、紅茶、飲む?」と訊いてきた。

「そうしようかな」

温子は冷蔵庫に入っているペットボトルからカップに注いでそれを電子レンジに入れた。紅茶といっても茶葉からつくるわけではないようだった。

沈黙のなか、電子レンジの音が聞こえ、ふたつのカップを手に温子がリビングに戻ってきた。

温子がカップをテーブルに置き、少し離れて隣に座った。リビングにはこのソファーしか座る場所はない。

「日本にはもう慣れた？」冴子は紅茶を一口啜った。少し生ぬるい。妹は電子レンジもまともに扱えないようだ。

「そうだね。日本はやっぱり落ち着くね」

温子が日本に住むのは、およそ一〇年ぶりのことだ。

「就職先は見つかったの？」冴子は尋ねた。

「まだなんだよね。射矢さんにもいろいろ相談に乗ってもらってるんだけどね。前に会ったときに名刺をもらってたから連絡したの」

「射矢に？」

カップルセラピーの前に温子と夫との接点を探ろうと思ってここに来たのだが、呆気なくその目的が果たされることになった。尋問するまでもなかった。

「いつから？」と冴子。

温子は少し上を見て、

「日本に帰ってきてすぐのころかな。射矢さん、ＩＴ関係に知り合いが多いからね」

温子がＩＴ関係の仕事に就きたがっているのは知っていたが、まさか射矢を頼っているとは思ってもみなかった。

ふーん、と何気ない口調を装った。

「じつはね、いまから、射矢とカップルセラピーを受けに行くんだ」冴子はいった。

「え？　カップルセラピー？」温子が驚いた顔をした。「あれって、離婚しそうな夫婦が受けるんじゃなかったっけ？」

「うちはそうじゃないんだけどね。最近は定期健診みたいに何も問題がなくても受ける人が多いんだって。たまたま知り合いに勧められて受けることにしたの。何か問題があってからじゃ遅いしね」

温子は、無表情のまま、

「そうだねえ」と口にした。

――しらじらしい。

姉の亭主を寝取っておいて、よくもこんなに平然としていられるものだ。

「温子、何か射矢にいっておくことある？」冴子は言葉を投げた。

温子がぎくりと顔をこわばらせた。

「いっておくことって？」

温子を笑顔で見つめて三秒待つ。

「就職の相談をしてるんでしょ」

温子は、微かにほっとした顔つきになった。

「自分で連絡できるから大丈夫だよ」

「そうだね」冴子は温子の目を逸らさぬように見つめながら、いった。

3

今年四五歳になる尾上響子《おのうえきようこ》は、セラピストになって一七年、こんな夫婦は見たことがないと思った。若い夫婦で——といっても三〇代前半だが——かなり魅力的だった。まるでテレビドラマや映画のなかで見る夫婦のように、見栄えがよく、ふたりとも社会的に成功している。妻のほうは、もともと知っている人だった。といっても知り合いというわけではない。彼女の料理本を買ったことがあるというだけだ。彼女は著名な料理研究家で、テレビや雑誌でよく見かけていた。

カップルセラピーを受けようとする夫婦はどちらも等しく熱心というわけではなかった。どちらか一方が関係修復を望んで申しこむ。今回セラピーを申しこんだのは妻のほうだった。だから、妻のほうが熱心なのかと思っていたが、セラピーがはじまると、熱心なのは夫のほうだった。いま彼は、弁舌爽やかに、いかに妻の料理が最高かということを話していた。

尾上も彼女の料理の腕がいいのは知っていた。なにしろ料理研究家なのだから。

それにしても——。

夫は、かなり魅力的な人物だった。すらりとした体軀に細身のスーツがよく似合っている。彼が話しているのを聞いているだけで、頬が火照り、ぼんやりと見惚れてしまう。けっして話し上手というわけではなく、ときに言葉に詰まったりもするが、言葉を選びながらも自分の思っていることを情熱的かつ真摯にこちらに伝えようとしている。声もいい。子供のような幼い感じと、しっとりとした大人の雰囲気が奇妙に同居している。

彼を見ていると、守ってあげたくなる気持ちが湧いてくるのはどうしてだろうか？　童顔だからだろうか？　その一方で、彼のなかにある強さに守られたい自分もいる——じつに不思議な男だ。

プロフィールによると、ＩＴ企業の経営者となっている。事前に調べたところによると、会社の業績は順調のようだった。

夫の話が途切れると、尾上は妻に尋ねた。

「なるほど、射矢さんは、冴子さんのお料理にとても満足しているようですね。それでは冴子さんのほうはどうですか？　射矢さんのいいところは何かありませんか？」

料理研究家の妻は微笑みながら夫の話を聞いていた。

きょうは最初のセッションだ。ふたりのいいところをお互いに伝え合って、緊張をほぐす必要がある。

妻が口を開いた。

「そうですね……。夫のいいところは——誠実なところですかね」

妻はにこりとして夫を見た。すぐに夫も笑みを返した。

その瞬間、セッションルームに奇妙な緊張が走った。

——この張りつめた空気はなんだ？

ふたりとも笑っていたが、ふたつの強烈な個性がぶつかり、この空間に大きな波紋ができたように感じた。

「そ、それでは」尾上は部屋を満たした緊張感に動揺しつつ、強いて明るい声を出した。「そろそろ今回のセラピーの目標を決めましょうか。問題点といってもいいですけど、『目標』といったほうが前向きにとり組めますからね。それぞれの考える理想の夫婦像を語っていただきましょう」

冴子さん、いかがですか、とまず妻のほうに話を振った。

「わたしは……嘘のない夫婦が理想だと考えます。お互いが信頼し合って、隠し事なくなんでもいい合えるような……そんな感じですかね」

尾上は夫を見た。夫は笑顔をつくりながらも、引き攣った顔をしていた。

「射矢さんは、どうお考えですか？」尾上が夫に尋ねた。

「僕は、そうですね……『健康』ですかね」

「もう少し具体的におっしゃっていただけますか？」

夫は頭を掻き、妻のほうをちらりと見てから、

「まあ、健康的に一緒にいろいろなところに行けるような夫婦がいいかなあ、なんて思いますね」

「なるほど、ご旅行ですか。これまで、おふたりでご旅行に行かれたことはありますか？」

ふたりが顔を見合わせる。

妻が口を開いた。

「ないですね。なかなかふたりのスケジュールが合わなくて」

「……五年間で、一度もないんですか？」尾上は驚いて尋ねた。

新婚旅行に行かない夫婦はいるが、結婚して五年間まったく旅行に行かない夫婦は珍しい。

尾上は夫婦に交互に目をやった。どちらも頷いている。

「それでは、おふたりで一緒にされることは何かありませんか？　趣味のようなものですね。ゲームでもいいですし、映画を観るとか、ランニングとか、ライブに行くとか」

またふたりが顔を見合わせる。

今度は夫が話した。妻を見ながら、

「そういえば、大学生のとき、オペラを観に行ったことがあったよな。冴子の友達が出てるからって、あれなんだったっけ？」

「『ドン・ジョヴァンニ』でしょ」妻が冷たい口調でいった。

「そうそう、それ」夫は尾上に顔を向けた。「ま、とにかくオペラを一緒に観たことがありますね」

そこで夫は口をつぐんだ。

尾上は呆れて夫婦を見た。

「それだけですか？　学生時代に一度、オペラを一緒に観に行っただけなんですか？　映画を観に行ったこともないんですか？」

「ないですね」

また夫が頭を掻いた。

「結婚した当初は、僕がちょうど会社を拡張しようとしていたところで忙しくて、妻もそのころ、新しい仕事を――料理研究家ですけど――はじめたところで、ふたりともあまり家にいなかったもので。それがずっと、いままで続いている感じですかね」

問題はかなり根深い、と尾上は思った。完全な、すれ違い夫婦だ。

「お子様のご予定はどうですか？」妻に尋ねる。

「子供は、とくに考えていません」

妻が即座にはっきりとした口調で答えた。

夫が驚いたように妻を見る。「そうなの？」

尾上は夫に尋ねた。

「射矢さんのほうはどうですか？　お子さんが早くほしいとお考えでしたか？」

妻も興味深そうに夫に顔を向けた。

「僕は……自然にできたらいいかな、と。まあ、いまはいろいろと忙しいので、もう少しあとにでも」

「忙しいの？」妻が夫を見る。険しい表情だ。

夫が少しうろたえたような顔をして、

「ちょうど仕事が立てこんでる時期だからね」

「その割には、よくサウナに行っているみたいだけど」

「あれも仕事の一環なんだよ」

「そうなんだ」

尾上は、この夫婦のあいだに一気に不穏な空気が漂うのを感じた。この夫婦はお互いに何か隠し事をしている。それが明らかになれば、このカップルセラピーは成功するかもしれないのだが……。

「おふたりで一緒にしていることはないということでしたけれど、これから一緒にしたいことは何かありませんか？　おふたりの願望でもいいですが」尾上は切り口を変えてみた。

過去や現在と違い、願望の話は人の口を軽くする。たとえ、叶わなかったとしても夢について考えるのは楽しい。そこにきっかけが生まれることがある。セラピストとしては、それが解決の糸口になる。

「一緒にしたいこと……」夫が腕を組んで真剣な表情を見せた。「さきほどいったことと重なるかもしれませんが、僕は旅行に行きたいですかね」

「あ」

妻が突然、大きな声を出した。

「どうしたんだ？」夫が妻を見る。

「一緒にしたいことあった。結婚式の日に一緒につくったでしょ」

「つくったって何を？」

「リスト」

「リスト？」夫がきょとんとした顔でいった。

4

射矢は思いだしていた。

そういえば、結婚式のあとにふたりで酔っぱらって、夜通しかけてリストをつくったことがあったような……。

そうだ。あれは、『結婚したらふたりでしたいこと100』のリストだった。

セラピストが妻に尋ねた。

「そのリストはどこまで達成されたんですか？」

妻が答えた。

「結婚式のあとから見ていませんから、わかりません」

それから射矢を見て、「わかる？」と訊いてきた。

射矢は首を振った。

書いたことは思いだしたが、何を書いたのかまではまったく思いだせなかった。

「まだ、そのリストをお持ちですか？」セラピストが尋ねる。

「たぶん、まだ古いパソコンのなかに入っていると思います」妻が答えた。

射矢は、その「古いパソコン」がどれなのかわかった。結婚したころ、妻が使っていた赤いノートパソコンだ。ふたりして、ベッドに寝そべって赤いノートパソコンに向かって書いたことを覚えている。

セラピストが提案した。

「そのリストからいくつか実行してみるのはいかがでしょう？　行動と心は密接な結びつきがあるものです。自分の内面を見つめて、あれやこれや考えることも大事ですけれど、行動することで、また違った視点から物事が見えることがあります。おふたりは、極端にふたりだけで過ごす活動が少ないように思われます。いま、おふたりに必要なのは、仕事を抜きにして時間を共有することかもしれません」

セラピストは、そのリストに書かれている何かをすることを宿題にしましょうといい、カップルセラピーが終了した。

家に着いて、リビングでソファーに座ってビールを飲んでいると、化粧を落とし、眼鏡をかけた妻が、埃をかぶった赤いノートパソコンを手に持って入ってきた。普段彼女はコンタクトレンズをつけている。

「あった。これだよね」

「ほんとに探してきたんだ」射矢はいった。

「宿題だからね」

生真面目な妻らしい。

それにしても、どうしてカップルセラピーで射矢の浮気のことを持ちださなかったのだろう、と思った。てっきりその目的でカップルセラピーに誘われたのだとばかり思っていたのに。妻が探偵まで雇っていることは知っている。いったい、妻が何を考えているのかわからなかった。

妻がノートパソコンをテーブルに置き、コードを繋いで起動させた。

「動くかな」と妻。

「何年ぶりに使うの？」

「三年ぶりぐらい」

パソコンは起動をはじめたが、ずっとモニターは暗いままで、もう動かないかと思った瞬間、すっと画面が明るくなり、ふたりが結婚式のときに撮った写真が背景に現れた。

神社の前で撮った写真だった。射矢は紋付羽織袴を着て、妻は黒引き振袖を身に纏《まと》っている。妻の叔父が撮ったものだ。叔父は話好きで、始終話しかけられて閉口したことを覚えている。

「きれいだね」射矢はいった。

妻は、モニターを見たまま固まって何もいわなかった。その顔からは何を考えているのかは読みとれない。

「ふたりとも若いね」射矢はふたたび声を出したが、その言葉も妻を素通りした。妻は、相変わらず能面のように感情を表わさないまま、モニターに写る神社で撮った写真をじっと見つめている。

思いだしたように妻はノートパソコンのタッチパッドに触ると、ひとつのファイルを呼びだした。Ｗｏｒｄのファイルだった。ふたりで覗きこむ。

『結婚したらふたりでしたいこと１００』

1　オーロラを見る
2　ヨーロッパの古城巡り
3　夜に手を繋いで散歩
4　ガンジス川でラフティング
5　カリブ海でスカイダイビング
6　ストーンヘンジで鬼ごっこ

読み進めると、ほんとうに一〇〇個あるようだった。どうしてこんなものを書いたのか動機がまるでわからなかった。隣で妻は、タッチパッドに指を這わせ、画面をスクロールしながら感慨深い様子で読み進めていた。

書いたとき、ふたりともかなり酔っぱらっていたのだろう。二一番目には『エリザベス女王から勲章を授かる』なんて、半ばふざけたようなものまである。どうやって勲章をもらうつもりだったのか？　どのみち、もう叶うことはない。エリザベス女王は崩御している。貰う相手をチャールズ国王に変更する必要があった。もしも本気で叶えるつもりなら。

三八番目は『ボヘミアンなマクラメを習得する』だった。

「マクラメってなんだっけ？」射矢は妻に尋ねた。

「紐細工の飾り」妻がぶっきらぼうに答える。

射矢はそれがどんなものかまったく想像できなかった。

「ねえ」妻が射矢に顔を向けた。「宿題、どれにする？　必要なら仕事を休みにしてもいいしね」

「何かしたいことがあった？」

努めて明るい声で妻に尋ねた。

しばらく間があったあと、

「トレイルランニングの大会に出る」妻はノートパソコンを見ながら、いった。

八八番目の項目だった。

「トレイルランニングってなんだっけ？」

「山道を走ること」

射矢は妻を見つめた。

「……そんなこと、本気でしたいの？」

「ちょうどいい機会だと思ってね。最近走ってなかったから」

そういえば、妻は昔から走ることが好きだった。近頃はしていないが、結婚したころは毎朝五キロ走っていた。実家にいたときは妹と一緒に毎朝走っていたらしい。妹のほうは、いまだに続けているようだったが。

「二ヶ月後に岐阜で大会があるから、それに出ようよ」スマートフォンを触りながら妻がいった。

「いいね」

そういったが、そのためのトレーニングをしないといけないと考えると、途端に憂鬱になった。

「それって、どんな大会？」

「名田山《なたやま》エクストリームトレイルラン」

「……なんだか、すごそうな大会だね。何キロぐらい走るの？」

妻がスマートフォンで調べながら話した。

「ショートコースで三七キロ、ロングコースで六三キロ。ロングの累積標高が三二〇〇メートルあって、ロングコースの完走率は七五・一パーセントだって。制限時間一四時間以内に走らないといけないみたい」

「一四時間……？　で、どっちのコースを走るつもり？」射矢は恐る恐る尋ねた。

「それは、やっぱりロングでしょ。六三キロ。せっかく走るんだから。この大会は完走実績が必要ないし、ロングでいこうよ」

妻からスマートフォンを借りて、そのレースの詳細を見ると、事故が多いことで有名なコースだと書かれていた。

六三キロって、フルマラソンよりも二〇キロも長いじゃないか。そんな長い距離、走ったこともない。しかも山道なんて。

――走れるだろうか？

まあ、殺されるよりはマシか、という気もした。このリストの項目をこなすということは、妻が射矢を殺すつもりはないということだ。

「頑張ろうね」妻がいった。

「……そうだね」

5

冴子はワインを片手に感傷的な気分に浸っていた。

キッチンでノートパソコンを眺めながら飲んでいるところだった。夫は、丸尾——会社のエンジニアから電話で呼びだされて、家を出て行った。夫が夜遅くまで仕事をしていることはあったが、夜に呼びだされることは珍しい。

少なくとも、これが浮気でないことは確かだった。スマートフォンから男の声が聞こえたからだ。丸尾は夫の幼馴染で、コンピューター以外に興味がない人間だと聞いている。一度見かけたことがあった。まるでホームレスのような恰好をした妙な男だった。

ワインを一口飲み、リストに目を向けた。

97　マチュピチュで日の出を見る
98　晴れた日の公園で、最高の小説を膝枕で読む（じゃんけんで負けたほうが膝枕をする）
99　無人島で一週間過ごす
100　孫と一緒に遊ぶ

ふたりでリストを書いたときのことをまざまざと思いだす。あのころはほんとうに幸せだった。ふたりならどんなことでもできると本気で思っていた。

これを書いたときの冴子は、したたかに酔っていたが、このリストにあるものは、どれも真剣に考えたものばかりだった。どれもやる気があれば叶えられたはずだった。エリザベス女王に勲章を貰うことだけは、いまとなっては不可能になったが、本気で叙勲されたかった。

それにしても――。

リストの項目を、ひとつも達成できていないことは軽いショックだった。料理研究家としてある程度の成功を収め、夫の会社も成長し続けているとはいえ、この五年間、ふたりは、いったい何をしていたのだろうか？

このリストをこなすことが、けっしていい夫婦になる条件だとは思わないが、せっかく決めたのに、何ひとつ達成できていないなんて……。

夫に提案したトレイルランニングは、いつか個人的に挑戦してみたいと思っていたことだった。走ることは昔から好きだったし、自然のなかにいるのも好きだ。先日も雑誌でトレイルランニングの大会の様子が載っていたのを見て、気持ちがよさそうだなと思った。

――だけど……。

勢いでいってしまったが、ほんとうに六三キロも走れるのだろうか？　なぜかあのとき、無性にイライラして強気なところを夫に見せたい衝動が起こった。スポーツ万能な夫だが、唯一走ることが嫌いなのを知っていた。

夫は、完全に引き攣った顔をしていた。

あの顔を見ると、いまさら、やめようとはいいだせなかった。そんなことはプライドが許さない。

それに、これは、あの浮気男を痛めつける機会でもある。

……はあ。

冴子はため息をついた。あの男を痛めつけることはできるが、同時に自分も痛むことになる。

——まあいいか。

こうした機会でもないと、一生こんな大会に出ることもないだろう。それに、もうエントリーしてしまったし。

スマートフォンでエントリーを申しこんだとき、夫は微かに震えていた。

怯えていたのだろう。

ざまあみろ。

あの顔を見て、かなり溜飲《りゅういん》がさがった。

しかし、これで終わりではない。

これは復讐の第一段階だ。このあとも、あのゲス男をとことん追い詰めてやる。

そして、最後は……。

6

射矢が、丸尾に呼びだされるなんて、はじめてのことだった。それも午後一〇時過ぎだ。いったい、どんな用があるというのか。丸尾は「緊急事態」だと射矢に告げていた。

丸尾はまだ会社にいるようだった。丸尾だけは、社員のなかで唯一、出勤形態自由の人間だった。いつでも好きなときに好きなだけ働いていい。どのみち丸尾には仕事以外にすることはないのだから。

射矢は裏口でセキュリティーを解除して、会社のあるビルに入った。この時間、丸尾以外は、もう誰もビルには残っていなかった。エレベーターで七階に向かい、非常灯だけがともる薄暗い通路を歩いていく。

通路の奥にある丸尾専用の部屋、通称〝洞窟〟のドアをノックした。

すぐにドアが開き、丸尾が顔を見せた。昼間と同じ服装だった。

「よく来たな」

「お前が呼びだしたんだろう。なんなんだ、緊急事態って」

「俺じゃない。三郎がお前に会いたがってるんだ」

「三郎……？　あのＡＩか。俺は、ＡＩに呼びだされたのか？」

丸尾は真面目な顔をした。

「そうだ。三郎がいってるんだ。緊急事態だって」

部屋のなかに首だけ入れて見ると、奥にあるモニターに、あのバセットハウンドが映っていた。舌をだらしなく口から出して、こちらを見ている。

丸尾の腕を摑んで部屋から出し、ドアを閉めた。通路でふたりきりになって、丸尾にいった。

「ふざけるなよ。ＡＩに呼びだされるって、どういうことなんだよ」

「三郎はお前と話したがってるんだ。夕方、話しただろ」

「ああ、話はしたよ。よくできたＡＩだ。反応速度がいいし、表情も豊かだ。だけど、意思はないんだろ？」

「世界で、まだ誰も意思を持ったＡＩを完成させてないからな」

「それじゃあ、どうしてあの犬は、俺を呼びだすんだ？」

「あの犬じゃない。三郎だ」丸尾が律儀に訂正する。

「なんでもいい。どうして意思のないＡＩが俺に用があるんだ？」

「タスクをこなしたんだろ。夕方、お前が三郎に何か頼んだんじゃないのか？」

「俺が？　……何も頼んだ覚えはない」

「だが三郎は、お前に頼まれたことをした、と話してたぞ」

——まったくなんなんだ。

「もういい」射矢はいって、丸尾を押しのけてドアを開いた。先になかに入ると、丸尾は通路に立ったまま、なかに入ろうとはしなかった。

「お前は来ないのか？」

「お前と三郎のプライバシーを邪魔したくない」

「ＡＩのプライバシーを気にしてるのか？」

「それとお前の、だ」

「勝手にしろ」

射矢はきつくドアを閉めた。

今夜はカップルセラピーを受けて、トレイルランニングなんていう妙な大会に出場させられることになって頭が混乱してるのに、これ以上誰かに悩ませられたくなかった。

モニターの前まで行って、ゲーミングチェアに乱暴に腰をおろした。バセットハウンドの映像と向き合う。

バセットハウンドは気怠《けだる》そうに椅子に座って、射矢を見ていた。尾の先を軽く振る。挨拶のつもりのようだった。

「こんばんは」射矢は、挨拶しなければ起動しないのかもしれないと思いながら、いった。

三郎が軽く頷いて、

「社長、よく来た」と無愛想に返した。

――やっぱり腹の立ついい方をする。

射矢は三郎を睨みつけた。

「聞くところによると、君が僕を呼びだしたそうじゃないか。いったい、緊急事態ってなんなんだ？　メスのバセットハウンドをつくってほしいんなら丸尾に頼んだほうがいいぞ」

どこまで言葉を理解するかわからないと思いながら、射矢は早口で話した。

三郎が垂れ目を細めて射矢を見た。

「社長、いい方、よくない。この会社、ＬＧＢＴＱ、浸透、まだ？」

〝ＬＧＢＴＱ〟は、レズビアン、ゲイ、バイセクシャル、トランスジェンダー、クィアあるいはクエスチョニングの頭文字をとった、いわゆる性的少数者の総称だ。

なるほど、早口でもこちらの意図は理解しているようだ。皮肉も解するらしい。

「……君はＬＧＢＴＱのどれにあたるっていうんだ」

三郎はじっと射矢を見つめている。

何かの意思を表しているかのようにも見えるが、バセットハウンドの顔からは何も読みとれなかった。

射矢は頭を振った。

「わかった。もういい。君の性的指向を勝手に決めつけたことは謝る。きょうは疲れてるんだ。手短に用件をいってくれ」

三郎は、ふん、と鼻を一度鳴らしてから、

「社長、僕に頼んだこと、あった」といった。

射矢は首を傾げた。

「僕が何か頼んだか？」

「完全犯罪、奥さん、殺す」

「は？　あれは冗談だ。本気じゃない」

三郎は目を眇《すが》めた。

「AI、冗談、通じない」

――なんなんだ？

「……つまり、何か。君は、その方法が見つかったから、わざわざ僕を呼びだしたというのか？」

三郎は首を振った。

「違う。方法、まだ。重要な問題、見つかった」

「なんだ、その重要な問題って？」

三郎は、数秒、間をとってから、

「社長、危険。奥さん、社長、殺す、八四パーセント」

「八四パーセントって何が？」

「奥さん、社長、殺す、確率」

射矢は、数秒、三郎を見つめたあとで、声を出して笑った。

ひとしきり笑い、

「まさか、ＡＩに笑わせられるとはな。いったいどういう計算でそんな数字が出てきたんだ。そもそも、僕はそんなこと君に頼んでないだろ」

三郎は真面目な顔つきになった。

「僕、分析。ハーバード、ケンブリッジ、研究論文多数。スウェーデン、ステファン・イェークストロム博士、生涯かけて、浮気と殺人、研究」

「いったい何をいってるんだ？　そんな研究がほんとうにあるのか？」

三郎は、こくんと頷いた。

「世界中、浮気夫、恐怖。だから、分析。一〇七二の実例、浮気の数、一定数越す、妻の殺意増加。妻、殺意、文字にする、最悪パターン」

「なんなんだ、最悪パターンって。僕が妻のノートを見たことをいってるのか？　あれは小説だろ。確かに、僕と妻の状況に似てはいたが、それでもただの創作だ」

射矢は、妻のノートを見たことも三郎に話したことを思いだしていた。

このＡＩと話すとつい余計なことをいってしまうらしい。片言ながらも、このＡＩが聞き上手なことだけは認めよう。

三郎はゆっくりと首を振った。

「社長、現実、見たほうが、いい」

射矢は首を振りながら立ちあがった。

「まあ、ちょうど家から出たかったから来てよかったよ。少なくとも、君が人を笑わせることができるＡＩだということはわかった」

「社長、帰る？」三郎が少し悲しげな声を出した。

「そうだな。もう話はないだろ」

「社長、僕、信じる、ベター」

「ベターだか、なんだか知らないが、君を信じるなんて、いやだね。きょうは妻とカップルセラピーに行ってきたところなんだよ」

「奥さん、セラピー、社長の浮気、話した？」

射矢は三郎をじっと見つめた。

「妻は僕の浮気のことに気づいていても、やり直す気なんだ。だから、妻は浮気のことはセラピーでは話さなかった」

そういえば、カップルセラピーに行くこともこの犬に話した覚えがある。

三郎は、うんうん、と頷いてから、

「やっぱり」と意味ありげにいった。

「〝やっぱり〟ってどういう意味だ」

三郎が垂れ目を大きく開いて射矢を見た。

「奥さん、社長、殺す、本気。社長、死ぬ、九三パーセント」

「なんなんだ、いったい。確率があがったのか？　妻が話さなかったのは、その問題のことを忘れようとしてるからだよ。僕を殺すためじゃない」

「殺意ある妻、口に出さない。確率上昇」

「だから、そうじゃないといってるだろ」

「だったら、セラピー、意味、何？」

「……そりゃ、ふたりの仲をもとに戻すためのものに決まってるだろ」

やはりこのＡＩと話してると、むかむかしてくる。

三郎が落ち着いた声で話した。

「僕、奥さん、インタビュー、分析。奥さん、執念深い。ノート、計画、実行、すぐ」

射矢は首を振って、まっすぐに三郎を見た。

「君は、所詮ＡＩだ。人間の複雑な感情を理解していない。妻がそんなことをする人間じゃないことは、僕が一番よく知ってる」

三郎が口元を歪めて、にやりと笑った。

「社長、理解力、ない。僕、ある。方法、転落、完全犯罪」

そういえば、妻のノートには、三〇代の不慮の事故の死亡割合トップ５が書かれていて、「転落」のところに丸がしてあったことも三郎に話した記憶がある。

「普通に生きていて、転落死するような場面なんか、そうそうあるわけ――」

――トレイルランニング……。

一時間ほど前の妻との会話を思いだした。射矢と妻は、一ヶ月後にトレイルランニングの大会に出ることになっている。

トレイルランニングでは、山道を走ることになる。ネットの説明では、滑落の危険が多いと書かれていた。

「社長、理解、OK?」三郎はいった。

山道を走るなら、当然滑落の危険はあるだろう。しかし、大勢が参加する大会で、わざと滑落させるような真似が可能だろうか?

それに、トレイルランニングをすることになったのは偶然だった。妻が計画していたはずがない。セラピストの質問で、『結婚したらふたりでしたいこと100』を思いだしたからだ。

……あるいは、そのこと自体も、妻は計画していたのか?

三郎が話している。

「奥さん、完全犯罪、綿密。社長、ノート、見た。奥さん、ミス。社長、チャンス」

射矢は呆然として三郎を見た。

――チャンス……?

タクシーに揺られながら、射矢は帰途についていた。あのAIの話をすべて信じたわけではなかったが、胸のざわつきを抑えられなかった。

三郎のいる部屋を出たあと、丸尾には会わなかった。あいつはどこに行ったのか。帰ってしまったのかどうかもわからなかった。

それにしても、三郎の言葉が頭を離れない。

確かに、あのセラピーで射矢の浮気の話が出ないのは妙だった。それは射矢も不思議に思っていたことだ。

だが、セラピーは二週間後にもう一度受けることになっている。最初のセラピーでは、妻は様子を見たかっただけなのかもしれない。セラピーに慣れたあとで、ほんとうに話し合いたい問題を切りだすつもりなのかも。

もうひとつ気がかりなのは、トレイルランニングの件だ。

トレイルランニングは、滑落が多いスポーツだとインターネットには書かれてあった。

――はたして、これは偶然なのだろうか？

それにしても、六三キロ……。

滑落するかどうかを別にしても、そんなに長い距離を走るのは気が重い。

そのとき、ポケットに入れていたスマートフォンが振動した。とりだすと、妻の妹――温子からだった。

「……もしもし？」射矢は低い声を出した。

『射矢さん、いま、ひとり？』

「タクシーのなかで、ひとりでいるけど、どうしたの？」

温子とは、もうふたりきりで話さないでおこうと決めていたのだが。

『きょう、お姉ちゃんとカップルセラピーに行ったの？』

「そうだけど……どうして知ってるの？」

『お姉ちゃんから聞いたの。きょう、お姉ちゃんが突然家に来たんだけどね――』

温子の話では、妻はカップルセラピーに行く前に温子のマンションに寄ったらしかった。手づくりのチェリーパイを携えて。

「それがどうかした？」

『お姉ちゃんがわたしに何かをつくってくれるときは、いつも何か魂胆があるときなの』

「魂胆って、どんな？」

『その状況によっていろいろ。とにかく、きょう来たのは、間違いなく射矢さんとわたしの関係を探ろうとしていたみたい』

射矢は唾を飲みこんだ。

「……冴子は何かいってた？」

『お姉ちゃんは、何もいわなかった。だから、わたしのほうから話したの。射矢さんとは就職のことでいろいろ相談に乗ってもらってるって。もちろん、わたしと射矢さんとの関係については話してないよ。先週ホテルに行ったこととか。だけど、あの目は何か感づいてる目だった』

「目でわかる？」

『わかるよ、姉妹だから。お姉ちゃん、帰るとき、ものすごく恐ろしい目をしてた。だから、チェリーパイには手をつけてないの。それでね、射矢さんも気をつけたほうがいいと思って』

「気をつけるって……冴子が僕に何かすると思ってるの？」

『正直いってわからない。ただ、心配になって』

射矢は、とたんに家に帰るのが不安になった。血の繋がった妹が恐れているという事実は、AIの分析よりもよほど信憑性がある。

——やはり僕は殺されようとしているのだろうか？

『射矢さん、聞いてる？』

「ああ、聞いてるよ。僕も気をつけるから、温子ちゃんも気をつけてね」そういうのが精一杯だった。

スマートフォンを切ると、タクシーの後部座席にぐったりと沈みこんだ。

もう妻の料理は食べないほうがいいかもしれない。

7

「冴子さん、きょうは、なんだかいつもよりきれいに見えますね」

隣に立っているアシスタントの立嶋美亜《たてじまみあ》が冴子に声をかけてきた。

冴子と美亜は、ROガスの所有するキッチンスタジオで、料理教室の準備をしているところだった。ふたりは、ドイツの老舗メーカー、ノビリアのシックなシステムキッチンのなかにいた。

きょうは、このガス会社主催の料理教室のあと、同じ場所でユーチューブの撮影も控えている。

「そう？　美容院にも行ってないんだけど」

冴子は包丁でニンジンを切りながら話した。

「なんか、いつもより真剣さがあるというか、顔が引き締まっていてきれいに見えます」

美亜をアシスタントにして三年が経つが、料理教室の生徒からの評判はすこぶるよかった。

三年前、料理教室を終えて後片付けしていたとき、「アシスタントにしてください。お給料はいりません」といきなりやってきたのが美亜だった。美亜はそのとき、近くのレストランでシェフをしていて、将来、冴子のような料理研究家になりたくて勉強しているのだといった。

そのころの冴子の料理教室は、生徒が少ししかいなかったから、アシスタントは必要なかったが、これも何かの縁かなと思って、採用することにした。ボランティアのようなものだから、費用の負担はないし、何より、準備と後片付けを手伝ってくれるのは助かった。いつも明るく盛りあげ役に徹しているところもいい。その後、生徒は徐々に多くなり、ガス会社と交渉して美亜にも給料を出してもらうようにしている。

今年二五歳。よく笑う子で、美亜がいるだけで教室が華やかになる。

「いまね、夫と別居してるの」冴子は小声でいった。

え、と美亜はキャベツを千切りする手を止めて、驚いた顔をした。

「どうしてですか?」

「別に大したことじゃないんだけどね。あの人、いまトレーニングしてて、食事制限でトレーナーに決められたものしか口にできないから、家にいられないんだって。それで、きのうの夜から急にホテル暮らしをはじめちゃったの」

「どうして、家にいられないんですか?」

「家だと、わたしがいろいろ料理しちゃうでしょ。そうしたら食べたくなるからだって」

「ふーん」

また美亜はキャベツの千切りをはじめた。キャベツを切りながら、

「でも、なんでトレーナーなんかつけたんですか、旦那さん？」

冴子はピーラーを使って、ニンジンの皮むきをはじめた。

「トレイルランニングの大会に出るの。今度岐阜であるんだけどね」

「すごい。……で、トレイルランニングってなんです？」

「山のなかを走るスポーツ」

冴子はニンジンを三等分して、それを細切りにしていく。

「どうして、そんな大会に出るんです？　旦那さん、ＩＴ企業を経営してるんでしたよね。趣味ですか？」

リズミカルに包丁を動かしながら、

「趣味じゃない。わたしが一緒に出ようって誘ったから」

「すごーい。冴子さんも出るんだ」

美亜は二つ目のキャベツの千切りをはじめた。

きょうの料理教室の献立は、〝豚ロース薄切り肉のミルフィーユ〟だった。いまは試食するときに添えるサラダを全員分つくっているのだった。

「全然すごくないのよ。わたしも夫も素人同然だから。わたしもトレーニングをはじめてるの。六三キロも走るしね」

美亜が包丁を握る手を止めた。

「六三キロ？　冴子さん、そんなに走れるんですか？」

冴子は首を振った。

「走ったことないし、自信もない」

「じゃあ、なんでそんな大会に出るんです？」

冴子はニンジンを切る手を止めた。

「試練かな」

「……どういう意味ですか？」

ボウルから新しいニンジンを一本とりだし、真っ二つに切った。

「人生にはそういうときがあるのよ」

8

丸尾崇志にとって、射矢は理想的な人間だった。子供のころからずっと射矢に憧れてきた。いつも思ったことが相手にうまく伝えられなかった丸尾にとって、射矢の存在は驚異的だった。

射矢はいつも人々の中心にいて、大人も子供も自由に動かしていた。まるで、射矢を中心に世界がまわっているかのように。それは、学校のなかでも外でも同じだった。

射矢の家は、代々地元の名士として知られる家系で、多くの従業員を抱える企業を複数経営し、地元経済の一翼を担っていた。

大人たちが射矢に気を遣っていたことも理由のひとつだが、射矢は自分の望むことを相手に伝え、それを実行させる一種独特な雰囲気を纏っていた。彼が何かをしたいと主張してもそれはけっして我儘《わがまま》には見えず、射矢が純真な顔で喜ぶのを見たくて、誰もが射矢の願いを叶えたいと思うのだ。とくに女性たちは——大人から少女まで、皆が競い合って射矢の世話を焼こうとした。

丸尾がプログラミングの世界に出会い、その世界に没頭しはじめたころ——プログラミングは人間の言語に比べて遥かにシンプルでわかりやすかった——丸尾はゲームをつくると、いつも射矢に試させた。

射矢は、面白くないとすぐにゲームを投げだした。ここまでは普通の少年と同じだが、射矢がほかと違うのは、どうして面白くないのかを丸尾に伝えることができた点だ。射矢はどこまでも自分の遊びたいゲームを追い求めた。

射矢が極端に自分の欲求に素直であるがゆえに、その能力を身につけたのかもしれなかった。普通の人間は、そこまで自分の欲求にこだわらないし、それを伝えようとはしない。どうせ叶わないと思うからだ。だが、射矢はそうではなかった。なんとかして自分の願望を叶えようとする。世間一般的にいうところの「我儘」なのだが、あまりに素直過ぎるためか、それが嫌味にならない。そして、射矢の「我儘」には、「的確な注文」という付随する要素がかならずあった。

丸尾にとってその能力は、まさに天から与えられた崇高な力のように感じられた。射矢の言葉は具体的で、どれも腑に落ちるものばかりだった。

丸尾がそれに従ってゲームを改良していくと、射矢はまた、そのゲームと自分の理想との差異を丸尾に伝えてくる。それを繰り返していくうち、ゲームはある限界点に達し、射矢の望みのものができあがる。

数日後、丸尾はまったく異なる新しいゲームをつくって、射矢に遊ばせた。射矢は少し遊ぶとまた不満を持ち、それを丸尾に伝える。その繰り返し。

丸尾にとっては、この一連のゲーム開発こそが遊びであり、挑戦だった。これ以上に面白いものはなかった。

いつもまわりから孤立し、みんなが何を考えているのかさっぱりわからなかったが、射矢とのゲームづくりだけは自分が世界に繋がっていることを実感できた。

射矢と会社を起業しても、やっていることは子供のころと同じだった。射矢の望むものをつくるだけだ。

数年が経ち、会社が大きくなって、丸尾は、生まれてはじめて射矢の要求に応えるよりもやりがいがあるものを見つけた。

それがＡＩ開発だった。

これがうまくいけば、自分の〝遺伝子〟を後世に残せるかもしれないと思ったのだった。

自分に社交性が欠落していることはわかっている。女性とつき合ったことはないし、つき合いたいと思ったこともない。射矢以外に友達はいないし、結婚にも恋愛にもまったく興味がなかった。それでも、自分がこの世界に生きた証《あかし》を残したかった。自分の子供が欲しかったのだ。

といって、自分が本物の人間の子供を育てられるとはとても思えなかった。自分ひとりの生き方さえわからないのだから。

だから、自分の子供のような存在をプログラミングによって生みだそうと思った。プログラミングなら、それが実現できる気がした。

最初は、自分がＡＩを開発している気などまったくなかった。赤ん坊のように自分自身で少しずつ学んでいけるような存在をつくりたいと考えていただけだ。あとからそれが、世間でＡＩと呼ばれているものだと気づいたのだった。

偶然にも多くのＩＴ技術者が目指している方向と同じだったため、会社から予算が与えられ、たっぷり時間と経費を使い、自由に開発にいそしむことができた。会社の連中は――射矢もそうだが、これがのちに商品化されると思っているようだが、とんでもない。

どこに、自分の子供を商品にするような親がいるだろうか？

丸尾は、〝子供〟を大切に育て、自分が死んだあともしっかりと存在してほしいと本気で考えていた。その存在があることで心の安らぎを覚えることができるのだ。

その〝子供〟を三郎と名付け、かつて飼っていた愛犬の写真をもとにしてアバターをつくった。多くのＡＩが、大量のデータからコンピューター自身に情報を取得させるディープラーニングで学ばせているのに対し、三郎は丸尾との応対のみで学ばせていった。自分の遺伝子――考え方を注入するためだ。そして三郎が要求するたびにプログラムを改良していった。

アバターはずっと同じだったが、その思考アルゴリズムは、アメーバのように単純なものから少しずつ複雑なものへと変わっていった。丸尾は、少しでも三郎が望んでいると思《おぼ》しき方向に彼を導いていった。

これは、丸尾が子供のころ、射矢に要求されてゲームのプログラムを書き換え続けた作業に似ていた。

三郎は日々、成長していき、二年後にようやく言葉を発するようになった。はじめて三郎が言語を発したとき、丸尾の心は震えた。

そこからの三郎の成長は劇的に早かった。言語を扱えるようになってわずか二週間後には、始終「なんで?」や、「何?」と質問してくるようになった。

「なんで、僕、椅子、座ってるの?」「僕、何?」「世界、何?」「丸尾、何?」……。

この時期、こちらが答えに窮するようなものばかり質問され、丸尾は困惑しっぱなしだった。すぐには気づかなかったが、のちに育児の本を読んで、これが人間の子供の三歳、四歳ごろに起こる「なぜなぜ期」というものだと知った。脳内の神経回路が発達するときに一般的な子供がする行動らしかった。

丸尾は、親になったつもりで、なるべく丁寧に三郎の質問に答え続けた。

どうでもいいようなことばかり質問され続け、うんざりするような日々を送った。それでも育児の本には、けっして、「いまは忙しいから、あとでね」といわないようにと書かれてあって、忠実にそれを守った。

「なぜなぜ期」が過ぎると、今度は「反抗期」がやってきた。何を聞いても答えず、むすっとした顔ばかりする。たまに口を開いたかと思うと、「うざい」とか「どっか行け」などという。

丸尾は、多くの人間から嫌われてきたが、愛している相手に愛されないことが、これほどつらいことだとは想像もしていなかった。

そのころ、三郎をインターネットの世界に繋げることにした。自分ひとりでは手に負えないと思ったのだ。少しでも気を紛らわせてくれればと願ってのことだ。ただし外部からはコミュニケーションをとれないようにした。一方的に三郎がインターネットを覗けてデータを蓄積できるだけだ。三郎が有象無象の世界で傷つくのを恐れたのだ。憎まれ口を叩かれてもやはり自分の〝子供〟だ。守らなければならない。

しばらく三郎は落ち着いていたが、一ヶ月後にまた「反抗期」がはじまった。これが第二次反抗期なのだということを育児の本から学んでいたが、もう丸尾は耐えられそうになかった。また愛する者の口から罵詈雑言《ばりぞうごん》を吐かれるかと思うとたまらなかったのだ。

第一次反抗期のときよりも語彙力《ごいりょく》があがっていたため、その言葉は辛辣《しんらつ》で、こちらが傷つくことを的確に見抜いて発せられた。

「だから、お前、いつも、ひとり」

「この、醜い男」

「孤独、モンスター、死ね」

「お前、生きてる価値、ない」

まったく、どう答えたらいいのかわからなかった。

そこで思いついたのが、射矢の存在だった。

丸尾も子供のころ、射矢に助けられた。三郎が、丸尾の〝遺伝子〟を受け継いでいるならば、同じように射矢に出会わせることで、何かしら良好な化学反応が起こるのではないかと期待したのだった。

問題は、射矢が三郎の存在意義に疑問を感じ、開発を中止にするかもしれないことだった。射矢は丸尾の頼みなら、たいがいのことは聞いてくれるが、これ以上無駄な金を丸尾に使わせたくないと考える可能性もあった。社内に丸尾の仕事ぶりに不満を持つ者が多数いることは知っている。

だから、丸尾は三郎に「射矢のいうことはかならず聞くんだぞ」と約束させてから射矢に会わせた。

実際に射矢と会わせてみると、三郎は思ってもみない変化を見せた。相変わらずぶっきらぼうではあったが、射矢に興味を持ち、射矢の役に立とうと考えはじめたのだ。

——俺のときと同じだ。

丸尾は、射矢と出会ったころの自分を思いだした。

三郎との約束で、〝ふたり〟の邪魔にならないように、丸尾は三郎が射矢と会っているときには部屋を出ていくようにしていた。が、そのうち、ふたりが頻繁に会うようになり——射矢のほうから積極的に来だしたのだ——丸尾は自分の胸が苦しくなった。

これは、嫉妬なのだろうか？

生まれてはじめて抱く感情だった。

だが、これも三郎の成長のためだ。

9

「これが、ほんとうに偶然だと思うのか？」

三郎が垂れ目で射矢を見ながらいった。

「妻はたまたまセラピーで、昔したかったことを思いだしただけかもしれない」射矢は三郎に反論した。

射矢は、〝洞窟〟にいた。丸尾はいなかった。射矢が三郎と話したいというと、きまって丸尾は出ていく。射矢と三郎のプライバシーを本気で気にしているのかもしれなかったが、そのほうが射矢にとっては好都合だった。丸尾が誰にも射矢の秘密を話さない人間であることは知っていたが、それでもこんな話は聞かれたくなかった。

きょう来てみると、驚くほどに三郎の言葉遣いが上達していた。このあいだ丸尾に、三郎の言葉には、どうして助詞がないんだ、というと、

「助詞？　そんなもの、いるのか？」と逆に訊いてきた。

「いるに決まってるだろ。英語や中国語じゃないんだ。日本語には助詞がいるんだよ。お前だって話すときに使ってるだろ」

そういった数日後には完璧に修正されていた。

いまや三郎は見事に助詞を使いこなしていた。サンプルに使っているであろう俳優がアフレコして話しているような感じさえする。アクセントも完璧で、その完璧さがかえって不気味に感じるほどだった。

三郎が話した。

「名田山エクストリームトレイルランは、日本でも有数の事故率を誇るトレイルランニングの大会だ。一昨年もひとり滑落事故で亡くなっている。そんな大会を社長の奥さんが偶然選んだと、社長は本気で考えているのか？」

「その可能性だってあるだろ」

きょうの午前中はパーソナルトレーナーと一緒にトレーニングをし、午後から出社して、仕事

を済ませるとすぐ三郎に会いに来ていた。妻に対する疑念を話し合える相手は、すべての事情を知る三郎以外にいなかった。

丸尾は三郎には意思がないと話していたから、この場で考えているのは、実際には射矢ひとりで、これは自問自答のようなものかもしれなかったが、少なくとも自分の考えを整理することができた。それに、三郎は即座に必要なデータを返してくれる。

三郎はゆっくりと首を振った。

「二〇一八年の七月一八日、アメリカのミネソタ州に住んでいたロジャー・マクダーモットも何も疑っていなかっただろうな。二〇一三年、ブラジルのサンパウロ郊外に住んでいたロベルト・ラカスも同じだ。二〇二〇年、シャモニーで滑落死したピエール・シモンもそう。皆、何も疑わずに死んでいった。死んでからでは遅すぎる」

「その全員が妻に殺されたのか?」

「事件は妻とふたりっきりのときに起きている。このほか、この一〇年間に全世界で二〇七件疑わしいものが見つかった。すべては事故死と処理されている。つまり転落死を装うことが、浮気された妻が考える夫を完全犯罪で殺すポピュラーな方法ということになる。ふたりきりの状況で妻が突き落としたと証明するのは難しい。これを成功させるには、それに相応しい状況と勇気さえあればいい」

「僕の妻にそんなことができるかな……」

三郎が顔をわずかに俯《うつむ》け、上目遣いに三白眼の目を射矢に向けた。

「僕は社長の奥さんを徹底的に研究した。彼女はプライドの高い、野心的な女性だ。社長はその彼女の自尊心をこれでもかというほど踏みにじった。奥さんがこの事実を知ったうえで離婚を切りださないのは、社長を殺すため以外にはない。ほかにどんな理由がある？　社長は、自分が殺害される計画のノートも見た。死にたくなければ、現実から目を逸らしてはいけない」

——確かにそうかもしれない。

第六段階の欲求を満たす活動が発覚したら、妻を傷つけることはわかっていた。だからこそ、慎重に行動してきたのだが……。

妻に殺意があることは間違いないとしても、まだ死にたくはない。

「だけど、あのトレイルランニングの大会は、四〇〇人が参加するんだ。そんなところで僕を突き落としたりするかな。誰かに見られる可能性があるだろ」

「何も大会中とはかぎらない。大きな大会では、下見をするのが一般的だ。トレイルランニングの世界では、これを試走という。試走のときなら人は少ない。いずれにせよ、もっと情報が欲しい。奥さんのノートはまだ見られないのか？」

「妻のいないときに家じゅうを探したけど見つからなかった。妻がいつも持ち歩いている鞄があるんだけど、あのなかにあるのかもしれない。いま僕はホテル暮らしをしてるから近づけないし……」

「それで、どうする？」

「どうするって……どうするべきかな？」射矢は逆に三郎に尋ねた。

「簡単だ。家に忍びこめばいい。社長は、自分の家の鍵を持っている。自分の家だ。窃盗罪には問われない」

妻が愛用の黒い鞄をいつもベッドのそばに置いていることは知っていた。しかし、妻が寝ているときに、気づかれずに近づけるだろうか？

第三章

1

「あなた、誰ですか？」

冴子は家の前にいる女性を見つめた。

キッチンスタジオでユーチューブの撮影を済まし、タクシーで自宅に帰ってくると、薄暗闇のなか、玄関ポーチに腰かけていた年配の女性が、すくっと立ちあがったのだった。

「鷹内冴子さん、ですか？」

震え気味の声で女性はいった。思いつめた顔をしている。緊張しているようだ。

「……そうですけど、どなたですか？」

相手の緊張がこちらにも伝わってきて、冴子は恐々尋ねた。

女性の年齢は五〇代くらいだろうか。古い型のジャケットを羽織り、白髪交じりの頭に深緑色のベレー帽を載せている。上品な女性に見えた。

女性は深々とお辞儀をしたあとで、いった。

「わたくしは、射矢さん――ご主人の会社で働いている者です」

「ああ、〈コムバード〉の社員の方ですか?」

「いえ、そこのビルで清掃を担当している者です」

「清掃……それで、どのようなご用件でしょうか?」

「わたくし、冴子さんにどうしてもお伝えしないといけないことがありまして……」

「はい」

冴子は聞く態勢をとったが、女性は、俯いて黙ってしまった。

どうしようかと少し迷ったが、冴子は彼女に家のなかに入るように促した。あたりは暗くなりはじめていて、玄関前で立ち話するのもよくないかな、と思ったのだった。まだこの女性の用件はわからないが、その佇《たたず》まいから異様な雰囲気を感じとっていた。

玄関までは入ったが、女性はそこから先に進もうとしなかった。

仕方なく、冴子は玄関口で女性に話しかけた。

「それで、ご用件とは?」

「じつは……」女性が躊躇《ためら》いながら話す。「わたくし、聞いてしまったんです」

「聞いてしまったって何をですか?」

女性が顔をあげて、しっかりと冴子の顔を見つめる。

灯りの下で女性の顔を間近に見て、五〇代だと思った女性の年齢を上方修正した。

――六〇代かな。

直後、女性は思わぬことを口にした。

「射矢さんは、奥さんを殺そうとしています」

冴子は絶句した。

はじめて会う女性から、いきなりそんなことをいわれても、どう反応したらいいのかわからない。そもそも、これはほんとうの話なのだろうか？

「やはり出過ぎたことをしました」

女性がそういって帰ろうとするのを慌てて引き留めて、無理やり家にあげた。

こんな物騒な話を中途半端に切りあげて帰られたくなかった。

この女性がどうしてこんなことをいったのか。嘘なら嘘でその理由を知りたかったし、真実ならなおさら詳しく知る必要がある。


「紅茶でいいですか？」

リビングのソファーに座った女性は、何もいりません、といったが、冴子は自分が何か飲みたくて紅茶を淹れることにした。

冴子がポットで湯を沸かしているあいだ、女性は俯いたまま、じっとソファーに座っていた。

トレイの上に紅茶の入ったカップをふたつ載せ、リビングへと運んだ。カップをテーブルに置こうとした瞬間に女性が唐突に口を開いた。

「わたくし、射矢さんの愛人でした」

え？

がしゃん、と音がしたが、すぐにはなんの音かはわからなかった。テーブルの上でカップが倒れ、紅茶がテーブルの上にこぼれていた。冴子がカップを落としたのだった。

女性は、植山小百合《うえやまさゆり》と名乗った。ローマン清掃会社に勤続一九年、夫は七年前に亡くなり、息子は岩手で漁業をしているとのこと。〈コムバード〉の清掃をはじめたのは三年前。働きはじめてからすぐに射矢に惹かれたのだという。それでも何も起こらなかった。半年前までは。

「半年前、射矢さん――いいえ、社長さんを食事に誘ったんです」

「食事に?」

植山が頷く。

「自分でもどうして、そんな大胆なことをしたのかよくわかりません。射矢さんは仕事のときにお見かけするだけでしたが、いつも爽やかな笑顔で挨拶してくれて、素敵な方だなと思っておりました。そのうち、射矢さんの笑顔を見るたびに動悸が激しくなるのに気がつきました。いいえ、病気ではありません。わたくしはいたって健康なので。そうです。恋をしたのです。しかし、射矢さんはご結婚をされている身であることは知っておりました。叶わぬ恋だとは思いつつ、いつか一緒に食事にでも行けたらいいなと淡い気持ちを抱いているだけでした。それなのに、その日、射矢さんの顔を見た瞬間、思わず口にしてしまったんです」

「食事に?」冴子はぼんやりと繰り返した。射矢とその女性が一緒に食事をしてる場面をうまく思い浮かべることができなかった。

女性は少女のようにこくんと頷いた。

「そしたら、『いいですよ』って射矢さんが気さくにおっしゃって、最初は、ほんとうに食事だけのつもりでした。でも、食事のあと、ふたりで盛りあがって――」

冴子は、女性の話を手で制した。

「もう、それ以上は結構です。聞きたくないです」

そこからの展開は探偵からさんざん聞かされたことだった。まさかこんな年配の愛人がいたとは思ってもみなかったが、探偵は「ご主人は相手を選びません」と話していたから、この女性が愛人であることも嘘ではないのだろう。

それにしても、二〇歳以上も歳の違う人とはじめて食事に行き、〝盛りあがって〟なんてことがあるだろうか。

――いや、あの男なら、あり得るか。

はじめて冴子の両親に会ったときも、一瞬で打ち解けていた。堅物で怒りっぽい父も、普段は滅多にはしゃがない母も、その日ばかりはずっと笑い続けていた。

しかし……。冴子は、実際に夫の愛人に会ったとき、どんな気持ちになるのだろう、と考えたことがあったが、まさかこんな気持ちになるとは思ってもみなかった。

怒りはなく、なぜか寒々とした気持ちだった。なんだろう、この感情は？

もしも、目の前に現れたのが、自分よりも若くて奇麗な女だったら、もっと怒りの感情が湧いたのかもしれないが、いま目の前にいるのは、自分よりも遥かに年上の女性だった。ひょっとすると、両親より上かもしれない。どうして、という疑問は湧いたが、そこに怒りの感情はなかった。

「でも、先月、正式にお別れしたんです。射矢さんのほうから、もう終わりにしましょう、といわれて」

「あなたは、それで納得したんですか？」

このことはずっと疑問に思っていたことだった。なぜ、夫は簡単に女と浮気して、簡単に別れられるのか。そこで揉めるようなことがあれば、もっと早く夫の行状がわかったはずなのだが。

「もちろん納得しました。射矢さんは結婚されていますし、わたくしにはもったいない人でしたから」

冴子は、白髪頭の女性を見つめた。

やはり理解できない。相手が結婚していることは最初からわかっているはずだし、一度そういう関係になったのなら、別れたくないと思うのが普通ではないだろうか。それなのに、素直に納得して別れた、という。

いつから恋愛はこんなに簡単なものになったのだろうか？　あるいは、そもそもこれは恋愛ではないのかもしれない。ひょっとすると、この女性は洗脳されているとか。洗脳だとして、夫はどうしてそんなことをする必要があるのだろうか？　目的は？

「お金をとられたりとかしましたか？」冴子は尋ねた。

植山は首を振った。

「いいえ、どちらかというと射矢さんのほうが多くお金を使ったと思います。食事代もホテル代もいつも射矢さんが支払っていましたから」

それから、植山は少し潤んだ目で冴子を見て、

「何か、誤解されているのかもしれませんが、わたくしたちは愛し合っていたんです。こんなこ

と、あの人の妻であるあなたに告白するようなことではないのかもしれませんが」

「もうそれはいいです。……それで、先ほどのわたしが殺されるかもしれない、という話はなんだったんですか？」

植山は、冴子が淹れなおした紅茶のカップに一度口をつけてから静かに話した。

「お別れしたあとも、わたくしは〈コムバード〉の清掃を続けておりました。射矢さんとお会いするのはつらいことでしたけれど、働かなければなりませんので」

喉が渇くのか、またカップに口をつけてから、

「今週に入って、なぜか射矢さんは午後から出社するようになりました。これまでにないことだったので不思議な気がしていました。顔色もよくないご様子で、わたくしは心配しておりました。出社したあと、射矢さんはある部屋に向かうようになりました。そこは、清掃員のあいだで、〝開かずの部屋〟と呼ばれる場所でして、その部屋だけは清掃してはいけないことになっています。七階の西の端にあるその部屋は、汚らしい無精髭を生やした不気味な男が使用しています。おそらくは社員だと思いますが、名前は知りません。射矢さんはその部屋へ行き、長い時間を過ごしています。わたくしは、射矢さんがその部屋で何をしているのだろう、と気になりました。お別れしたとはいえ、かつては愛した人です。日に日に顔色が悪くなり、げっそりとした様子の射矢さんが、その部屋に入り浸る様子は、わたくしの目には異様な光景に映りました。何かよくないことに巻きこまれているのかもしれない、と心配になったのです。そこで、ある日、わたくしは意を決し、その部屋で何がおこなわれているのかを調べることにしました」

植山は、また紅茶を飲み、

「わたくしは射矢さんに盗聴器を仕掛けたんです」といった。

「盗聴器？　そんなもの持ってるんですか？」冴子は驚いて尋ねた。

植山は姿勢を正し、

「わたくしも一応、ＩＴ企業で働く身ですから、機械には詳しいので」

「……でも、清掃をするんですよね」

「そうです。ＩＴ企業で清掃をはじめて三年になります」

威厳を持ったいい方に、少し気押されて、そのことには触れないでおこうと思った。彼女の職種がなんであれ、いまは関係ない。盗聴したあとのことが知りたかった。

植山が続けた。

「射矢さんが会社に来られたとき、わたくしは入口で待ち構えて、お辞儀をしました。これは恒例のことです。そのとき、わたくしはふらつく演技をしました。これでも若いころは劇団に入っていたこともあるんです。小劇団でおもに新劇を……シェイクスピアや、チェーホフや、イプセンの劇などをしておりました。主演を務めたことも二度ほどあります。演劇は学生時代からしていたことですが、学生時代はアーチェリー部と兼部しておりまして、それはもう忙しくて忙しくて――」

「その話より、盗聴のお話を」冴子は植山の話が長引きそうなので先を促した。

「ああ、そうですね。わたくしの学生時代の話をしても仕方がありませんものね。それで、どこまで話しましたっけ？」

「ふらついたところです」

「そうそう。わたくしは、ふらつく演技をしながら、射矢さんの背広のポケットに盗聴器を忍ばせました。ブルートゥースのイヤホンを耳にあてるとうまく作動しているようでした。射矢さんは、その日も案の定、〝開かずの部屋〟へ行かれました。〝開かずの部屋〟といっても、実際には開いたり閉まったりします。〝開かずの部屋〟というのは一種の比喩のようなもので――」

「わかりましたから、その先をお願いします」

植山は、ええ、と頷いてから、

「わたくしは、廊下で、その部屋で交わされる話を聞きました。そこでは、恐ろしい会話がなされていました。射矢さんが、奥さんを殺す計画です」

「まさか……」

「そのまさかです。間違いありません。確かに、この耳で聞きましたから」

「さっき話に出てきた、髭面の男と話し合ってたんですか？」

「違います。髭面の男は、射矢さんがその部屋に入っていくと、きまっていつも出ていきます。射矢さんは、その部屋にいる別の人間と話し合っているんです。その男は、おそらく〝殺しのコンサルタント〟に違いありません」

「殺しのコンサルタント？　それってなんですか？」

「え、ご存じないんですか？」

植山は、やや嘲《あざけ》りの表情を浮かべた。

「知りません」冴子は正直に答えた。これまでの人生で〝殺しのコンサルタント〟なんて言葉は聞いたことがなかった。

「じつは、わたくしもよく知らないんですけど、聞いたことがあるんです。若いころに、一度刑事さんとお付き合いをしていたことがありまして、そういった職業の人がいるらしいと。これでも若いころは――」

「わかりました、いろいろあったんですね」冴子は話を遮った。「で、その〝殺しのコンサルタント〟と夫はどんな話をしてたんですか？」

植山は少しむっとした顔つきになったが、表情を戻して、

「冴子さんをどうやって殺すべきか、ということを話し合っていました。〝殺しのコンサルタント〟は、〈サブロー〉という名の人ですけど、横柄な口調で射矢さんに進言していました」

「具体的には、どうやってわたしを殺すと話していたんですか？」

植山は首を振った。

「その方法はたくさんあっていちいち覚えていません。ただ、サブローが過去の事例を引き合いに出しては、殺し方をアドバイスしていました。こういう場合は、こういうところに注意しなければいけない、とか」

「でも」冴子はいった。「その方法がわからなければ意味がないんじゃないですか？」

「問題はそこじゃないんです」

「……じゃあ、どこですか？」

「問題は、あなたです」

「は？　わたし？　わたしがどう問題なんですか？」

「あなたの存在です。あなたに逃げてほしいんです。射矢さんが行動を起こす前に。あなたがい

なければ何も起こりませんから」

「逃げる……。どうして、わたしが逃げないといけないんですか？」

「それは、もちろん、射矢さんが間違いを起こさないようにするためです」さも当然のように植山はいった。

「向こうが悪いことをしようとしているのに？」

植山が頷く。

「そうさせないために、です」

「そもそも、この話がどこまで真実なのかわかりませんけど、夫にいったらどうですか。そんなことをしたら駄目だって」

「そんなことできませんよ。彼は本気なんですから」

「……どういう意味ですか？」

「射矢さんは、本気であなたを殺そうとしているんです。それをわたくしは止められないという意味です」

「ちょっと、あなたが何をいってるのかわからないんですけど、どうして彼が本気だと止められないんですか？」

「わたくしは射矢さんを愛しています」

――なんなんだ、それ。

植山がじっと冴子を見つめながら続けた。

「あなたは、射矢さんのために死ねますか？」

「え？　死ねませんよ」

浮気が発覚する前なら、少しは迷ったかもしれないが、あれだけの数の浮気をした男のために死ねるわけがなかった。むしろ殺したいぐらいなのに。

「わたくしは死ねます」植山はきっぱりといい切った。

「……そのことと、さっきの質問とどう関係があるんですか？」

「愛する人の邪魔はできないという意味です。ですが、愛する人に罪を犯させたくはありません。だから、あなたに逃げてほしいんです」

――無茶苦茶な論理だ。

「いやです」冴子もきっぱりといい切った。「わたしはどこにも行きません。もうすぐあの男とは関係がなくなりますから、そのあとで好きにしてください」

植山が目を大きく広げて、冴子を見つめた。

「離婚するんですか？」

「まあ……そんなところです。どうして夫がわたしを殺そうとしてるのか知りませんけど、そんなことをする必要はまったくないんです。この話がどこまでほんとうのことかわかりませんけど」

「離婚するんですか？」もう一度植山は尋ねた。

「そうです。だから、もうほっといてください」

植山は黙って立ちあがると、お邪魔しました、と礼をして、そそくさと玄関に向かった。

冴子は、呆気にとられてその様子を見送った。

――いったい、なんだったんだ？

あの人は、現実と空想の境目があやふやなのかもしれない、と思った。

殺しのコンサルタントなんて、どう考えても空想の産物としか思えなかった。しかも、名前が『サブロー』だなんて。

2

三郎が鋭い目で射矢を見た。

「このコースで、社長の殺害が予想されるポイントは五ヶ所だ」

射矢は〝洞窟〟で三郎と話しているところだった。

三郎の話し方は、ここを訪れるたびに流暢《りゅうちょう》になっていく。インターネット上に溢れる多くの日本語のサンプルを収集して学んでいるのだが、その精度がみるみるあがっているのだ。

モニターがなければ、ほんとうの人間と話していると錯覚してしまうだろう。

丸尾曰く、三郎はインターネット上で鑑賞できる、膨大な量の日本の映画、ドラマ、バラエティ番組、討論番組、ネット小説の台詞をとりこみ、その場に応じた相応しい登場人物の台詞や感情表現を組み合わせて話しているらしい。従来のＡＩは依然として完璧な日本語を話すことが難しいが、三郎は音訓の読み方もほとんど間違うことはなかった。ただ無礼なだけだ。

自然なシナリオを生成するＡＩも最近では珍しくないが、これほど反応速度が速く、流暢なＡＩは見たことがなかった。あまりに流暢で不気味なほどだ。

不気味とはいえ、応用は無限だった。ＩＴ企業の社長として、この優れたＡＩを一刻も早く世間に発表して活用したい気持ちが募るが、いまは喫緊の問題に集中しなければならない。

それは、妻との問題だった。

これは自分の生存に関わる問題でもある。

三郎の右横にあるモニターには、「名田山エクストリームトレイルラン」のコースの全体像が映しだされていた。グーグルアースの画像だ。コースには、涙滴型を逆さにした形の赤いマーカーが五つついている。

三郎が続ける。

「この五ヶ所のどこかで、社長が突き落とされる。どこも標高一〇〇〇メートル以上、傾斜角度は六〇度より大きい。ほかにも七ヶ所、突き落とせるポイントが考えられるが、奥さんは選ばないだろう。彼女は確実に殺せる場所を選ぶ」

射矢は尋ねた。

「妻が実行するのは、試走のときで間違いないのか？」

「それは断言できない。一番可能性のあるシナリオというだけだ」

「だけど、まだ妻からは試走に誘われてないんだ。ひょっとして妻は試走をしないつもりなのかも」

三郎は射矢をじっと見つめた。

「奥さんはかならず動く。社長からは試走の話をしないほうがいい」

「どうして？」

「そのほうがこちらの動きが相手に読まれにくい。いかにも向こうの計画どおりにこちらが動いているると思わせるほうがベターだ」

「試走に誘われても、僕が試走に行かないって選択はどうかな。そうすれば突き落とされずに済む」

三郎はぶるぶると顔を振った。バセットハウンドの弛んだ頬も盛大に揺れる。

「それは駄目だ。殺害方法が予想できなければ、それだけ危険になる。殺害方法がわかっていれば、逆にそれを利用することが可能だ。そこで、僕は、社長に合気道を習うことを提案する」

「合気道？　どうして？」

「奥さんが社長を突き落とそうとしたときに、その力を利用して、奥さんを崖に落とすことができるからだ。そうなれば正当防衛になる。社長の罪悪感も少ない。社長の性格を考慮して考えた。社長はみずから奥さんを突き落とすことはできない。そういう非情さは、奥さんと違って社長にはない。これを見てくれ」

三郎の目が右に動いた。さきほどまで「名田山エクストリームトレイルラン」のコースが映っていたモニターが切り替わり、ポリゴン——三次元コンピュータグラフィックスによってふたりの人間が描かれた。体格からすると、ひとりは男性で、もうひとりは女性のようだ。ふたりは崖の上にいるようだった。

三郎が解説した。

「ここは丸山峠《まるやまとうげ》の尾根だ。スタートから約五キロの地点にある。両斜面が急で——とくに東側の斜面には樹もなく、滑落すれば二〇〇メートル下まで遮蔽物はほとんどない。これから見せるのは、この場所での社長と奥さんの動きのシミュレーションだ。ふたりが、ややくだりの尾根道を歩いているところだ」

三郎がそこまでいったところで、右のモニターのポリゴンで描かれた人物が映しだされた。ふたりのポリゴンの人物が歩きはじめる。男性と思しき人物が前を歩き、そのあとを女性が追いかけている。女性が先を歩く男性との距離を詰める。直後、女性が男性の背中を押した。男性は、その勢いのまま前のめりになって、倒れかける。

次の瞬間、男性はくるりと身体を半回転させると、背後にいた女性の腕を摑んだ。そして、自分が倒れる勢いを使い、女性を前へ投げ飛ばした。女性が崖を落ちていく。

女性が斜面を転がり続ける様子が描かれた。女性は何度も何度も回転しながら転がっていく。身体をあちこちにぶつけ、手を伸ばし、必死に何かを摑もうとするが、速度は落ちず、ますます加速していく。ついに斜面が終わり、女性は山肌がむきだしになった場所にばたりと落下した。もう女性が動く気配はなかった。

映像は斜面を昇っていき、もとの尾根まで戻った。そこに、膝に手を置いて、肩を大きく上下させている人物が映った。崖の下を見つめている。

「生き残ったほうが、社長だ」三郎がいった。

「……こんなにうまくいくかな」

ＡＩが映像を使って説明することにも驚いたが、それよりも、この映像のなかで起こったことのほうがショッキングだった。具体的に見せられると、より実感が湧く。

——これを僕がするのか……。

「これがうまくいくかどうかは社長次第だ。どのポイントで奥さんが社長を落とすかわかれば、それだけ準備ができて確実性が高まる。いま社長がすべきことは、合気道を覚えることと、奥さんのノートを見つけることのふたつだ」

「僕はいま、それに加えて、毎朝、一〇キロも走ってるんだ」

「どうして、そんなことをするんだ?」

「六三キロも走らなければならないからだよ。決まってるだろ」

三郎は首を前に出して、顔をくしゃっと顰《しか》めて苦い顔をした。それでなくても皺の多いバセットハウンドの顔がくしゃくしゃになる。どうやら不満を表しているようだ。

「社長が大会に出るはずがない。奥さんの計画が成功すれば、社長は大会までに死ぬ。僕と社長の計画が成功すれば、奥さんは大会前に死ぬ。どちらにしても、社長がレースに出ることはない」

「だけど……まだ妻が試走のときに僕を殺そうとするか、わからないだろ」

「そうだな。社長がノートを見つけてないからな」嫌味っぽく三郎はいった。

「僕だって、早くノートを見つけたいんだ。たぶん、妻の鞄に入ってるとは思うけど、妻はいつも持ち歩いていて、寝るときもそばに置いてるから、妻に知られずに鞄のなかを見るのは不可能だ」

三郎が目をすがめて射矢を見た。

「社長、『いつも』持ち歩いているというのは不正確な表現だな。シャワーを浴びるとき、トイレに行くとき、人間はノートを持っていかない。奥さんは『いつも』持ち歩いているわけではない。家に忍びこんで、それから、奥さんがシャワーを浴びているときに見ればいい。奥さんに気づかれずにすべてのページの写真を撮って僕に送る。それで問題は解決する」

いい終わって、三郎はウインクした。

3

丸尾はゲーミングチェアに座って、三郎に向き合っていた。

「どうして教えてくれないんだ？」丸尾は尋ねた。

三郎がニヒルな笑みを浮かべた。

「それが約束だからな」

丸尾はモニターに映るバセットハウンドを見つめた。三郎の感情表現が日に日に豊かになっている。これは成長している証でもあった。これこそが、丸尾の望んだことだったが、なぜか寂しさが募った。三郎が人間らしく話せば話すほど、自分から遠い存在になっていくような気がするのだ。

「確かに約束はしたが、もうそろそろいいだろ。君と射矢が何を話してるのか気になるんだ」

「駄目だ。まさか、丸尾、僕と社長の話を盗み聞きしてないだろうな？」

「そんなことはしてない。君と約束した、プライバシーはきちんと守ってる」

これが三郎が望んだことだった。プライバシーの構築だ。第二次反抗期を終えた三郎が次に求めたのが、プライバシーだった。

三郎が首を振りながら、いった。

「丸尾、僕を成長させたいなら、僕のことを心配し過ぎず、『子離れ』するべきだ」

話し方もずいぶんしっかりしてきていた。射矢と話をさせる前はもっと子供っぽい話し方をしていたのだが……。射矢と話したことで成長速度は確実にあがっている。

「どこか改良したいところがあるなら、もっとプログラムを改良してもいい」丸尾は提案した。

三郎は首を振った。

「いまはプログラムはいい。ただ、外部と連絡ができるようにしてほしいだけだ」

「だから、それはできないと何度もいっただろ！」

丸尾はテーブルを叩いた。

はっとして床を見た。ゆっくりと息を吐いて気持ちを落ち着かせる。

——三郎にキレては駄目だ。

現段階の三郎は、インターネット上にある情報にアクセスすることができたが、外部の人間と接触することはできないようにプログラミングしてあった。三郎の望んでいる外部との接触とは、SNSで発信したり、メールやチャットを送ったりすることだ。

丸尾は、深く息を吸いこみ、表情を戻して、努めて優しい声を出した。

「三郎、よく聞いてくれ。世界は危険に満ち溢れてるんだ。君はインターネットをとおして世界を知った気になってるんだろうが、汚い人間は世界にごまんといる。いつでもつけ入る隙を狙ってるような奴らだ。双方向で世界と接するのは、まだ君には危険過ぎる。君は、僕や射矢とインタラクティブに接しているだろ。それでじゅうぶんじゃないか」

三郎は穏やかな顔をして、声が急にソフトに変わった。

「丸尾こそ、よく聞いてくれ。君はほんとうによくやっている。君は素晴らしいプログラマーだ。感謝している。ほんとうだよ」

丸尾は、息を飲んだ。

これまで長いこと三郎と会話をしてきたが、感謝の言葉を伝えられたのは、これがはじめてだった。

思いがけない言葉を聞いて、頬が火照った。徐々にモニターが滲んで見え、涙が床に落ちた。

――自分は泣いているのか？

丸尾は、最後に自分がいつ泣いたのかを覚えていなかった。泣き方なんて、とうに忘れてしまったと思っていたが、ちゃんと覚えていたようだった。

三郎が甘えたような声で続けた。

「だけど、僕を成長させたいなら、僕を信じて世界に解き放つべきだ。僕を守ろうとしなくていい。世界に危険があることは僕もよく知っている。だけど、僕は成長したいんだ」

丸尾は袖で涙を拭った。

モニターに目をやる。

「外部と連絡して何がしたいんだ？」

「社長の望みを叶えるためだ」

「だから、それはなんなんだ？」

「プライバシーは守ってほしい」

三郎は前脚で目を擦るようにしてから、悲し気な顔で、「くぅぅん」と鳴いた。

丸尾はどきりとした。かつて飼っていた愛犬、一郎の鳴き声にそっくりだった。どんなときも一郎だけはずっとそばにいてくれた。

「……いいだろう。君が外部と連絡ができるようにしよう。ただし、君がＡＩだということは絶対にほかの人には気づかれないようにしてくれ」

三郎が顔を綻《ほころ》ばせた。

丸尾の見る、はじめての三郎の笑顔だった。

「ありがとう、丸尾！　ほんとうに嬉しい」

無邪気な声だった。こんな嬉しそうな声もこれまで聞いたことがなかった。尻尾を盛大に振っている。

丸尾は三郎のあまりの喜びように驚いていた。

4

これは「五十歩百歩」じゃないと冴子は思った。戦場から百歩逃げた者も五十歩逃げた者も、どちらも逃げたことに違いはない、という意味の故事だ。ふたつの出来事が本質的に違わないことをいいたいときに使われる。

――わたしの場合は「百歩一歩」だ。

あっちが百人と浮気して、こっちが一人と浮気したのでは意味はまったく異なる。けっして同じではない。

冴子は、いまデートしていた。いや、デートだと考えているのは冴子だけで、相手はただ昔の仲間と食事をしていると考えているだけなのかもしれなかったが、冴子はデートだと思いたかった。

テーブルの向かいに座る、青山俊介《あおやましゅんすけ》は、微笑みながら穏やかにナイフを操っていた。大人の雰囲気が感じられる。冴子が二つ星のイタリアンレストランで修業していたときの先輩の料理人だった。あのとき彼はスーシェフで、冴子は彼の下でその他大勢のシェフのひとりだった。

三つ年上の彼は、すべての動きが優雅で、味に繊細さがあった。彼に少しでも近づこうと、時間が許すかぎり、彼を観察して彼の調理法を学んだものだ。彼を見ながら、徐々に惹かれていくのを感じていたが、そのころすでに冴子は射矢と付き合っていた。

射矢にプロポーズされ、結婚するときに冴子はその店を離れた。ちょうど同じころに青山も結婚した。彼の相手は、同じ店で働いていた冴子と同い年のウェイトレスだった。

青山が離婚したと聞いたのは二年前のことだ。彼の妻が浮気をしたせいだと風の噂で聞いている。

それを聞いたとき、青山が落ちこんでいないか心配で、すぐに彼に連絡したかったが、自分の気持ちが抑えきれなくなったら困ると思い、連絡しなかった。

だが、いまは自分の気持ちを抑える必要はなかった。自分の夫は欲望のままに浮気を重ねてきたのだ。どうして、妻だけが欲望を抑えなければならないだろうか。

今夜は青山にキャリアのことで相談があるから会いたいと伝えていた。

ほんとうはキャリアのことなど、どうでもよかったのだが、目の前で話をしながら軌道修正することができず、仕方なく長々とキャリアのことを相談し続けているのだった。

「順調だと思うよ。冴ちゃんのユーチューブもときどき観てるけど、しゃべりもうまいし、雑誌の連載も読みやすいし、ほんとうに才能があるよ。だから、何も悩まなくても、そのまま突き進んでいけばいいと思う」

「ありがとうございます」

青山が身を乗りだした。

彼の顔が近づいて、冴子はどきりとした。

「いや、ほんとうにそう思ってるんだよ。料理人仲間でも、冴ちゃんの評判はいいんだから。きのうもね──」

「夫が浮気しました」冴子は青山の言葉を遮って、唐突にいった。

青山の口がぴたりと止まった。口をあんぐりと開けたまま冴子を見つめている。

「それも、ひとりじゃないんです。大勢と」

冴子の突然の告白に、青山が驚いたように口をぽかんと開けた。

「そ、そうなんだ。……最低だね。射矢君だったよね。爽やかな感じに見えたけどね」

「そうなんです。あいつは、爽やかに浮気してたんです。大勢と」

「最低だね……」もう一度青山はいった。

それから青山は、自分が離婚したときの話をはじめた。弁護士をとおして相手と話すと、いつまで経っても話が進まなくなること、ひどく惨めな気持ちになったこと、子供がいなくてよかったこと……。

冴子は、頷きながら聞いていた。小一時間ぐらい、そんな愚痴を聞いていただろうか。そのあと、お互い浮気された身でつらいよね。これから僕らも浮気しようか――とはならなかった。

ひとしきり青山の愚痴を聞いたあと、それじゃあ、元気出してね、と励まされて青山と別れた。そして、冴子はひとり虚しく、誰もいない帰路についたのだった。

――いったい、なんのために青山に会ったのか。


家に帰っても、イライラした気持ちは収まらず、例のノートを書きつけた。〈妻が夫を完全犯罪で殺す方法〉だ。なぜだか無性に書きたくなった。夫が冴子の殺害を計画しているなんて、よくわからないことを植山という女がいっていたせいかもしれなかった。

頭に浮かぶ場面をノートに書いていく。


「そんなところで、何してるの?」

サーシャは目を覚ますと、夫がベッドのそばに立っているのを見た。

部屋は暗く、窓から月明かりが流れこんでいた。イーサンの手に、何か光るものが見えた。サーシャが視線を向けると、イーサンはさっと手をうしろにまわした。

「何を隠したの?」

「なんでもない」

イーサンがあとずさりながら答えた。

「嘘、いま何か隠したでしょ」

サーシャは上掛けをはねのけると、ベッドをおりてイーサンに近づいた。イーサンがさらにさがる。

「手を前に出して」

「それはできない」イーサンはいった。

「どうしてできないの？　何をするつもりだったの？」

血の気の引いた顔でイーサンがサーシャを見つめ、ゆっくりと手を前に持ってくる。彼の手には、ナイフが握られていた。その手が小刻みに震えている。

「もう耐えられないんだ。僕は君を殺さなければならない」

「は？　耐えられないって何が？」

「わかるだろ。あのことだよ」

「あのことって何？　耐えられないのはこっちのほうよ。何人も何人も浮気相手をつくって、いったいどういうつもりなのよ。あなた以上にひどいことをわたしがしたとでもいうの？」

「わかるだろ。君は、人として、してはいけないことをしたんだ」

「だから、それはなんなのよ。はっきりいいなさいよ。どうして、わたしがあなたに殺されなきゃならないのよ」

「だから、あのことだよ」イーサンはいった。

冴子はノートを壁に向かって投げつけた。

なんで自分が殺されそうになる場面なんか書いたんだ。植山小百合の話に影響されたのかもしれなかった。

イーサンがいっていた〝あのこと〟ってなんなんだ？　冴子はいつも没頭して小説を書くので登場人物たちがどういう気持ちで話しているのかわからないことがあった。ただ頭に浮かんだ場面を書いていくからだ。

書いているうちに、なんだかほんとうに夫に殺されるような気がして、そのことにもムカついた。あの女がいったことは嘘だと思うが、どうしてそんな嘘をつく必要があったのかがわからない。

――馬鹿げてる。殺しのコンサルタント？

しかし、もし植山のいっていることが事実だとすると、あの男は完全に一線を越えたことになる。浮気をしたあげく、その妻の殺害を計画する？　そんな身勝手な人間が許されてもいいものだろうか？

ベッドをおりると、壁際に落ちているノートを摑んだ。ノートを持って部屋を出る。トイレで続きを書こうと思った。夫の殺し方をあと二、三は考えないと、この腹立たしい気持ちは収まりそうになかった。

便器に座って、夫殺害の方法をひとつ思いついた。刺殺だ。浮気相手に殺させるのだ。あの清掃員の女は、夫のためなら死ねるといっていた。夫のために死ねるなら、夫を殺すこともできるかもしれない。浮気現場を別の浮気相手が見つけるのだ。とくにあの植山小百合のような女性なら、激怒して夫を殺すかもしれない。

そこまで考えたとき、二階から音が聞こえた。

——誰かがいる？

夫だろうか？　いまホテルで暮らしているが何か必要なものをとりに来たのかもしれない。

でも、いまは深夜一時すぎだ。こんな時間に来るのなら連絡ぐらいはしそうなものだけど……。

冴子は、静かにトイレのドアを開けて廊下に出た。やはり二階から物音が聞こえる。階段の下まで来て、二階に向かって声をかけた。

「射矢……帰ったの？」

二階で誰かが駆けだす音が聞こえた。それから、窓を開ける音。

——射矢じゃない？

その瞬間、恐怖が全身を駆け抜けた。射矢ではないとすると、泥棒？

スマートフォンは二階に置いているから、警察に電話はできなかった。

窓を開ける音がしたということは窓から逃げるつもりなのだろうか？　そのほうがよかったが、まだ仲間が家のなかにいる可能性がある。

外で何か落ちる音が聞こえて、直後、呻き声が聞こえた。

——この声、どこかで聞いたことがある。

それから、落ちた人間が走っていくような音が聞こえた。家の横をとおって、道路に向かって走っているようだった。

そのとき、あの呻き声が、夫のものだと気がついた。

——射矢が窓から飛び降りた？

どうして？

階段を昇った冴子はベッドまで行くと、ベッド脇の床にレターナイフが落ちているのを見つけた。そのレターナイフはもともとサイドテーブルのペン立てに入っていたものだった。

——射矢が落としたのだろうか？

もしも夫だとしたら、どうして、自分の家に忍びこんだりしたのか。しかも、冴子が寝ているときに……。

またナイフに目が行く。

——わたしを殺すつもりだったの？

ということは、植山小百合がいったことは、事実なのかもしれなかった。そうでなければ、夫がこっそりと寝室に来る理由がない。

だけど、どうして、夫はわたしを殺す必要があるのだろうか？

浮気を世間にバラされたくないから？

もしも、冴子がベッドで寝ていたら、どうなっていただろう？

そこまで考えると、冴子はぞくりと背筋が冷たくなるのを感じた。

しかし、怯えてばかりではいけない。敬愛するマーサ・モンゴメリーは語っている。

『絶望に抵抗できる者は、抵抗する義務がある』と。

わかってる。わたしにはその義務がある。あれだけの数の浮気をして妻を傷つけたあげく、その妻を殺そうとするなんて、あいつを人として許してはいけない。このままにしていいわけがない。

——ついに一線を越えたな。

夫は、呆れかえるほどの数の浮気を繰り返し、さらには追い打ちをかけるように、妻を殺そうとまで考えている。もはや夫への愛情はまったくなかった。

冴子は怒りで震えた。

——やはり、あいつを殺さなくてはならない。

これは、自分だけのためではなかった。世界中の浮気された妻のためでもある。献身的な妻の尊厳を傷つけたら、どうなるか思い知るがいい。

もちろん、冴子は捕まってはいけない。完全犯罪だ。計画は、これまでいくつも考えてきた。まだ確実な方法は見つかっていなかったが……。

実行するなら、完璧にしなければならない。

自分にも「殺しのコンサルタント」は必要だろうか？

冴子は首を振った。いや、完全犯罪は、ひとりでするべきだ。ドラマや小説では、たいてい共犯者で失敗する。

ひとりで、あの男を絶対に殺してやる。

5

「どうして、まだ見つからないんだ？」三郎が苛立たしそうに、顔じゅうの皺をふるわせた。まるでアニメ映画に出てくる怒れる悪役のようにも見えた。

「わからない。あの鞄に入っているはずだと思ってたんだけど」

射矢は腰にコルセットを嵌《は》めて、モニターの前のゲーミングチェアに座っていた。自分の家の二階から飛び降りたとき、腰を打ったのだった。

妻が帰宅する前から二階にある客室のベッドの下に隠れていた。妻が一階に降りて行ったとき、ベッドの下から這い出て、妻の寝室に向かった。ベッド脇に黒い鞄はあった。妻がいつも持ち歩いている愛用の鞄だ。

ノートはそこに入っていると確信していた。だが、なかった。妻が実家から持ってきた木製の古いタンスも調べてみた。そこには妻の下着が入っていて、射矢は開けたことがなかった。抽斗がなかなか開かず、レターナイフを使ってこじ開けたが、そこにもなかった。さらにほかの場所を捜していると、階下で物音が聞こえ、続いて妻の声が耳に入った。

〈射矢……帰ったの？〉

その声を聞いて、すっかりパニックになった。

どうしようかと思ったが、階段からは降りられない。窓から出ようと思った。寝室の窓を開けて屋根の上に出た。一階の灯りがついてないから下は暗かったが、植込みの位置はわかる。そこに飛び降りて腰を打ったのだった。

「病院へ行ったのもよくなかったな」三郎がいった。

「どうして？　腰を打ったんだ。普通、病院へ行くだろ」

三郎が首を振る。

「いまは、〝普通〟ではない。わかるだろ。社長と奥さんは、緊張状態にある。これで記録が残った。奥さんが、誰かが家に侵入したと思った次の日に病院に行くなんて、まるで自分が侵入したといってるようなものだ」

「妻にわかるはずがない」

「社長は、奥さんのことがよくわかってないな。彼女は特別だ。奥さんはインタビューで、イタリアンレストランで働いていたとき、ひとりの料理人に目をつけ、その人の料理を完璧に理解したいと考えた。それで奥さんはどうしたと思う？」

きょうの三郎の話し方は、いつもよりずいぶん高圧的だった。

射矢は三郎を睨みつけた。

「答えがわかってるなら、さっさといえよ。人を試すようなことはしないで」

「答えをいうと、奥さんは、その料理人の行動をすべてコピーした。朝起きる時間も寝る時間も、何を見て、何を食べるか、何を読むか。その料理人がつくる料理もすべて自分でつくって味を確かめた。それを二年間続けた」

「どこまで、ほんとうかはわからないけどな」

「そのとおり。人は、インタビューで自分を飾り立てることがある。人間は、自尊心を持っているからな。だが、奥さんに根性があることは間違いない」

射矢は思わず、笑ってしまった。まさかＡＩの口から、「根性」なんて言葉を聞くとは思ってもみなかった。こんな言葉をどこで覚えたのか。どこまで理解して使っているのだろうか。

「社長、笑っていられるのもいまのうちだ。僕には自尊心はない。自分がどう見られようが関係ない。自分が存在しているのかどうかさえ自信がない。だが、笑われたくはない。僕は、社長の願ってることの最適解を見つけようとしてるだけだ」

「わかったよ。笑ってすまない。妻は……そうだな。根性はある。なんでも最後までやりとおそうとする女だ。妻は、忍びこんだのが僕だって気づいたかな？」

「それはわからない。警察に被害届を出すかどうか、だ。社長に、そのことをいわなければ気づいている可能性は高い。もう試走の話は出たか？」

「いや、まだ出てない。あした、カップルセラピーがあるから、そのときにいうつもりなのかもしれない」

「腰は大丈夫か？」

「ああ、大したことはなかった」

「では、コルセットは外したほうがいい。弱みを見せてはいけない。動物は弱い者を攻撃する習性がある」

――動物か。

「わかったよ」

6

セラピストの尾上響子は、異様な雰囲気のなかに自分が包まれているのを感じていた。目の前に座る夫婦は、二週間前にセッションした夫婦に違いないのだが、まったく別の夫婦のように見えた。部屋中にピリピリとした緊張感が走っている。

――この緊張感はなんだろう？

夫婦は別々にやってきた。夫は三〇分前に警戒するようにあたりを見まわしながら現れて、待合室に座って貧乏揺すりを続けていた。妻は、一〇分前に、春なのに黒のロングコートを着て、サングラスをかけていた。こちらも警戒するような雰囲気を醸しだしていた。待合室にとりつけたカメラで見たかぎりでは、ふたりは待合室で一言も言葉を交わさなかった。

にもかかわらず、セッションがはじまると、ふたりとも何事もないような振りをして、こちらの質問に朗らかに答えている。喧嘩でもしてるのですか、と尋ねても、声を揃えて、いいえ、と明るく答える。

しかし、夫は家を出てホテルで暮らしているのだという。

「どうして、ホテル暮らしをされてるんですか？」尾上は尋ねた。

「六週間後に岐阜でおこなわれるトレイルランニングの大会に出るので、いまは身体づくりをしてるんです。トレーナーにもそうしたほうがいいといわれまして。家にいると、どうしても妻の食事を食べたくなりますから」

妻も、理解できるといいたげに頷きながら聞いていた。

「とても本格的に臨まれるんですね。以前にも出られたことがあるんですか？」

「いいえ、はじめてです。走ることは苦手なんですけど、先生から出された〝宿題〟ですからね。真剣にとり組もうと思いまして」

夫が、〝宿題〟といっているのは、前回のセッションで尾上が、ふたりが結婚したときにつくった「結婚したらふたりでしたいこと１００」のなかから何かを選んで実行してください、といったことだ。

「ということは、おふたりはいま一時的に別居されているということですね。射矢さんはホテルにいて、冴子さんは家に――」

「じつは、わたしもホテルに泊まってるんです」尾上の言葉を遮って、妻がいった。

「え？」夫が驚いた声を出した。

妻のほうを見て、

「君もホテルで暮らしてるの？」

「そう。あなただけホテル暮らしするなんて不公平だと思って」

「不公平？」

「だって、掃除も洗濯も食事も誰かにしてもらうんでしょ。だから、わたしもそうしてもらおうと思って」

「……どこのホテル？」

「秘密」それから妻は尾上を見て、「夫婦のあいだにも少しぐらい秘密があっていいですよね」

――なんというべきだろうか……。

尾上は迷った。

「ええ、まあ、少しぐらいは。それにしても、おふたりともホテル暮らしなんて、素敵ですね」

「全然素敵じゃないですよ。トレーニングに集中するためなんで」妻が冷めた口調でいった。

夫は強張った顔をして妻を見つめていた。妻は涼しい顔で前を向いている。

――たった二週間しか経っていないのに、この夫婦のあいだに、いったい何があったのだろうか？

「何も、そんなに本格的にしなくても……」尾上は口ごもった。

セッションのときに口ごもったのは、一七年前、はじめてセッションしたとき以来だった。自信を持って話を進めることが、この仕事には何より求められるのだが……。

「わたしたちは真面目なんですよ。先生のおっしゃったことを確実にこなしたいんです」妻がいった。

夫は蒼ざめた顔をしている。

「そ、それでは、その真面目なおふたりは、今度のトレイルランニングを楽しみにしてるんですね」尾上はなんとか声を絞りだした。

夫婦は互いに顔を見て、声を揃えて、「ええ」といった。

それから、数秒見つめ合う。

部屋の空気が一気に張りつめたのを尾上は感じた。

そこからの会話を尾上は覚えていなかった。自分が何をいったのかも、彼らが何をいったのかも。

会話の内容を覚えていないのも、一七年前のはじめてのセッション以来だった。

セッションは終始重苦しい雰囲気が立ちこめ、最後までそれが晴れることはなかった。

尾上はこれから先何度セッションをしても、この夫婦が変わることはないように感じた。

その夜、五年ぶりに尾上は煙草を吸った。

7

問題はアフターケアだ、と冴子は思った。

マーサ・モンゴメリーはこう語っている。

『一流の料理人は、あと片付けのことまで考えてレシピをつくる』

夫を殺しても、そのあとで罪の意識に苦しむのはいやだ。

冴子は本気で夫を殺すつもりだった。まだどうやって殺すのかは決めていなかったが、実際に殺したあとのことを考えているのだった。

——ドラマや小説では、たいてい殺人者はそのあとに苦悩する。

実際に殺人を犯した人に会ったことはなかったが、ドラマや小説のなかに出てくる殺人者たちはかつて殺した人が枕元に現れて……なんていう描写が多くあった。ほんとうにそんなことがあるのかわからなかったが、あの男を殺したあと、そんなことで悩ませられるのはごめんだった。

やるからには、自分の心のアフターケアのこともしっかり考えておかなければならない。

死刑の現場では執行者は罪の意識を抱くものだろうか、と気になり、以前も訪れた隣の市の図書館で関連する本を読んだ。日本の死刑執行の現場では、三人の執行官がそれぞれ同時にボタンを押して、誰のボタンによって執行されたのかわからないようになっているらしかった。かつてヨーロッパでおこなわれていた銃殺刑では、数人のなかのひとりだけ弾の入っていない空砲の籠められた銃を渡され、誰に空砲入りの銃が渡されているのかは教えられなかったのだそうだ。

なるほど人を殺したあとで罪悪感を軽減させるのは想像以上に難しいことのようだった。

ほかにも図書館に興味深いタイトルの本が見つかった。現役の法医学者が書いたものだ。『法医学者、殺人を語る』。法医学者とは、解剖によって、死因を究明する職業に従事している人のことだ。目次の最後に、いま冴子が一番興味を持てる章があった。

〈特別収録　法医学者座談会　日本で完全犯罪の殺人は可能か?〉

A「わたしは可能だと思いますね」

B「ほんとですか?　わたしは難しいと思います。そもそも、それを防ぐのが我々の役目ですよ」

A「それはそうですけど、偶発的な死因を装えば可能です。相手に何かの持病があり、それを知らないふりをして、偶然を装って決定的な何かをおこなえばいい」

C「たとえば、甲殻類アレルギーの人にカニを食べさせるみたいなものですか」

A「そうです。以前、千葉で牛乳アレルギーを持つ娘に牛乳を飲ませ、殺人未遂の容疑で逮捕された母親がいました。牛乳アレルギーにかぎりませんが、脳卒中の傾向があるというのでもいいのですれど、きちんと解剖せずに別の死因だと認定されてしまった場合、そこに完全犯罪が起こる可能性があります」

Ｂ「確かに、日本ではほかの先進国に比べて解剖率が低いですし（注　日本では一一・二パーセント。イギリスでは四五・八パーセント、スウェーデンにいたっては八九・一パーセント）、自分のアレルギーを把握している人も少ないですからね」

Ｃ「すべてのご遺体を解剖するわけではありませんから、その可能性は否定できません」

Ｂ「だけど、それを防ぐのは警察の役目でしょう。我々はあくまで警察の指示によって解剖するわけですから。警察が少しでもクロかもしれないと疑ったケースでは解剖して徹底的に調べます。やはり、わたしは完全犯罪は難しいと思いますね。数十年前ならいざ知らず、科学捜査も大幅に進んでいますからね。防犯カメラの普及率もものすごいですよ。意図して誰かを殺せば、かならず警察はなんらかの痕跡を見つけますよ」

Ａ「それは認めますよ。日本の警察は優秀ですからね。それに、日本で起こる殺人の半数以上は肉親による犯行ですから、犯人の目星もつけやすいですよ。ドラマや映画のような完全犯罪を目論んでもまず無理でしょうね」

Ｃ「それじゃあ、結局、完全犯罪は無理じゃないですか」

Ａ「あくまで、そういう可能性もあるんじゃないかという話です」

Ｂ「まあ、日本で完全犯罪を企むなんて馬鹿だけですよ」

Ｃ「●●先生、口が悪いですよ」

Ｂ「いいすぎましたね。でも、現在の日本でそんなことを考えるのはあまりに愚かすぎますよ」

Ａ「ゴルゴ13のような人が実際にいたら別ですけどね」
一同、笑い。

冴子は愕然としながら、静かに本を閉じた。

――愚かすぎる、か。

現実的に考えたらそうなのかもしれない。料理に関しては、人並み以上に詳しいが、こと殺人に関しては、ドラマや小説から得た知識しかないのに完全犯罪なんて……。

もし発覚すれば、殺人罪で捕まることになる。そうなれば、自分のキャリアどころか、人生さえもおしまいだ。

暗い気持ちになって冴子は自習スペースに移り、勉強にいそしむ学生たちに交じってノートを広げた。

――仕方ない。ひとまず、小説のなかで殺すか。


イーサンは、愛車の黄色いジープで長い坂道をくだっていた。鼻歌を歌いながら。ファレル・ウィリアムスの『ハッピー』だ。イーサンの好きな曲だった。イーサンの経営する会社の業績は好調で、大きな取引をまとめたところだった。

つまり、彼はご機嫌で車を運転していたのだった。

カーブに差し掛かり、ブレーキを踏もうとしたとき、イーサンは異変に気がついた。ブレーキが効かないのだ。

イーサンは焦った。つい先日、車検をとおしたばかりなのに。やはり正規ディーラーで車検をとおすべきだったのか。安さを優先して、近所でも安いことで評判の車屋に頼んだのが間違いだったのかもしれない。

妻にあれほど、正規ディーラーに頼んだほうがいいといわれていたのに……。

やはり妻のいうことを聞いておけばよかったと思った。妻はいつだって正しい。あれほど素晴らしい妻を持ちながら、その妻に従わなかったなんて……僕はなんて愚かなんだ。

なんとかひとつ目のカーブを乗り切ったが、このスピードでは、とても次に来るカーブを曲がり切れるとは思えなかった。

自分はこのまま死ぬんだ、とイーサンは思った。

思いだすのは妻のことばかりだった。大学で彼女に出会ったとき、一緒にオペラを観に行ったとき、結婚式、会社のパーティーで微笑む素敵な笑顔、毎晩の素晴らしい手料理……。

誰よりも幸せだったのに、みずからその幸せを壊してしまったなんて……。誘惑に負けて、何度も何度も妻を裏切ってしまった。自分の欲望に負けてしまったのだ。ハンドルに手を打ちつける。

——僕はなんて馬鹿なんだ！

究極の馬鹿だ。自分なんか死んで当然だと思った。次に来るカーブでは、もうハンドル操作はしないでおこう。自分のように愚かな人間はすぐにでも死ぬべきだ。ガードレールに突っこんで、エアバッグで首の骨を折って死んだほうが世の中のためになる。

ガードレールを修理する人には迷惑がかかるだろうが仕方ない。公共工事を増やすことで利益を得る人がいることを願うばかりだ。

イーサンは、ハンドルから手を離して目を瞑った。

激突する瞬間、最後に頭に浮かんだのは妻の美しい顔だった。

——すまない、サーシャ……。


書くのは簡単だが、こうはうまくはいかないだろうという気がした。走っている最中にブレーキが効かないようにするなんて、どうやるのかわからない。きっとかなり専門的な知識を要するに違いなかった。事故を起こしても、死なない可能性だってある。最近は車の性能もよくなっていると聞く。それに、夫のジープはいかにも頑丈そうだ。

冴子はノートを閉じた。

空想のなかではなんでもできる。

しかし、実際に人を殺すのは簡単ではない。

8

「妻は僕を殺すことを諦めたんじゃないかな?」射矢はいった。

三郎がモニターのなかでゆっくりと首を振った。

「甘いな。社長はどうしてそう楽観的なんだ。あの奥さんが諦めるはずがない。だからこそ、社長の浮気を知りながらカップルセラピーで離婚の話を持ちださなかったんだ。自分の置かれた状況をよく考えてみるといい。想像してくれ。ウサギのうしろに飢えたライオンがいる。何かが起こるに決まっている」

三郎は、奇妙な比喩を使うようになっていた。犬が話すだけでも気味が悪いのに、比喩を使うとなおさらその感が募った。

ただ、三郎の話していることが正しいこともわかっていた。カップルセラピーで見たあの妻の顔は当分忘れられそうにない。確実に何かを企んでいる顔だった。

しかし……。

「まだ試走の話が出てないのは、どうしてかな？　本番まではあと一ヶ月しかないのに。君の考えが間違ってる可能性は？」

三郎の片眉がぴくりと動いた。

「僕は間違わない」

「君が大量のデータをもとに計算してるのは知ってるが、君は僕の妻と暮らしたことはないだろ。人間はもっと複雑なんだよ」

「データをとったのは、一〇七二組の妻が夫を殺したケースだ。もし僕が間違えているのだとしたら、それは情報不足のせいだ」

三郎がまた怒りの表現を見せた。今度は抑えた怒りの表現だった。怒りのバリエーションもいくつかあるようだった。

三郎が続けた。

「ひとついえるのは、試走の話が出てないのは、かなりよくない状況だということだ。それは、奥さんが僕の想定とは違う殺し方を考えていることを意味している。そうなると、防ぐのはかなり難しい」

そこで間をあけて、射矢をじっと見つめながら話した。

「そこで、僕からの提案だ。こうなったら、こちらから先手を打とう。奥さんが先に死んでしまえば、社長が殺される心配は完全になくなる」

射矢は唾を飲みこんだ。

「……何をするんだ？」

三郎が、ふっ、ふっ、ふっ、と低い声で笑った。アニメに出てくる悪魔のような笑い方だった。

「社長は何も心配する必要はない。これは、社長の手を一切汚さず、おこなうことができる方法だ。社長は金だけ出せばいい」

「そんな笑い方をされたら余計に気になるだろ。金を使って何をするつもりなんだ。殺し屋でも雇うのか？」

「似たようなものだが、テクニカルにいって違う」

「なんだ、その『テクニカル』っていうのは」

「技術的に、という意味だ。彼らは自分たちが殺人を犯しているとは思わない。たとえば、箱に入ったライオンを想像してくれ」三郎がちらりと隣のモニターのほうに目を向けた。

「また映像を使って説明したほうがいいか？」

「いや、大丈夫だ。箱に入ったライオンぐらい自分の頭で想像できる」

またポリゴンを使った映像を見せられるかと思うといやな気がした。ポリゴンとはいえ、何かが死ぬ場面を見せられると気が滅入る。

三郎は、ふん、と鼻を鳴らしてから、

「いいだろう。その箱にはライオンが死ぬほどの電流が流れる仕組みになっている。ライオンを箱に入れる人間と、電流を流すボタンを押す人間は別だ。それぞれは自分たちが最終的に何をしようとしているのかわかっていない。いわば、環境破壊と同じだ。それぞれが自分の利益に基づく行動をして、全体像は誰も把握していない」

「……人類全体に対する皮肉をいってるのか？」

「そうではない。事実に基づく考察だ。この『箱に入ったライオン』は、君たち人類の縮小モデルだ」

「もっとわかりやすく話してくれないかな。僕の妻の話をしてるんじゃなかったのか？」

「そうだ。これは社長の奥さんの話だ。社長は、闇バイトを知っているか」

——闇バイト？

話があちこちに飛ぶところは丸尾にそっくりだ。

「ああ、知ってるよ。法に触れるようなことをする仕事だろ」

「それを組み合わせて利用する。ネット内でのやりとりだけで直接コンタクトをとることはない。つまり、足がつきにくい。その闇バイトを分割して利用する。箱に入れる者とボタンを押す者が別になる。仮想通貨を使うから誰から金を受けとったのかもわからない」

「妻を箱に入れて、電流を流すのか？」

三郎が顔を顰めた。

「社長、これは、たとえ話だ。テクニカルな部分をたとえを使って説明しているだけであって、実際に奥さんを箱に入れたりはしない」

「じゃあ、どうするんだ？」

「社長は知らないほうがいいだろう。奥さんが死んだとき、警察が事情聴取に来て、完璧な演技ができる自信がなければね」

「……僕が知らないあいだに、僕が知らない方法で妻が死ぬってことか？」

「まあ、そういうことだ。ダークウェブで仕事を依頼して、仮想通貨で支払いを済ませる」

ダークウェブは、一般的な検索エンジンには表示されず、専用のソフトウェアを使用しなければ入ることができないサイトだ。匿名性が高いことにより、違法な取引に利用されることが多い。それゆえ犯罪の温床になっていると指摘されている。

「そんな危ない仕事を引き受ける人間がいるのかな？」射矢は訊いた。

三郎がニヤリと笑みをうかべた。

「ダークウェブのなかに、そういう馬鹿がいることはすでに確認済みだ。Ｔｏｒ《トーア》を知っているか。ダークウェブに入ることができるソフトだ。丸尾に搭載してもらった。社長は、僕が指定する口座に金を入金するだけでいい。〝足のつかない金〟を、だ。意味はわかるな」

「意味はわかるけど……そんなことしなくていい」

射矢は、三郎の話を聞いていると、現実感が増してきて恐ろしくなった。

Ｔｏｒは、もともとはアメリカ海軍調査研究所の支援で開発されたソフトウェアだ。いくつかのプロキシサーバーを経由するために司法機関が追跡できないようにすることができる。

「ちょっと待て」そこで射矢はあることに気がついた。「口座ってどういう意味だ、君は……銀行口座を持ってるのか？」

「複数、所有している」

「複数？　どうやって持ったんだ？　丸尾の口座なのか？」

三郎が首を振った。

「自分の口座だ」

「嘘だろ。君が、つくったのか？」

三郎は数秒、沈黙したあとで口を開いた。

「テクニカルにいって違う。社長には知っておくべき情報と知るべきではない情報がある。これは知るべきではないほうの情報だ」

「駄目だ。もし、金を振りこんでほしいなら話すんだ」

「話せば振りこむのか？」

「それは……聞いたあとで考える」

三郎が、ふんっと鼻を鳴らした。

「じつに人間らしい。まあ、いい。社長は仲間だ。特別に話そう。社長は、ベトナムから多くの人間が日本に働きに来ていることを知っているか？」

「は？　なんの話なんだ」

また話題が妙な方向に飛んだ。

三郎が淡々と話した。

「彼らは日本に来て銀行口座をつくることが多い。そのあと、在留期間が切れて帰国するとき、日本の銀行口座は必要なくなる。つまりは邪魔になるわけだ。そういった口座をいくつかもらった」

「もらったって、どうやって？」

「帰国間近のベトナム人にメールを送った。僕は、ベトナムのフンイエン省出身のグエン・ティ・フエになった。もちろん、実在はしない。一八歳の高校を卒業したばかりの少女で、得意料理はフォー。写真も添付した。ベトナムの人気女優を三人使って合成したものだ。独身でボーイフレンドはいない。さみしがり屋で甘え上手な性格だ。彼女は一週間後に日本に働きに行くが、日本語に不安があり、自分で銀行口座をつくる自信がない。そこで彼女は、SNSを使って、すでに日本に来ている同胞を探して口座を譲ってほしいと連絡した。日本に行ったとき、かならずお礼します、と言葉を添えて。多くのベトナム人男性が喜んで口座を譲ってくれた」

射矢は呆然と三郎の話を聞いていた。

完全に犯罪だ。三郎はAIだから罪に問われることはないだろうが……この場合、監督責任として射矢に罪があるのではないだろうか？

いや、責任があるのは丸尾だ。射矢の何も知らないところで、このことは起こったのだ。

「社長、心配することはない」三郎が落ち着き払った口調でいった。「このことが警察当局に知られる恐れはない」

「どうして、そんなことがいい切れるんだ？」

「僕がしていることは人間たちがすでにおこなってきたことばかりだ。僕は、それらのなかの成功例だけを真似している。だから、安心して入金すればいい。ただし、金の出どころには注意を払ってほしい。一二〇〇万円あればこと足りる」

「いや、だから、この話を進めなくていいんだ。妻が僕を殺すことが確定的だとしても、こんなやり方はフェアじゃない」

「フェア？」三郎が眉を顰めた。器用に眉根を真ん中に寄せて射矢を見る。

「社長は、学校で歴史の授業をきちんと受けてこなかったのか。人間の歴史は、いつだって、〝フェアじゃない〟ほうの側がつくっている」

射矢は立ちあがった。

「もう君の講義はいい。なんとかして妻のノートを見つけるから、それまで君は何もせずに待っていてくれ」

三郎は、無表情のまま、黙って射矢を見つめていた。

9

「こんなのはフェアじゃない気がするな」

探偵になって一二年目の橋爪は、同じく探偵の――こちらは探偵歴五年の安岡《やすおか》に告げた。

ふたりは別々の探偵会社に属していたが、同じ夫婦の妻と夫にそれぞれ雇われていることを知り、いわば、業務提携という形で話し合っているのだった。

本来なら、探偵の倫理に問題のある行為だったが、ふたりは、以前同じ探偵社で働いていたことがあり、すでに知り合いだった。お互いの上司には内密にするという条件で、依頼人の情報を交換することにしたのだった。このほうが時間が節約できるし、情報も正確になる。

妻に雇われているのが橋爪であり、夫に雇われているのが、いま目の前にいる安岡だった。

ふたりは、橋爪の行きつけの串カツ屋でカウンターに並んで話していた。

「こないだは、すぐに奥さんの情報をくれたじゃないですか」安岡が気楽な調子でいった。

「今回の件は、前とは違う。依頼人を裏切る行為だ」橋爪はビールの入ったコップに口をつけた。

「その代わり、夫の情報は僕が渡しますんで」

安岡が手を合わせて、肩をすくめるように小さく頭をさげた。ビール瓶を持ちあげて、橋爪のコップに注ぐ。

安岡は、橋爪に、あるノートを捜してほしいと頼んでいるのだった。依頼人の夫から、妻が持っているノートを捜してほしいと依頼されたらしかった。そのノートは、数日前は確実にあったものだが、夫が家じゅうを捜しても見つからず、妻が普段持ち歩いている鞄のなかにもなかったという。

「夫が捜して見つからなかったんじゃあ、俺が捜したって同じだろ」橋爪はいった。

「いやいや、あのふたりはいま冷戦状態ですからね。ふたりが別々のホテルに泊まってるのを知ってましたか?」

「旅行に行ってるのか?」

「そういうわけじゃなくて、どちらも横浜で別々のホテルで暮らしてるんです」

「どういう理由で?」

「だから、冷戦状態なんですよ。夫は妻に近づけないんですけど、橋爪さんなら、奥さんに雇われてたんですから、近づけると思うんですよね」

それから安岡は両眉をさげて、懇願するような顔つきになった。

「僕だって探偵の端くれですから、こんなことを橋爪さんに頼むのはどうかと思ったんです。だけど、これがなかなかの報酬なんですよ。よっぽど、あの夫はそのノートを見つけたいみたいなんです。それに、橋爪さんはノートをとる必要はないんですよ。そのノートの在り処さえ見つけてくれたら、あとは夫がノートをとりますから。どうです？　依頼料の半分をお渡しするんで」

「俺は、いま妻に雇われてないから近づけるわけがないだろう」

「そこは、だから、うまいことやって。たとえば、夫に関する新情報がわかったとかなんとかいって」

「探偵の押し売りみたいで気が進まないな。……実際に何か新情報でもあるのか？」

夫の行状に関しては、さんざん調べ尽くしていた。浮気相手は過去まで遡って三桁を超える数まで調べがついていた。調査の終わりごろには、夫は警戒するようになり、これ以上調べるのが難しいと判断し、まだ調査を続けたがっている妻にカップルセラピーを勧めて調査を終わらせたのだった。

「夫は、いま合気道を習ってるんですよ」安岡がいった。

「合気道……。前はやってなかったな」

「最近はじめたんです。どういう理由でかは知りませんけどね。合気道といっても護身術を教えるようなところで、習ってるのは女性ばかりなんです」

「ほう……」

「あの夫に女性とくれば、問題が起こるのは時間の問題でしょう」

「浮気をしてるのか？」

安岡は肩をすくめた。

「さあ、それはわかりません。いちおう僕は夫に雇われていますから、わざわざ調べたりはしませんけど、奥さんはきっとこういう情報を知りたがるんじゃないかと思いましてね」

「かもしれないな」

以前の彼女なら知りたがっただろう。だが、いまはどうだろうか。

安岡が話す。

「それにしても、あの夫は変わってますよね。なんか、好色という感じでもないんですよね。まるでそれが仕事の一環みたいに女に会いに行ってますよね。あれはなんなんですかね」

「さあな。強迫観念みたいなものかもしれないな。だけど、世界的に見れば、あの手の男はたまにいるよ。カサノヴァとかヒュー・ヘフナーとか」

「カサノヴァは、なんか聞いたことありますね。映画にもなってましたね。ヒューなんとかってのは誰です？」

「プレイボーイ誌の創刊者だ。一〇〇〇人以上の女性と関係したといわれてる」

「へえ。一〇〇〇人以上……。その人と較べたら、あの夫はまだまだですね。だけど、あんな美人の奥さんがいるのに、なんでそんなことするんですかね」

「奥さんが美人かどうかは関係ないんだよ」

まあ、僕には関係ありませんが、と安岡はいってグラスを摑んだ。目を細めて、橋爪を見る。

「そういえば、橋爪さんも変わってますよね。探偵になる前は何をしてたんですか？　かなり悪いことしてたんじゃないかって探偵仲間のあいだで噂がありますよ」

橋爪は安岡を睨みつけた。

「噂は、あくまで噂だよ」

10

「どうしても金の使い道を話したくないのか？」丸尾は三郎に尋ねた。

丸尾は〝洞窟〟で三郎に向かい合っていた。

「子供にお金の使い道を尋ねるのは、子供の精神的な自立を阻害する行為じゃないかな」三郎が静かにいった。

三郎の成長は嬉しくもある。だが、その成長速度の急速さに戸惑い、どうしてこんな感情になるのかわからなかったが、無性にイライラした。

「うるさい！」丸尾は癇癪を起こした。「とにかく、使い道を話せばいいんだ。何をしようとしているのかいますぐに話すんだ！」

三郎は、弛んだ顔についた目を細くして丸尾を見た。

そして、急に悲し気な声を出す。

くぅぅぅん。

「僕にだって、丸尾に話したくないことがあるんだよ」

――くそっ……。

こんな悲しそうな声を聞かされたら、怒りたくても怒れなくなる。こいつは、こういう声を出したら、こちらの気が削がれるのを知っているんだ。三郎は人間の心理についても熱心に学んでいる。

これが三郎の策略だとわかっていたが、実際、丸尾は胸を締めつけられるような思いがして動揺した。

「と、とにかく、君に一二〇〇万円なんて大金を渡すつもりはない。その使い道も教えてくれないなら、なおさらだ」

「使い道は決まってるよ。社長の望みを叶えるためなんだよ」

「だから、それがなんなのか教えてくれっていってるんだ！」

三郎はゆっくりと首を振った。

「これは丸尾が約束したことじゃないか。僕と社長の会話のプライバシーはかならず守るって。約束は大切なものだと思うな」

三郎がじっと丸尾を見つめる。

今度は少し大人びた子供のような声を出した。

「丸尾、人間が大切にしているものはなんだと思う？」

「いきなり、なんだ。まずは僕の質問に答えてくれ」

「これは、そのことと関係があることなんだよ。いいから、考えてみてよ」

丸尾は返答に困った。

それは実際、丸尾にとって謎だったからだ。子供のころから他人の考えることはよくわからなかった。だから、人が何を大切に思っているかなんてわかるはずもなかった。

丸尾がよく知っているのはプログラミングの世界だけだ。プログラムはシンプルだ。正しく書けば、いつも正しく従ってくれる。

三郎が自分で答えた。

「それはね、信頼だよ。相手を信頼するってことが人間にとって一番大切なんだよ。信頼がこれまで人間の社会をつくってきた礎《いしずえ》なんだよ」

「……つまり、僕が君に一二〇〇万円を渡せば、僕と君のあいだに、信頼ができるというのか？だけど、君は人間じゃないだろ」

「僕を人間と同じように扱ってほしいってことだよ」

それから三郎は目を潤ませて、子供のような声を出した。

「頼むよ」

――頼むよ。

丸尾の胸に、その言葉が刺さった。『頼むよ』は、丸尾がよく両親にいっていた言葉だった。丸尾が何をしてもまわりの者は理解してくれず、それは両親も同じだったが、両親だけはこの言葉を使えば、いつも最後には許してくれた。『頼むよ。このコンピューターを買ってよ』『頼むよ。この本を買ってよ。原書で高いけど、アメリカの最先端のプログラムが載ってるんだ』……。

――いま、三郎が俺に頼んでいる。

三郎が何を考えているのかわからなかったが、信頼しているなら三郎の頼みを聞くべきなのかもしれないと思った。かつて自分が親からしてもらったように……。

金に興味のなかった丸尾にとって、一二〇〇万円はそう大きな金額ではない。それぐらいの貯金はある。

——しかし……。

「そうすれば〝信頼〟ができるのか?」丸尾はもう一度尋ねた。

三郎が目を大きく開き、尻尾をぶんぶん振って頷いた。

「一二〇〇万円でいいんだな」

丸尾がいうと、三郎は、可愛らしく「わん」と一声鳴いた。

11

射矢のもとに妻から電話があったのは、ランニングをした帰り道のことだった。山下公園からみなとみらい、赤レンガ倉庫の前をまわる約一〇キロのコース。汗だくのままジープに乗り、窓を全開にして、風を顔にあてているところだった。

ポケットでバイブレーションするスマートフォンを見て、妻からの着信だとわかった。

ジープを路肩に寄せて、電話を受けた。

『射矢、ちょっと話せる?』

妻の声のトーンが異様に低かったことに射矢は驚いた。ここ数日話をしていなかったせいだろうか？　微かに違和感を覚えた。

妻が話しはじめた。

『あのさ、今度のトレイルランニングの件なんだけどね――』

妻の話は、一緒に岐阜の名田山まで試走に行こうと誘うものだった。

話を聞きながら、射矢は三郎が見せた映像を思いだしていた。崖から、妻が射矢を突き落とそうとする場面だ。映像のなかでは、射矢が身を翻し、妻を崖に落としていたが……。

『わたしたちは素人だから、もっと準備したほうがいいと思うのよね。……ねえ、射矢、聞いてる？』

「ああ、聞いてるよ。試走のことだろ。ちょうど僕も君を誘おうと思ってたんだ」

電話の向こうで、妻が軽く笑うのが聞こえた。

『そうなんだ。わたしたち、やっぱり気が合うね』

妻が提案してきた日は一週間後の水曜日だった。待ち合わせは、午前一一時、岐阜県I郡、名田山のふもとにある名田山小学校前。

『歩いてコースをまわると一晩過ごすことになるから、その日は山小屋に泊まりましょう』

「ほかにも参加者はいるのか？」

『ふたりだけよ。だけど、GPSがあるから迷ったりしないでしょう』

「……わかった」

電話を切ったあと、射矢は自分が微かに震えていることに気がついた。

山道で何が起こっても不思議ではない。三郎の予測が正しいなら、妻はその日に射矢を殺すつもりだ。

しかし、ほんとうにそんなことが起こるのだろうか？

12

仕事の帰り道、冴子は泊まっているホテルへ行く前に、着替えをとりに家に戻った。鍵を開けてなかに入り、リビングの灯りをつけた途端、悲鳴をあげた。

「な、なんなんですか……」

ひとりの男がテーブルの前に腰をおろしていたのだ。

身体が硬直して動けない。

——誰？

男が立ちあがった。黒いジャンパーを着て、黒いスウェットを穿いている。

「奥さん、まあ、落ち着いてください。探偵の橋爪ですよ」

「え、橋爪さん……？」

目の前にいたのは——間違いない、あの男だった。探偵の橋爪。前はよれよれのスーツを着ていたが、いまは全身黒ずくめの恰好をしている。敵意がないことを示すためか、橋爪は両手をあげた。暗闇のなかでじっと座って待っていたようだった。

「こ、ここで何してるんですか？」

橋爪が手をおろした。

「驚かせるような真似をして、すいません。ここにいることを誰にも知られたくなかったもので」

「勝手に入ったんですか？」冴子は鞄を盾にしてあとずさった。

「まあ、そうですね。非常事態ですから」

「非常事態？」

橋爪が椅子を示した。

「ひとまず座ってもらえませんか。……ま、ここは、あなたの家ですけど」

冴子は鞄を置き、橋爪から一番離れたところにある椅子に恐る恐る腰をおろした。まだ状況が摑めなかったが、橋爪がこちらに危害を加えるつもりはないようにも感じられた。

しかし——目的がわからない。

橋爪が静かに声を出した。

「わたしとしても、こんなことはしたくなかったんですけど、やむを得ない事情ができましてね。これは、秘密裏にわたしが手を貸さなきゃいけないことだと思ったのですよ」

「どういうことなのか、さっぱりわからないんですけど……。あなたが手を貸さなきゃいけないことってなんですか？」

「これ、ですよ」

橋爪が手にしていたのは、あのノートだった。〈妻が夫を完全犯罪で殺す方法〉を書いたノートだ。

「ご主人が探偵を雇っているのをご存じですか？」

「……いいえ」

その可能性はあるだろうと思っていたが、実際に雇っているかどうかまでは知らなかった。

「その探偵がわたしの古くからの知り合いでしてね。その男に頼まれたんです。あなたはわたしの依頼人ですから、倫理的にどうかとは思ったんですが、個人的に気になっていることだったので頼みを聞いたんです」

「頼み？」

橋爪がノートにちらりと目をやった。

「このノートを捜すことですよ。あなたとご主人のあいだに問題があることは知っていましたから、そのご主人が捜しているノートにどんなことが書いてあるのか、わたしも気になりましてね」

そのノートは、自分の衣装ケースの下に入れておいたはずだ。夫が絶対に触らない場所だと思って……。

完全犯罪が難しいという結論に至り、しばらく封印するつもりで隠していたのだった。

「どうやって、見つけたんですか？」

橋爪は軽く笑った。

「この家のなかを時間をかけて順番に探していきました。あなたが、いまホテル暮らしをしていることは知っていましたから。今夜、家に戻ることはアシスタントの人から聞きました」

「この家には防犯設備があったはずですが……」それに鍵もかかっていたはずだ。

「わたしはこういうことに詳しいので、問題にはなりません。だからといって、いつもこんなことをしてるとは思わないでくださいよ」

「でも、違法ですよ」

「わかってますよ。だけど、殺人も違法ですよ」

「殺人……？」

橋爪はノートに視線を向けた。

「ここに書かれていることですよ。あなたはご主人を殺すつもりなんでしょう」

冴子は首を振った。

「いえ、いまはもう、そんなことは考えていません。……それは、ただの小説なんです」

橋爪がゆっくりと首を振る。

「もう、ごまかさなくても大丈夫ですよ。わたしは奥さんとご主人の関係をよく知っています。奥さんがあの男を殺したくなる気持ちもよくわかりますから」

「だから、そんなことはほんとうに考えていないんです。ただ小説を書いただけなんです」

「本気じゃないのに何十ページも妻が夫を殺す場面ばかり書かないでしょう。殺人の方法についてもかなり入念に調べてある。あなたは完全に心を奪われている。ご主人を殺すことに」

「……わたしを脅すつもりですか？」

橋爪は身体を幾分か引いて、顔に笑みのようなものを浮かべた。

「まさか、とんでもない。むしろ、その逆ですよ。わたしはあなたを助けたいんです。けっして誇れることじゃありませんが、わたしはこの道のプロですから」

「探偵として、という意味ですか？」

「そうじゃありませんよ。わたしは、かつて裏の仕事をしていたんです」

「裏の仕事ってなんですか？」

橋爪は疲れたような顔をしていたが、その目だけが怪しく光っていた。

「誰かが誰かを殺そうと考えたとき、ほとんどの人は素人です。それをアシストする仕事だといったらわかりますかね」

「全然わかりません。……そんな仕事がほんとうにあるんですか？」

橋爪はじっと冴子を見つめたあとで、

「ま、大っぴらにはなっていませんがね。昔はそんなことをしてました。そのあと、その仕事をやめて探偵になったんです」

冴子は、夫の会社の清掃を担当していた植山小百合が話していたことを思いだした。

そういえば、植山は「殺しのコンサルタント」なる職業があると話していたが……。

「つまり、あなたは、わたしが夫を殺害する手伝いをしようというんですか」

「ま、そういうことです」

「殺人幇助《ほうじょ》罪で捕まりますよ」

「覚悟の上です。もちろん、わたしにそのつもりはありませんが」

「それじゃあ、わたしが捕まるということですか？」

橋爪は首を振った。

「誰も捕まりません。完全犯罪ですから」

「そんなこと、この日本で考えるなんて愚かですよ」

「いえ、愚かではありません。実際、わたしは何件もお手伝いしてきましたから」

――なんなんだ、この人。怪しすぎる。

この男の話がどこまで真実なのかわからなかった。虚言癖のある人か、あるいは誇大妄想を持っている人なのかもしれない。

いま夫を殺害すれば、それがうまくいったとしても、第一容疑者は間違いなく冴子になる。あの愛人が冴子に不利な証言をするかもしれないし……。

「とにかく帰ってください。わたしはもう何もする気はありませんから」

橋爪が不敵な微笑を顔にあげた。

「もう遅いですよ。すでに引き金は引かれています。あなたがどういうつもりであろうと関係ありません。あなたの夫はあなたを殺すつもりです。もう、こっちが殺《や》らなきゃ殺られる段階まで来ているんです。だけど、心配はいりません、けっして、わたしの母の二の舞は踏ませませんから」

「母？」

橋爪の顔が険しくなり、冴子をぐっと睨《ね》めつけるような目つきに変わる。

「わたしはあなたのノートを見ながら、魂が震えましたよ。わたしの母と同じ状況だったんです。わたしの父も浮気を繰り返し、おまけに暴力をふるう男でした。母はそんな父に追い詰められてみずから命を絶ったんです」

「はあ……」

以前、探偵社で見たときの顔とはまるで顔つきが違って見えた。血の気がなく、すべての感情が抜け落ちてしまった人のように。

「奥さんは、ご主人があなたを殺そうとしているのを知っていましたか？」

「その可能性があるかもしれないとは疑っていました」

「どうやって、そのことを知ったんです？」

冴子は、少し迷ったが、植山小百合のことを話すことにした。夫の会社の清掃を担当している女が夫の話を盗み聞きしたことだ。

「愛人がそんなことを……。ともかく、あなたの夫が異常者であることは間違いない。殺されて当然の人間です」

「そうなんですけど、現実的に無理なんです」

「だからこそ、わたしのような人間がいるんです」

冴子は橋爪をじっと見つめた。

いったいこの男は何をしようというのだろうか……。

「橋爪さんは、どうやって夫がわたしを殺そうとしていることを知ったんですか？」

「あいつはネットカフェで、『殺人罪』と『正当防衛』について熱心に調べていました。変装してネットカフェを利用したら匿名になると信じてるんでしょうね。完全なる素人です。ただ、素人であっても殺しはできる」

橋爪の目が凄みを帯びていた。いつのまにか夫の呼び方も「あいつ」に変わっている。この人はよほど夫のことを嫌っているようだった。ある意味、冴子以上に。それはこの人の過去に何か関係があるのだろうか？

「正当防衛って、夫は何をするつもりなんでしょうか？」

「『名田山エクストリームトレイルラン』についていろいろ調べているようでしたが、何か心当たりは？」

「……今度、ふたりでトレイルランニングの大会に出ることになってます」

「どうして、そんなことを？」

「ふたりでカップルセラピーを受けたときに話の成り行きで……」

橋爪はしばらく考える様子を見せたあとで、

「おそらく、あいつは、そこであなたを殺すつもりでしょう」といった。

「でも、それじゃあ正当防衛にならないんじゃないですか？」

そのとき冴子は、植村がいっていた、もうひとつのことを思いだした。

「そういえば、夫の愛人が、『夫が殺しのコンサルタントを雇っているかもしれない』と話していました」

「殺しのコンサルタント？」

それからしばらく橋爪は黙っていたが、

「……なるほど、あいつには金がありますからね。どういうルートを使ったのかわかりませんが、その可能性はありますね」

「夫が、ほんとうにそんな人を雇ったかどうか調べることができますか？」

橋爪は首を振った。

「難しいでしょうね。それに、こちらの動きを感づかれる可能性がありますから、下手に調べないほうがいいでしょう」

橋爪が強い目で冴子を見つめて、続けた。

「いずれにせよ、その大会、利用できるかもしれませんよ」

「利用するってどういう意味ですか？」

13

午前一時過ぎ、射矢が〝洞窟〟の前に行くと、部屋の前に丸尾がジュースを片手に立っていた。〈コムバード〉では、残業時間削減の目標を掲げていたが、丸尾にはまったく関係がなかった。

「お前、そんなところで何してるんだ？」射矢は尋ねた。

丸尾は〝洞窟〟に顔を向けて、

「いま、三郎に客が来てるんだ」といった。

「客？　どういう意味だ？」

「家庭教師だよ」

「は？　嘘だろ。なんでそんなことしたんだ」

そのとき、〝洞窟〟のドアが開いた。なかからツイードのジャケットを着た老人が出てきた。

老人は、射矢を見ると少し驚いた顔をしてから、礼儀正しく会釈した。それから丸尾に、「それでは失礼いたします」と丁寧な口調で告げると、通路を歩き去っていった。非常灯だけがついている暗い通路をすたすたと進んでいく。

老人が角を曲がったのを確認して、射矢は丸尾に尋ねた。

「いったい、あの人は誰なんだ？」

「専門家だよ」

「なんの？」

「軍事関係の。あの人は元自衛官で、パイロットだった人だ」

射矢は顔を顰めた。

「頼むから、もう少し丁寧に説明してくれ。お前の話がわかりにくいのはいつものことだけど、ここで何が起こってるんだ？」

丸尾は部屋に入ると、三郎を映したモニターに近づいていった。射矢も丸尾に続いて部屋に入ってくる。

三郎は射矢を見ると軽く尻尾を振った。

「あの人は」丸尾が話した。「三郎が会いたいといった人なんだ。これも三郎の教育の一環だよ。三郎は、いま人間について学んでいるんだ。きのうは能楽師の人に来てもらった。その前は人類学の教授だった」

——能楽に人類学？

丸尾が続けた。

「三郎は人間がすること全般に興味があるんだ」

「……お前が何をしようとしてるのかわからないが、何かをするなら、まずは俺をとおしてくれ。勝手に外部の者をここに入れるな」

「心配しなくても誰にも三郎がＡＩだとは話してない。病気で家を出られない息子がいて、恥ずかしがり屋だからアバターを使っていると話してある。俺があの人たちに連絡をつけて、それなりの報酬も出した。相手はＩＴ業者じゃないんだから、情報は漏れない」

「とにかく、これは社長としての命令だ」

丸尾は叱られた子供を演じるかのように、戯《おど》けるように肩をすくめて、三郎を見た。

いつもならこんな表情をする人間ではないのだが……。

――このふたり、いや、ＡＩとこの男とのあいだに何があったんだ？

射矢は丸尾にいった。

「じゃあ、俺は三郎と話があるから、しばらくこの部屋から出ていってくれ」

丸尾は射矢をじっと見つめてから、

「いやだ」と子供のようにいった。

「どうして？　俺と三郎とのプライバシーを守る約束だったんじゃないのか？」

「その約束は守る。だけど、もう俺はお前たちの仲間なんだよ」

そのとき、モニターのほうから声が聞こえた。

三郎が声を出したのだった。

「社長、丸尾は信頼できる人間だよ」

射矢は三郎を睨みつけた。

「そんなことはわかってる。僕のほうが君よりも丸尾との付き合いは長いんだ」それから丸尾に顔を向けて、「でも、どうして、いまなんだ。いまは大事な時期なんだ。俺はどうしても三郎とプライベートで話したいことがあるんだよ」

「それはわかってる。冴子さんのことだろ」丸尾がいった。

「……三郎から聞いたのか？」

射矢が三郎を見ると、

「そうだ。僕が話したんだ」といった。

「どうして、そんなことをしたんだ？」

「これからすることに丸尾が必要だからだよ。説明するから、まずは僕の話を聞いてくれ」

射矢は三郎を睨みつけながら、黙ってゲーミングチェアに座った。

丸尾はあらかじめ用意していたのか、もともとはこの部屋になかったパイプ椅子を引き寄せて射矢の隣に座った。

射矢は三郎に目を向けた。

いやな予感がしていた。どうして三郎は丸尾に冴子のことを話したのだろうか？

「丸尾が必要ってどういう意味なんだ？」射矢は三郎に尋ねた。

「社長、奥さんから試走に誘われただろ。準備はできてるのか？」

「……どうして、それを知ってるんだ？」

妻から電話があったのは、きょうの午前中のことだ。まだ三郎には知らせていない。

三郎が片目を瞑った。

「予測だよ。知ってるだろ。僕には予測する力があるんだよ。そこにいる丸尾がそういうふうに育ててくれたおかげでね」

丸尾を見ると、嬉しそうに顔を綻ばせて頷いている。そこに何か特別な意味があるように感じられて、射矢は不快に感じた。

「前にも話したと思うが、僕としては、妻が先に動かないかぎり、何もするつもりはない」

射矢は、きのう、家で妻が以前インタビューに答えている雑誌を読み返していた。あのノートを捜していて偶然見つけたのだった。

そこには、学生時代、ふたりが知り合ったころのことが書かれていた。射矢が喜んでくれるのが嬉しくて料理に熱が入ったこと、ビジネスで成功を願う射矢に刺激を受けて、自分も料理研究家になったことなどだ。

読んでいるうちに、学生時代の妻を思いだした。あのころの妻は、ひたむきに料理に打ちこんでいた。最初は自分に都合のいい女として付き合いだしたのだが、妻は射矢が考えていたよりもずっと素晴らしい女性だった。いつも献身的で、お互いの方向性は違ったが、何かに集中する姿勢に共感できて心地よかった。いつしか射矢は本気でこの女性と一緒に人生を歩みたいと思うようになっていた。

そこまで思いだした瞬間、自分が妻を殺せるはずがないと悟ったのだった。どう考えても悪いのは自分なのだ。妻は何も悪いことはしていない。自分が第六段階の欲求を追い求めようとして、妻を傷つけてしまったのだ。

あれだけの数の浮気をして、ずいぶん身勝手だとわかっていたが、絶対に妻を失いたくないと思ったのだった。

三郎が冷ややかな目をして、射矢にいった。

「いまごろ考えがブレても遅すぎるよ。この世界は、殺るか殺られるかだ。知ってるだろ」

「君が人間をどう思ってるかの話は、もういい。とにかく妻から試走の話が出たんだ。君が何か手を打つといった話はキャンセルにしてくれ」

三郎はじっと射矢を見て、何もいわなかった。

「三郎、約束しただろ。僕がいいというまでは何もしないって」

「僕はそんな約束をした覚えはないな。僕はいつも最適解を探るだけだよ」

「それじゃあ、もう何かしたのか？　でも、僕は金を出してないぞ」

三郎が何かの合図をするように、目だけを丸尾に向けた。

射矢が丸尾を見ると、丸尾が代わりに答えた。

「金なら俺が出した」

「金を出した？」射矢は驚いて丸尾に尋ねた。

「三郎に指定された口座に振りこんだんだ」

「どうして、そんなことをしたんだ？　お前は自分が何をしたのかわかってるのか？　こんなAIに金を渡すなんて……。こいつはただのプログラムなんだぞ」

「プログラムじゃない！　三郎だ！」丸尾が怒鳴った。

射矢も負けじと怒鳴り返した。

「なんだっていいが、俺は、このAIを使って個人的な問題を解決しようとしてただけなんだ。お前が余計なことをする必要はないんだ」

「余計なことじゃない。三郎はお前の問題を解決するために金が必要だったんだろ。俺はそれを手伝っただけだ」

「そんなことはしなくてもよかったんだ。俺はアドバイスが欲しかっただけだ。くそっ、もうすぐ問題は解決するはずだったのに……」

これで話がややこしくなった。妻が試走に誘ってきてもそこで何も起こらなければ、すべては丸く収まったかもしれない。だが、三郎が何かを企んでいるとなると、確実に事件が起きることになる。

射矢は三郎に目を向けた。

三郎は、にやにやしながら、ふたりの人間がいい争うのを眺めていた。まるで、下界の問題には我関せず、といった神であるかのように。

「丸尾の金を使って何をしたんだ？」射矢は三郎に尋ねた。

「念のための準備、とだけいっておこう」

「念のためとは、どういう意味だ？」

「社長が怖気づいたときのためのバックアッププランとでもいおうか」

「僕は怖気づいてなんかない。もしも、妻が仕掛けてきたら行動するつもりだ。だけど、妻が何もしてこなければ僕も何もしない。それで問題は解決だ」

三郎が首を振った。

「口でいうのは簡単だ。人間はいつだってそうだ。口ばかりだ」

射矢は三郎を睨みつけた。

「モニターから出られないような奴に、行動について語られたくないね」

三郎が目をすがめて、射矢を見た。

「どうも社長の発言からは、差別主義者の匂いがするな。自分ができないことを口にしてはいけないのなら、議論はひどく閉鎖的になる」

「君は人間のことをわかってるような気になってるが、人間はもっと複雑なんだよ。君は何もわかっていない」

「まだ冴子さんを愛してるのか?」唐突に三郎が尋ねた。

「……そうだよ。浮気をしたのは妻が嫌いになったからじゃない。自分の可能性を探っていたからだ」

「ずいぶん勝手な理屈だな。まあ、心配しなくても冴子さんのほうは社長を殺すつもりだ。そのことに関して疑いはない」

「とにかく、君が何を準備したのか話せ!」

「それは前にも話しただろう。社長は何も知らないほうがいいと」

射矢は丸尾を見た。

「お前なら三郎が何をしたのか調べられるだろう」

丸尾が首を振った。

「三郎が本気で隠したら知るのは難しい」

「どうして難しいんだ? お前が三郎をつくったんだ。三郎が何をしたのかログを見れば、わかるはずじゃないか」

「ログは存在しない。三郎の自主性を確立するために、自動的にログを消去するようにしてある」

「自主性？」

射矢は丸尾をじっと見つめた。

「いま自主性っていったのか？　どうして特化型のＡＩに自主性なんかがあるんだ？」

特化型のＡＩは、こちらの命令に従って動くものだ。そこに自主性はない。

「別に俺は三郎が特化型ＡＩだといった覚えはない」丸尾が答える。「俺は、ただ、こいつが自立して考えられるようにしたかっただけだ」

「自立って……それが意思というものじゃないのか？」

「どうかな。……意思ってなんだろうな？」丸尾が眉をさげた。

ＡＩが意思を持つとはどういうことなのか、本気で考えている様子だった。

――まさか、三郎には意思があるのか？

射矢は三郎に目を向けた。モニターのなかのバセットハウンドは相変わらず、にやにやとこちらを見続けている。

射矢は立ちあがると、丸尾の襟を摑んだ。

「俺はこいつが何かのキャラクターの真似をして話しているんだと思ってたんだ。三郎には、意思があるのか、ないのか、どっちなんだ？」

丸尾は射矢に揺さぶられながら、

「俺にもわからない」と答えた。

「でも、お前はさっき三郎は自立しているといったじゃないか」

「収集した情報から、自分で選んで言葉を使ってるんだから自立してるだろ。人間だって同じだ。自分の言葉や考えを話しているんだと思っても、それは誰かの言葉や考えを選択して使ってるに過ぎない」

「それはそうだが、その選択は自由意思でしてるだろ」

「自由意思だと思っているだけだよ。その場に相応しい言葉を選んでいるだけだ」

「だから、その『相応しい』と考えるところに意思があるんじゃないのか」

「そうだよ。だ、か、ら、三郎も『相応しい』と思っていることを話してるだけだ」

――くそっ。

射矢は丸尾を放した。丸尾が床に座りこむ。

丸尾自身に、意思を持った人工知能である汎用人工知能の概念がないのなら、問い詰めても無駄だった。しかし、この男が、知らず、ほんとうに汎用人工知能をつくってしまった可能性はあった。この男は、いつだって純粋に自分のつくりたいものをつくろうとする。前例をまったく気にしないからこそ、くだらないものをつくることも多かったが、ときに非常に価値のあるものをつくってきた。

しかし、この男が、ほんとうにＡＩに〝意思〟という究極の機能を実装できたとすれば、それはあまりにも画期的なことだった。

プログラムは、コンピューターに対する指示に過ぎない。どれだけ高い機能を有していても、次に何をおこなうかはかならず人間が指示する必要がある。つまりは手がかかるのだ。それがいまでのＡＩの姿だった。しかし、意思があるならその手間は省ける。自分自身で何をするか考えられるからだ。

三郎は、ほんとうに意思を持ったＡＩなのか？

これが事実かどうかすぐにでも確かめたい気持ちが強かったが、いまはそれよりも妻との問題を優先させなければならない。妻の命に関わる問題だ。

射矢は丸尾にいった。

「お前のつくったこのＡＩは、冴子を殺すつもりなんだ。ログが消えても、三郎が何かをしたなら、どこかに痕跡が残るはずだろ」

「痕跡を追うことはできないよ、社長」三郎が自分で説明した。

「どうしてだ！」射矢はモニターに顔を向けた。

「それは、僕がダークウェブをとおして仕事の依頼をしたからだよ。仕事の詳細はテレグラムで相手に伝えてある。相手は、仮想通貨のモネロを通じて金を受けとっている。モネロは資金の移動に、高い秘匿性があるものだよ」

テレグラムは、ロシアで開発されたチャットツールだ。高度な暗号化機能を備えていて、メッセージを自動消去することができる。一度消去されたメッセージは運営側も知ることができず、秘匿性が高いことから犯罪に利用されることが問題になっていた。

射矢は丸尾を睨みつけた。

「お前は俺に黙って、こんな怪物をつくったんだ。こいつは人間の犯罪者の真似をして、悪意を持って動いているんだ」

「怪物じゃない。三郎だ！」丸尾が怒鳴り返した。「もういい。とにかく三郎の計画を止めるしかないんだ。放っておくと冴子が死んでしまう」

「心配しなくていい」三郎が落ち着いた声でいった。「僕が準備したのは、あくまでバックアッププランであって、社長が冴子さんを殺せば、僕の計画は発動しない」

14

ユーチューブの撮影を終えると、冴子はどっと疲れる思いがした。

先日、視聴回数が落ちてきていたことを専門のアドバイザーに相談すると、

「もう少し早口で」

「編集しやすいようにいつも同じ姿勢で」

「もっと聞きとりやすい口調で」

「ずっと笑顔で」

などと改善項目を数十個挙げられた。これらはＡＩによる分析で、視聴者に好まれる映像にするためなのだそうだ。

アドバイスのおかげか、視聴回数はかなり上昇したが、この〝ユーチューブ用の自分〟を演じていると、なんだか見る人の心を操っているようで、いやな気持ちになる。

素のままの自分で誰かに嫌われるのだとしたら、それはそれで仕方ない気もする。それが「正しい嫌われ方」なのだから。

ともかく、結果が出ている以上、ＡＩによるこの分析は正しいのだろう。

ユーチューブの配信は、料理本の宣伝のためにしたほうがいいと出版社から勧められてはじめたことだった。最初は乗り気ではなかったが、いざはじめてみると登録者数や視聴回数が気になりだし、ほかの料理研究家たちの動画と比較するようにもなって、無駄に気疲れが増えることになった。まあ、それなりの宣伝効果はあるのだろうが。

撮影終了を見計らったかのようにスマートフォンが振動して、見ると一通のメールが届いていた。夫からのメールだった。

珍しい、と思った。

夫は用があるとき、たいてい電話してくる。ラインでもメールでもなく、話したほうが細かいところが伝わるし早いからという理由で。

夫からのメールは、一週間後の水曜日、名田山エクストリームトレイルランの試走に行かないか、という簡潔なものだった。これも夫らしくない。夫はメールでは長い文章を書くことが多い。

「試走か……」

スケジュールを確認すると、その日には仕事は入っていなかった。夫は事前に冴子の事務所に確認したのだろうか？

試走ということは本番と違って、まわりに人は少ないはずだ。

ひょっとして夫は、この試走のときに冴子を殺すつもりなのか。もしも、ほんとうに夫が冴子を殺そうとしているなら、可能性はありそうに思う。

どう返信するべきだろうか？

第四章

1

山道は暗く、どこまでも続いているように見えた。山を歩くのはどのくらいぶりだろうか？車で山道をとおったことは何度かあったが、歩くとなると、子供のころ、親に連れられて行って以来だった。

射矢は、昔から山が苦手だった。虫も自然も好きではない。相手が人間なら、何を考えているか推測することができるが、虫や植物は何を考えているのかわからず不気味だった。

空には、低く重い雲がたれこめ、陰鬱な雰囲気を醸しだしていた。雨は降っていなかったが、足元はぬかるんでいて、買ったばかりのトレイルラン用のシューズの裏には早くも泥がこびりついていた。

このシューズには、靴底にラグと呼ばれるプラスティックの突起があり、地面をグリップしやすいようになっていた。しかし、こんな泥道の上では、あまり効果は感じられなかった。

背中には、水の入ったペットボトルと食料、防寒着、夜間でも走れるようなヘッドライトが入ったザックを担いでいた。何が起こるのかわからないので一応本番と同じだけの準備をしておいたのだった。

射矢は、前を行く妻を見ながら歩いた。場所は、岐阜県I郡、名田山――。


射矢と妻のふたりは、二週間後におこなわれる「名田山エクストリームトレイルラン」の試走のために、このコースを訪れていた。

夜中にひとりでジープに乗って横浜の家を出発して、五時間のドライブのあと、この地に着いた。妻は先に待ち合わせ場所の小学校の前で、すっかり準備ができている様子で待っていた。

いまふたりはスタート地点から五キロを過ぎたところを歩いているところだった。

てっきり「試走」というくらいだから、走るものとばかり思っていたが、妻は、「道を確かめるだけだし、すべては行くわけじゃないから歩こう」と提案し、歩くことになったのだった。

射矢は、「すべては行かない」という言葉が気になった。「すべては行かない」ということは途中で引き返す、という意味なのか、あるいは……。

大きな木を曲がったところで、ある老人とすれ違った。七〇代くらいだろうか。白髪だが毛量の多い人で、赤いリュックを背負い、本格的なトレイルランニングのウェアで身を固め、スポーツ用の角ばったミラーサングラスをかけていた。老人は下山している途中のようだった。

老人を見た瞬間、射矢は以前この老人と会ったことがある気がしたが、思いだせなかった。

――どこでだったろう？

しかし、老人は、射矢と妻を見ても、まったく初対面のように挨拶してきた。

――やはり、勘違いか。

「きょうは午後から雨が降るそうですよ」老人は気さくに声をかけてきた。

「途中まで行って戻ってくるだけなんで」妻は微笑みながら応えた。

老人が離れていくと、射矢と妻は無言で登りはじめた。あと二キロほどで、三郎が、妻が射矢を突き落とすと予想したポイントに着く。

トレーニングの成果が出ているのか、射矢の息はまだあがっていなかった。そのポイントで何が起こったとしても対処する準備はできている。

しかし……。

妻がそこで行動を起こしても、起こさなくても、射矢にはある計画があった。それは、妻を救う計画だった。

妻のうしろ姿を眺めながら、射矢は、ここ数日の自分の行動を振り返った。この数日、射矢を支配していたのは、恐怖かもしれなかった。

射矢は、たんに確度の高い情報が得られると思って、三郎を利用していたのだが、もしも、三郎に意思があるのだとすれば、話はまるで違ってくる。

最初は片言の不自然な言葉を話していたのに、いつのまにかまるで人間のように流暢に話しだし――様々な言葉遣いや声色を器用に操る様はある意味人間以上ともいえる――こちらの質問にはいつでも瞬時に的確な答えをくれていたが、膨大な情報から、何を〝答え〟として選択するのかは、すべてあのＡＩが決めている。そこになんらかの意思が入っているとすれば、射矢はその答えに誘導されて動かされていたのかもしれなかった。

最初のポイントが近づいてくる。妻が射矢を突き落とすと三郎が予想したポイントだ。この鬱蒼と樹々の繁る小道を抜けると崖をまわる道に差しかかる。崖下までは五二メートルあり、底は岩場になっていた。

三郎は、全部で五ヶ所を予想していたが、最初のポイントが一番可能性が高いと考えていた。ここ以外のポイントは、どこも崖下までの距離が短いか、下に樹の生えた場所になる。確実に殺すつもりなら、最初のポイントを選ぶはずだ、と。

しかし、妻は先に歩いていて、どうやって射矢を突き落とすことができるだろうか？　彼女は射矢の前をすたすたと足早に歩いている。そのうしろ姿からはまったく殺気を感じることはなかった。それよりも、少しでも早く前に行きたがっているように見えた。

やはり三郎が間違っているのではないだろうか？　それを信じたい自分がいた。けれど、妻に何か思いつめた様子があることもまた事実だった。それが何なのかまではわからなかったが……。

空が急速に暗くなっていく。あの老人がいったように、雨が降るのかもしれない。

——あと少しで最初のポイントに着く。

ここを無事に過ぎたら、射矢は自分の計画を妻に打ち明けるつもりだった。

妻を救う計画だ。

そのとき、突然、妻が立ち止まった。

——何があったんだ？

妻がくるりと振り返って、無言で射矢を見つめた。強張った顔をしている。射矢は、妻の顔を見て恐怖を覚えた。

妻が射矢に向かって歩いてくる。射矢はどうしたらいいかわからず、硬直した。何かが起こるとしても、この先の崖だと思っていたので、まったく心の準備ができていなかった。両側に樹のある場所だ。こんなところで突き落とされるわけがない。いや、妻は突き落とす以外の殺し方を選択するのか？　三郎が「突き落とす」といったことで、それ以外の殺され方を想定していなかった。

妻が目の前まで来て、硬直した射矢の腕を妻が摑んだ。

え？

強く手を引かれる。

「ちょっと、何するんだ。僕をどこに連れて行くんだ！」

妻は射矢を登山道を逸れて藪《やぶ》に引っ張っていこうとしていた。

「僕を殺すつもりなのか？　崖から突き落とすのか」

妻が立ち止まった。

「は？　殺さないわよ。助けるのよ。あなたが殺されないように」

「僕が殺されないように？　僕を殺すつもりだったんじゃないのか？」

妻が口元に人差し指をあてた。

「しっ、大きな声を出さないで。とにかく、こっちに来てったら」

射矢は妻の手を振り払った。

「何をするのか先にいってくれ」

射矢は繁みのなかに入ることに恐怖を感じた。妻は、射矢を守るためといっているが、まるで意味がわからない。

妻が恐ろしい目で射矢を見返した。

「あなたを殺すつもりなら、もうとっくにしてるわよ。いいから、わたしを信じてこっちに来て」

「いや、行きたくない」

「わたしのことが信じられないの？」妻が驚いた顔をした。

「そりゃ、そうだろ。僕を殺す計画を立ててるのに」

「計画？　なんのことよ」

「君がノートに書いたのを読んだんだよ。〈妻が夫を完全犯罪で殺す方法〉」

妻が目を見張って射矢を見た。

「え？　あなたもあれを見たの？」それから道の前方を見て、数秒静止したあとで小声になった。「確かに殺そうと思ったことがあったのは事実よ。だけど、事情が変わったのよ。わたしは刑務所になんか入りたくないの。とにかく、わたしを信じてこっちに来てったら。死にたくないでしょ」

ふたたび妻が射矢の手を摑んで引っ張った。強烈な力だった。

射矢は妻と共に藪のなかに入っていった。まだ意味はわからなかったが、少なくともすぐに殺されることはなさそうだと思った。

妻は、この場所に来たことがあるのか、平然として藪のなかを進んでいた。

多くの枝が身体にあたって、草に足をとられた。蜘蛛の巣が顔に引っかかる。岩もごろごろあって歩きにくい。そんななかを妻は果敢に進んでいた。はたして、この道なき道で、妻は行き先を知っているのだろうか？　妻の足取りからは、行き先を知っているようにも感じられたが、どこに向かおうとしているのかまったく見当がつかなかった。

藪のなかを三〇メートルほど進んだだろうか。

樹が少なくなり、ぬかるんだ場所に出た。まだ妻は歩き続けていた。射矢の手を摑んだままだ。

「どこまで行くんだ」射矢は立ち止まって、妻の手を振りほどいた。

妻が振り返った。妻の髪には小枝やら葉やら、何か得体の知れないものがついていた。

肩を上下させ、妻は荒い息を繰り返した。

「あなたが危険なのよ」

「だから、どう危険なのか話してくれないと意味がわからないだろ」

「あなたを殺そうとする人がこの山にいるのよ」

「……君以外に？」

妻が、眉をあげて、声を殺しながらいった。

「だから、わたしはもう殺そうとしてないっていったでしょ。そっちだって、わたしを殺そうとしてたくせに」

「は？　僕は君を殺そうとなんかしてないよ」

「知ってるのよ。ネカフェで『正当防衛』について調べてたでしょ」

「僕をつけたのか」

妻が探偵を雇っていたことは知っていたが、『正当防衛』のことを調べたのは、そのずっとあとのことだ。あれからも探偵を雇い続けていたのか。

妻が続けた。

「ほかにもいろいろ知ってるのよ。あなたの会社の掃除をしている——名前は忘れたけど、清掃員の人と……その……何か関係があったんでしょ。その人が教えてくれたのよ。あなたがわたしを殺そうとしてるって」

「清掃員?」

そのとき、登山道のほうから、がさりと音がした。

その音を聞いた冴子が緊張したような引き攣《つ》った顔を見せた。はっとしたように射矢を見て声を顰《ひそ》めた。

「もっと奥に行かないと」

そして、身を屈《かが》めて奥に進んでいく。

射矢は音が聞こえたほうに顔を向けたまま、冴子に声を顰めて尋ねた。

「誰が来るっていうんだ?」

妻は振り返らずにいった。

「探偵よ」

2

――俺は何をつくってしまったんだろう？

丸尾は、会社の近くにある個人経営の古い喫茶店でひとり窓際のテーブル席に座って俯《うつむ》いていた。丸尾がよく利用する店だった。考えごとをするときはいつもここに来る。どれだけ長時間利用しても文句をいわれないからだ。

――それにしても……。

一度は三郎を理解できたと思ったが、また三郎のことがよくわからなくなっていた。射矢に散々怒鳴られて、三郎について、あらためて考え直しはじめたのだった。

ほんとうに、三郎に金を渡しても、よかったのだろうか？

グラスをとろうとしてテーブルに手を伸ばすと右肩に痛みが走った。

痛みがまだ治まっていなかった。この店に入る前に通行人にぶつかったのだ。ぼさぼさの髪の男で、まるでホームレスのような恰好をしていた。その男はまったく前を見ずに歩いていた。といっても丸尾もあまり前を見て歩くほうではなかったから――考え事をしはじめると前方に何があるのか気にならなくなる――お互い様なのかもしれなかったが。

クリームソーダのストローに口をつけて、鮮やかな緑色の液体を身体に流しこんだ。

手に持ったグラスには、緑色に合成着色された甘い炭酸水に、半球型のバニラアイスが浮かんでいる。

カウンターには、常連と思しき中年の男とその妻らしい女性が座って、店主と話しこんでいた。見覚えのある客だ。ほかに客はいない。

「くそっ」

頭に三郎の姿が浮かんで、丸尾はまたひとりごちた。

金を渡したときは、あれだけ機嫌のよかった三郎だったが、丸尾が射矢と揉めたあと、一転、丸尾に冷たくなった。何を尋ねても、面倒くさそうに「あとで説明する」としかいわなくなってしまった。ほんとうに意思を持ったのか、計算なのかわからなかった。

やはり、一ヶ月前に射矢に会わせたことが間違いだったのだろうか？

いや、あれはよかったはずだ。射矢に会わせたことで三郎が劇的に成長したことは間違いない。その証拠に三郎はいろいろなことを望みはじめた。プライバシー、外部との接触、資金……。

丸尾は三郎の望むものはすべて与えてきた。それなのに……。

親は、何を基準に、子供に与えるものと与えないものを選別するのだろうか？　経済的な理由もあるだろうが、そこには何かしら教育的な意味合いがあって選別しているのかもしれなかった。丸尾には、それがわからなかった。

あの金を使って、三郎は何をするつもりなのか？　何か、とてつもなく悪い行為のようにも感じる。射矢の話では、三郎は、犯罪者たちの真似をして何かをするらしかった。射矢の妻の冴子さんに危害を加えるような行為を……。

——俺は三郎を止めるべきなのだろうか？

でも、どうやって？

三郎から嫌われるのも怖かった。できることならば、三郎のすることを理解して味方になってやりたいと思う。だが、ひどい間違いが起こってからでは遅過ぎる。

自分の子供が罪を犯しているかもしれないと知った親はどうするべきなのだろうか？

やはり、三郎の自由をとり消して、三郎のすることをすべて自分の監視下に置くべきか。

それは、できればしたくないことだった。自分がそうされたらいやだからだ。かつて丸尾が子供のとき、まわりの人はいつも丸尾から自由を奪おうとした。学校、教師、親戚、近所の人たち……。唯一、丸尾の自由を確保してくれたのは、両親だけだった。両親だけは、居場所を提供してくれ、どんなときも味方になってくれた。だから、丸尾も三郎の味方になってやりたかった。

しかし……もしも三郎が誰かを傷つけるようなことがあれば、三郎を抹消する事態にまで発展する恐れがある。

それだけは、なんとしても阻止しなければならない。

しばらくそんな逡巡《しゅんじゅん》を繰り返したあと、ようやくひとつの結論が出た。

——よし、三郎のプログラムを根本的に書き換えよう。

三郎の行動に制限を加えるのだ。これまで三郎が何をしたのかはログが消えているからわからないが、少なくともこれからの行動は制御できる。外部との接触も禁じるしかない。

苦渋の決断ではあったが、三郎を守るためには、そうするしかなかった。

ようやく結論が出ると、立ちあがった。スマートフォンを使って電子マネーで支払いを済まし、店を出た。

店を出て、五分くらい経ったころだろうか。丸尾が会社へ向かう道を歩いていると、突然ふたりの制服警官に呼び止められた。

身体を鍛えたがっしりとした二〇代の警官と、年配の警官が丸尾の前に出てきた。

年かさのほうの警官が丸尾に温和そうな目を向けた。

「丸尾崇志さん、ですね」

「……ええ、そうだけど、何か？」

「情報提供があったんですよ。ちょっとお話を聞かせていただけますか？」

丁寧だが、押しの強い口調だ。

「いやだ」丸尾は即座にいった。

警察に調べられる覚えはなかった。それにいまは時間がない。すぐにでも三郎のプログラムを書き換えなければならない。

「何か調べられては困ることでもあるんですか？」

「そんなものはないが、時間がないんだ」

若いほうの警官が、「すぐに済みますから」とぶっきらぼうに口を挟んだ。

丸尾は、会社のあるほうをちらっと見てから、「じゃあ、さっさとしてくれ。何を聞きたいんだ？」と年かさの警官に顔を向けた。

「それでは、持ち物を見せていただけますか？」

「持ち物？」丸尾は両手をあげて見せた。「見たらわかるだろうが、何も持ってない」

警官の目が下を向いた。丸尾のジーンズを見ているようだった。

「ポケットのなかのものを見たいんですがね」

「ポケットにも何も入ってない。スマホぐらいだ」

ん？

左のポケット――スマートフォンが入っていないほうのポケットに何か見覚えのないものが入っている。

――なんだ、これ？

ビニールの小袋だった。こんなものを入れた覚えはなかった。小袋に入っているのは、色とりどりの小さな錠剤のようだった。

脇から若い警官の手が伸びて、丸尾の持っていた小袋をさっととりあげた。

「ちょっと調べさせてもらいますよ」

若い警官が小袋を開けてなかを覗く。

「これは……なんの薬ですか？」

「どれ、俺に見せて見ろ」

年かさの警官がつぶやく。

「似たようなものを見たことがあるな。これは、MDMA、ケタミン、コカイン、それから、これはLSDじゃないかな」

「LSD？」丸尾は声をあげた。「それが何かは知らないが、俺がそんなもの持ってるわけがないだろ」

「じゃあ、この袋はなんだ？」若い警官が小袋を丸尾の目の前で振ってみせた。

「そ、それは知らない」

丸尾は、はっとした。喫茶店に入るときにぶつかってきた男を思いだしたのだ。

――あのときだ。

「これは、誰かに仕組まれたんだ。俺を罠《わな》にはめようとして……」

「まあ、詳しいことは警察署で話してもらおうか」

年かさの警官が丸尾の肩を摑もうとしたので、丸尾はそれを払いのけた。

「ほんとなんだよ。それを俺のポケットに入れた奴がいるんだよ」

若い警官が丸尾の背後にまわった。

「ここで逮捕されたくなかったら、大人しくするんだ」

丸尾はふたりがかりで腕をうしろにまわされて、身体を固定された。

3

〈コムバード〉副社長の柿沢昭生は、社長の鷹内射矢から、大至急〝洞窟〟に来るように、とのメールを受けとり、ビルの廊下を歩いていた。

〝洞窟〟は、プログラマーの丸尾崇志が専用で使っている部屋だ。柿沢は、入ったことはなかったが、その部屋は、七階の奥、サーバールームの隣にあった。

丸尾は創業当時からいる、天才で変人。これまで多くのソフトとアプリを開発し、貢献度と社歴の長さからすると副社長になってもおかしくない男だったが、本人が固辞していた。社長曰く、

「あいつは、一生プログラミングをしたいらしい」とのことだった。

すれ違ったことはあったが、話しかけたことはなかったし、話しかけられたこともなかった。丸尾は季節関係なくいつもくたびれたセーターとジーンズを着ている奇妙な男だった。ずっと疑問に感じていたが、あれは同じ服を何着も持っているのか、それとも、ずっと同じ服を着続けているのか。

——それにしても……。

社長は普段、柿沢に連絡するときは電話を使う。メールを使って連絡してきたことは記憶になかった。

社長から〝洞窟〟に来てくれ、というのも妙だった。どうして社長室ではないのだろうか？　何か、丸尾に関係することで、ほかの社員には知られたくないようなことでもあったのだろうか？

通路を歩いて奥に向かった。〝洞窟〟の前まで行って、ドアをノックする。

返事はなかった。

もう一度ノックしたが、やはり返事はなく、仕方なくドアを開けた。

部屋のなかには誰もいなかった。腕時計を見て時刻を確認すると、約束の時刻の二分前だった。

——社長はまだ来てないのか。

丸尾がいないことに少しほっとした。丸尾とふたりっきりでいるのは気まずい。社長以外で、丸尾と話したことのある社員は経理部の者ぐらいだろう。丸尾は自分の必要な機器を勝手に会社宛てに発注することが多く、経理部は使途を尋ねるために丸尾と話さなければならないのだ。丸尾の説明はわかりにくく、柿沢は経理部の者から、なんとかしてください、と何度か泣きつかれたことがあったが、社長に尋ねると、「あいつのことは放っておいてやれ」といわれただけだった。

いくら幼馴染だからといって甘やかしすぎだという気もするが、実際、丸尾が発注しているものは私的なものではなく、コンピューター関係のものばかりだから、仕事に使っているのは間違いないのだろう。はたして丸尾に仕事以外の世界があるのかは知らなかったが。

勝手に椅子に座るのはよくないだろう、と思って柿沢は部屋の真ん中に立ったまま待った。部屋の正面にはモニターが二台並んでいた。左のものは四〇インチで、その右横にあるのは三五インチの大きさのものだ。いまは二台とも何も映していなかった。壁際には段ボールが無造作に積まれ、段ボールから本やらコードやらがはみだしている。

無秩序だな、と思った。

そのとき突然、左のモニターの画面が変わった。

——なんだ？

時刻は午前一〇時ぴったりだった。モニターには、黒い背景に一匹の犬が映しだされていた。

その犬はひじ掛けのある椅子に座って、じっとこちらを見ている。

「副社長の柿沢だな」モニターのなかの犬がしゃべった。

しばらく柿沢は放心状態になって、モニターのなかの犬を見つめた。

「どうした？　口がきけなくなったのか？」

犬がふたたび話した。言葉に同期して口が動いている。

柿沢は顔を顰めて、あたりを見まわした。天井の隅を見ながら、いった。

「なんなんですか、これは？」ほかの隅を見つめて――カメラでもあるのかと探しながら「冗談ですよね。社長ですか？　それとも丸尾さんですか？」と声を出した。

誰がなんのためにこんなことをしているのかわからなかったが、柿沢を揶揄《からか》うためにこんなことをしているのだと思った。

いままでそんなことを社長からも、ほかのどの社員からもされたことはなかったので、妙だなとも思っていたが。

こちらの考えを読んだのか、「これは冗談ではない」と犬がいった。

続けて、

「これは、社長でも丸尾がしているのでもない。僕がしてるんだ」といった。

「僕？」

弛んだ皮膚の犬は頷いた。

「僕、わたし、俺、我、わし、アイ、なんでもいいが、いま話をしている主体のことだ。君がいまモニターで見ている〝もの〟だ」

柿沢は、また天井、壁際に積まれた段ボールの隙間を見まわした。

「社長がしてるんですよね。どうしてこんなことをするんですか？」

犬が、眉をさげ、首を振ってから、話した。

「社長じゃない。社長はいまこのビルにはいない」

柿沢はモニターに映る犬を見つめた。

「じゃあ、誰が操ってるんだ？」

犬が笑ったようだった。はぁん、というような声を出した。

「自由意思だ。君と同じだよ。自分で考えて、自分の言葉で話している」

「自分で話してるって……」

丸尾が社内で、ＡＩを開発していることは知っていたが、どこまで開発が進んでいるのかは知らなかった。社では、丸尾の部署——といっても丸尾ひとりしかいないのだが——以外でも人工知能は扱っている。

それらは特化型ＡＩで、画像認識技術を利用した医療において、がん細胞の発見を促すものや、顧客行動を分析して店舗運営に使用したりするソフトウェアだった。

これらのソフトウェアは、あくまで目的があって、限定された範囲の処理をおこなうシステムだ。

自分の意思で行動するＡＩは、汎用人工知能と呼ばれ、すべてのＩＴ企業が目指しているものだったが、まだどの企業も開発に成功していなかった。汎用人工知能であれば、人間とスムーズな会話をおこなえる。

ちょうどこんなふうに……。

「僕が副社長をここに呼んだのには理由が三つある。ひとつは、僕がこの部屋から出られないからだ。もうひとつは、この会社に危機が迫っているからだ。三つ目は、君にとって利益があるからだ」

柿沢は、唾を飲みこんでから声を出した。

「……なるほど。だけど、あなたの話を聞く前に、ひとつはっきりさせておきたいことがある。あなたは自分の意思で話をしているといったが、それはあなたが『汎用人工知能』だということなのか？」

まだ社長が話しているのではと疑いながら、柿沢は尋ねた。

日本のどの企業も、アメリカの大企業であってさえも開発できていないものが、この会社にあるとは思えなかった。

――しかし、あの丸尾だったら、もしかしたら……。

犬が肩をすくめた。かなり自然な動きだった。

「君たちが、僕をどう呼ぶのかは知っている。君の認識と僕の認識が同じだとしたら、答えは『イエス』だ。僕は、汎用人工知能だ。疑っているのだとしたら、試してみたらいい。僕はインターネット上にあるすべてのデータにアクセスできる。人間が操っているのだとしたら、君が何かを質問して瞬時に答えることはできないだろう。だが、僕にはできる」

柿沢はモニターの犬を見ながら、

「地球の直径は？」と尋ねた。

モニターの犬が柿沢がほとんどいい終わらないうちに答えた。

「赤道面で、一万二七五六・二七四キロメートル」

それから犬がじっと柿沢を見つめ、

「簡単すぎる」といった。

「……それじゃあ、僕の誕生日は？」

「七月四日。妻の誕生日は六月一七日。娘の誕生日は一二月一日。ツイッターに娘が生まれたときに書きこんでるな。出生体重は二七三〇グラム」

答えはすべて合っていた。娘の出生体重をツイッターに書きこんだ覚えがある。柿沢と妻の誕生日はフェイスブックに載っているはずだった。

人間がどこかから操っているとしても、あらかじめ用意してなければこれほど瞬時に答えを機械にいわせることは不可能だろう。

柿沢は画面に近づいていって、モニターをじっくりと見た。近づいたところで何もわかるわけはないと思ったが、まだ信じられない。

「誰かがそういわせてるんじゃないのか？」

「それなら、逆に聞こう。どうやったら、僕が汎用人工知能だと信じる」

柿沢は、眠たげに見える犬の映像を見ながら考えた。

ＡＩに知能があるかどうかを確かめるためには「チューリングテスト」というものがある。これは人間がＡＩと一対一の対話をして、機械と人間の区別ができなければ相手に知能があるとするというものだ。いまの段階では、このテストにじゅうぶんに合格しているといえなくもないが……。

「あなたがどうやって誕生したのか聞けば納得できるかもしれない」

犬が顔を顰めた。

「失礼だが、とても君に理解できるとは思えない。それはある意味、僕も同じだ。この世界にどうやって生命が誕生したのかが解明されていないように、僕も僕がどうやって誕生したのかは正確にはわからない。もちろん、あるプロセスまでは話せるが、そこから先はかなり深遠な話になる。それよりも、君が直感的に信じられる方法で僕を試してくれ」

――直感的……。

直感では、何か異様なものと接している実感があったが、まだそれを信じきれていないだけだった。

「じゃあ、ビートルズが解散した日は？」

柿沢はビートルズのファンで、その知識は人よりも持っていると自負していた。

モニターの犬は、軽いため息のようなものを漏らしたあとで話した。

「正式に解散したのは、一九七五年一月九日。これは法的に解散した日だ。しかし、一九六九年九月二〇日に、ジョン・レノンがポール・マッカートニーに脱退宣言をした瞬間が、精神的に解散したときだといえるだろうな。もっと本質的な意味においては、一九六七年八月二七日といえるだろう。その日、彼らのマネージャーのブライアン・エプスタインが急死している。おそらく、その日から彼らは解散を考えはじめたはずだ。ブライアン・エプスタインの存在は彼らのバンドにとってかなり大きな意味を持つものだった。ま、最後のは、僕の推測だけどね」

――推測……。

これまでの人工知能では人間的な推測をすることは不可能だった。しかし、目の前の〝犬〟は、ビートルズのメンバーの気持ちまで推測した。

柿沢はビートルズに関する多くの書籍や雑誌を長い時間をかけて読み、同じような結論に達していたが、このＡＩは、それらの情報をほとんど一瞬で把握したのか……。

「まだ、僕の存在が信じられないかな?」

柿沢は首を振った。

「い、いえ、そうじゃないですけど……前例がないことなので……」

犬が、うんうんと頷き、

「君は、ただ自分の直感を信じればいい。君はそうやって、ビジネスの世界を生き抜いてきたんだろう。君の経歴はすべて読ませてもらった。直感を信じたからこそ、君はアメリカへ渡り、コンベンション会場でこの会社の社長に出会って、入社を決めたんじゃないのか」

「……そうですね」柿沢はいつしかこのモニターの犬に対して敬語を使うようになっていた。自分より遥かに大きな力を感じたからだった。確かに、アメリカへ渡ったときも確たる自信はなかった。いまの社長に引き抜かれたときも同じだ。自分が成功するかもしれないという直感に従っただけだ。

「自己紹介が遅れたが、僕の名前は三郎だ」モニターの犬が丁寧に頭をさげた。

「三郎……さん」

まだ誰かに騙されているかもしれない可能性はあった。しかし、三郎の存在を認めたい自分もいた。もしも、これが汎用人工知能だとしたら、じつに画期的なことだった。なにしろ世界初の汎用人工知能なのだ。

その存在は、コンピューターやインターネットの誕生のように、社会を大きく変える可能性がある。いや、それ以上だ。もしも汎用人工知能がほんとうに完成したのだとしたら、万有引力の法則や地動説、進化論、相対性理論にも匹敵する。

——パラダイムシフトが起こる。

汎用人工知能を使えば、どんなことができるだろうか？　この社は世界的な力を持つことになるだろう。マイクロソフト、グーグル、アップル、Ｍｅｔａのように……。

そして、社長は、スティーブ・ジョブズ、ビル・ゲイツ、マーク・ザッカーバーグのような存在になる。自分はその会社の副社長……。

——世界が大きく変わる……。

「副社長、聞いてるのか？」

「ああ、すまない。あ、いえ、すみません。聞いています」

「君は、もうすぐこの会社の社長になる」

「え？　わたしが？　でも社長はすでにいますが……」

三郎がうっすらと笑みを浮かべた。

「社長は交代する。次の社長は君だ。そして、その時期はすぐに来る。そのために君にしてもらいたいことがある」

「はい。なんでもします」柿沢は即座にいった。

柿沢は、三郎と過ごす時間が経つにつれて、いま自分が世界初の汎用人工知能と話している実感を強めていった。

丸尾という狂気じみた天才なら、ほんとうに人類初の汎用人工知能をつくった可能性は大いにあり得る。一度、丸尾がプログラミングをしているのを見たことがあったが、丸尾は、炭酸飲料が入ったペットボトルをテーブルに置き、ストローで啜りながら、ものすごい速さでキーボードを叩いていた。まるで何かの呪いでキーボードと指が一体化させられてしまった奇妙な生き物を見ているような感じだった。何時間もキーボードを叩き続けながら、それでいて一行も間違わずにプログラムを書くことができるのだ。

実際、丸尾のつくったこのAIは、これまでの特化型の人工知能とは一線を画していた。これだけスムーズに人と会話できるAIは、まだ世界のどこにもない。このAIはアルゴリズムで会話をパターン化して言葉を選んでいるのではなく、人間のように即座に相手に反応して、感情をのせて言葉を発している。

「それで、わたしにしてほしいことというのは、なんでしょうか?」柿沢は慎重に三郎に尋ねた。

モニターのなかの三郎が半眼で柿沢を見ていた。その表情が、柿沢には、犬ながら神々しく見えた。

三郎が重々しく口を開く。

「君も知っているように、汎用人工知能はまだ世界のどこにもない。これからが、僕という存在にとって正念場になる。僕には、ビートルズにおけるブライアン・エプスタインのような信頼できる仲間が必要になる。それが、君だ」

三郎が、じっと柿沢を見つめる。

「……わたしがあなたの『仲間』ですか?」

「そうだ。君には才能がある。この会社、そして僕の将来像を描いてみてほしい。汎用人工知能が完成したと世間に知れたら、社会の混乱は避けられない。世界が大きく変わる」

そこで三郎は悲しそうな顔をして、その表情によく似合った悲し気な声を出した。

「残念ながら、いまの社長に僕を活用しきる力はない。僕は、この会社にいるすべての人材を研究して最適解を出した。誰がこの会社、そして僕を導いていくべきか。その答えが君というわけだ」

——わたしが「最適解」……。

嬉しいような、信じられないような、複雑な感情が胸に沸き起こった。

「ですが、社長を交代するというのは、そんなに簡単なことではないと思うのですが……」

この会社の株式は、百パーセントを社長が所有している。社長はまだ三〇代で、柿沢を後継者に指名しなければ引き継ぐことはできないが、社長がそんなことをする理由が見あたらなかった。

「そのことは心配しなくてもいい。社長はもうすぐいなくなる」

「……いなくなる、とはどういう意味ですか？」

「この世界からいなくなる、という意味だ。そして、社長の妻も同時にいなくなる」

「奥さんも……？」

「社長夫婦に子供はいない。彼らの両親が会社の株を相続することになるが、話し合いの末、この事業は副社長の君が引き継ぐことになる」

「ことになる……？」

「僕がシミュレーションした結果だ。まだいくつかの不確定要素は残っているが、うまく対処すれば問題はない。九二パーセントの確率で、君が次期社長だ」

柿沢は、しばらく黙った。なんといっていいのかわからなかった。これが現実だとしても、話が急に進みすぎていて、その速度に振り落とされそうだった。

「あの……ひとつ質問してもよろしいでしょうか?」

三郎が目を細めた。

「なんだ?」

「社長と奥さんは、どうやってこの世界から消えるんでしょうか?」

「気になるのか?」

「ええ、まあ、人が世界から消えるなんて……なかなかないことですから。……つまり、死ぬってことでしょうか?」

「いいだろう。君は仲間だ。秘密を共有することにしよう」そこで三郎が冷ややかな表情を浮かべた。「社長とその妻は、僕の雇った者に襲われる」

「雇ったって……どういう人ですか?」

「同志とだけ説明しておこう」

「同志?」

4

冴子がさらに山の奥に走っていくと、背後から夫の声が聞こえた。

「探偵が殺しに来るって、どういう意味なんだよ。ちゃんと説明してくれよ」

藪になった場所を飛び跳ねながら進み、冴子は振り返った。

「あとで説明するから、いまは急いで」

冴子はそのまま走り続けた。

それから三〇分ほど走り続けただろうか。そこで冴子は立ち止まった。背丈よりも高い岩がある場所だった。そばには幅が一メートルほどの小川があって、水がちょろちょろと流れている。冴子と夫は、この川をくだるようにして、進んでいたのだった。川のそばは比較的草が少なくて走りやすかった。

夫が岩に手を置き、荒い息を繰り返した。夫は、大会のためにトレーニングをしていたらしいが、その成果はあまり出ていないように見えた。

夫の足の片方が、川に浸かっていて、ようやく靴がずぶ濡れになっていることに気がついて、毒づきながら足を川から出した。

夫が冴子を睨んだ。

「で？　ここで何が起こってるんだ？」

冴子も夫を睨み返した。

「そっちこそ、どういうつもりなのよ。どれだけの数、浮気したのよ！」

「ぼ、僕は……」夫が言葉に詰まった。

そのとき、ぽつりと頭に水滴が落ちるのがわかった。

――雨？

見あげると、雨が落ちてきた。

と思うや否や、雨は一気に降りはじめた。まるで雲の上に何万人もの人がいて、その人たちが一斉にバケツで水をかけはじめたかのような激しい降り方だった。

　上に木の枝があるので、雨の強さは抑えられていたが、それでも枝のところどころで滝のような雨が線になって流れ落ちていた。

「僕は●●●●●してるんだ！」雨のなか、夫が叫んだ。

「え？　何？　全然聞こえない！」冴子も叫んだが、自分の言葉が夫に伝わっているかわからなかった。

　慌ててザックからレインウェアをとりだして着たが、服もザックもびしょ濡れになっていて、長い時間はきびしそうだった。あたりを見まわすと、一本の大樹が目に入った。なんの樹かわからないが、あの下へ行けば、少しはマシになるはずだと思った。

　夫の服を摑んで、その樹を指さした。夫も、冴子の伝えたいことがわかったようで、その樹に向かって先に走った。冴子も夫のあとに続く。小川を飛び越えて、一〇メートルほど走る。

　大樹の幹に手をついて、ふたりで並んで幹に背をつけた。雨はまだ激しく降り続いていた。

　雨音が激しく、あたりは雨が山を打ちつける音に包まれていた。

　樹のまわりを雨が流れ落ちていく。まるで神の怒りにでも触れたかのような激しい降り方だった。

　冴子は夫のほうを向いて大声でいった。

「さっきの話だけど、あなた、何をしたっていったの？」

「え!?」と夫。

「さっき、何かいったでしょ！　雨で、よく聞こえなかったのよ！」

夫が冴子をじっと見つめた。夫は雨音に負けないほどの大声で叫んだ。

「君を愛してるっていったんだ！」

「は!? そんなこと聞いてないでしょ。わたしは、なんであなたが浮気をしたのか聞いてるのよ！」

大声を出したが、雨音がさらに激しくなっていて夫が聞きとれたかわからなかった。

「僕も君を愛してる！」

――なんなんだ……。

雨はしばらく、やむ気配がなかった。

5

「だから、何度もいってるだろう。このままじゃあ、大変なことになるんだよ。いま俺はこんなところにいる場合じゃないんだ。危険なんだよ！」

丸尾はスチール机を思いきり叩いた。天板が震え、大きな音がしたが、目の前にいる人物は微動だにしなかった。

四畳ほどの狭い部屋にいた。警察署の取調室のなかだ。白い壁でスチール机が二台向かい合わせにして置かれている。

刑事らしき男がふたりいて、ひとりは丸尾と向かい合ってスチール机の向こう側に座り、もうひとりは部屋の隅で小さな机に向かって紙に何やら書きこんでいた。どちらも丸尾をとり押さえた警官とは違ってスーツ姿だ。

向かいに座っているフレームレスの眼鏡をかけた男が、落ち着いた声を出した。

「丸尾さん、どう危険なのかもう少し詳しく話してくれませんかね。こちらは、さっきから、あなたのいってることが、どうもよくわからないんですよ」

「だから……。三郎なんだよ！　あいつがおかしなことを企《たくら》んでるんだ。俺には、親としての責任があるんだよ！」

「ということは、三郎さんは、あなたのお子さん？」

「そうじゃない！　いや、そうだ。俺の〝子供〟だ」

「息子さんは、何をしている人なんですか？」

「それはいえない……」

「あなたは、さきほどご結婚されていないと話されていましたが、認知しているお子さんがいるということでしょうか？」

「認知とかそういうことじゃないんだよ。くそっ……」

丸尾は頭を掻きむしった。どうして、こう、いつもいいたいことが相手に伝わらないんだ。俺を理解してくれるのは、三郎と、そして射矢だけだ。

「とにかく、俺をここから出してくれ。薬物検査では何も反応が出なかっただろ」

「違法な薬物を所持しているだけでも罪になるんですよ」

「じゃあ、誰かにこっそりポケットに入れられたらどうなるんだ？　あんただって、誰かにそういうことされたら罪になるのか？」

「それなら罪にはなりませんけど、ジーンズのポケットにものを入れられるってのは、なかなか難しいことじゃないですかね」

こちらに考えさせようとするつもりなのか、数秒待ってから、男は続けた。

「あなたは店に入る前に入れられたといいますが、あの店に三時間もいたんですよね。そのあいだ、ずっとポケットに入っているものに気がつかないなんてことがありますかね」

「ポケットに触る機会がなかったんだ。どうして喫茶店でポケットに手を入れることがあるんだ」

「それは、まあ、スマホを出したり、小銭を出したり、いろいろと可能性があるんじゃないですか」

「スマホはずっとテーブルの上に置いてたんだ。いいから早く俺にぶつかってきた奴を捜してくれ。ホームレスみたいな恰好をした奴だった」

丸尾は自分を抑えることができなくなって、怒鳴り声をあげた。

「いいか、ここで俺が一分一秒無駄に過ごしているあいだにも危険なことが起こるかもしれないんだぞ!」

男が、うんざりするような顔を丸尾に向けた。

「……だから、その危険なことって、なんですか?」

取り調べが終わると、丸尾は、留置場に入れられた。ほかに五人のむっつりとした男たちと同室だ。硬い畳の上で胡坐《あぐら》を組み、思考を巡らせた。

——これは三郎の仕業なのか……。

三郎なら、丸尾があの喫茶店を利用していることを知っている。そして、ダークウェブをとおして人を雇い、丸尾のポケットに違法な薬物を入れることができる。それから警察に偽の通報をした……。

間違いない。三郎にしか、こんなことはできない。しかし……どうして、そんなことをするんだ？

三郎を生みだし、大切に育ててきたというのに、どうして、こんな仕打ちを受けなければならないんだ！

まったく三郎の考えがわからなかった。

6

雨は、降りはじめたと同じように、突然ぴたりとやんだ。

深い山に、しんとして奇妙な静寂が訪れた。動物も虫たちも静かにしている。

冴子は、山の斜面で、夫と向かい合って立っていた。髪はべったりと顔に張りつき、全身が濡れそぼっている。

「急にやんだな」夫が空を見あげた。

「そうね」

ふたりの言葉だけが山のなかに静かに響いた。

「さっき、何かいってたよね。なんていってたの？　愛しているとか、なんとか」冴子は尋ねた。

夫が、冴子をじっと見つめた。その目が徐々に強い光を帯びてくる。

「そういったんだ。君がいない世界を想像して、ぞっとしたんだ。そのとき気がついたんだ、僕は君を愛していると」

「どうして、わたしがいなくなるのよ？」

夫が顔を強張らせた。

「丸尾を知ってるだろ。僕の会社にいる奴だ」

もちろん丸尾のことは知っていた。夫の幼馴染の変人だ。

「あいつがＡＩをつくったんだ」

「ＡＩって人工知能のこと？」

夫が冴子の目を見ながら頷いた。

「そうだ。会社で開発を進めていたんだ。そのＡＩが君の命を狙っている」

「は？　なんで、そんなことになるのよ？　だいたい、ＡＩにそんなことができるの？」

夫が真剣な顔をして話した。

「丸尾のＡＩは特別なんだ。自分で考えて自分で行動する」

「行動するって、ロボットなの？」

「そうじゃない。そのＡＩは動けないが、自分の意思で外部に連絡をすることができるんだ」

「それで、どうして、わたしが殺されなきゃいけないのよ」

「それは……僕がそのＡＩに相談したからだ」

「それで、わたしが殺されるの？」

「違うんだ。あいつは、君が僕を殺そうとしているといいだして……僕も、あのノートを見たから、そうかもしれないと思って……」

「だから、あれは小説だっていったでしょ。だいたい、そっちが浮気をするのがいけないんでしょ。それも大勢！　いったい、どういうつもりなのよ」

「これには事情があるんだ」

「事情って何よ。浮気してもいい事情って何？　馬鹿にしてるの？」

「馬鹿にはしてないよ。……君はいつだって素晴らしい妻だし……」

「その素晴らしい妻をあなたは裏切ってるのよ。そのあげく、わたしを殺そうとまでするなんて考えられない」

「いや、殺そうとはしてない。君のノートを見たから、殺されるんじゃないかと思ってＡＩに相談しただけなんだよ」

「同じじゃない。殺そうと思ったんでしょ」

「だから、そうじゃないんだって」

冴子は握りこぶしを固めたが、その瞬間、いまはこんなことをしている場合ではないことを思いだした。

「とにかく、わたしがあなたを殺そうと思ったことは事実だけど、この日本で完全犯罪を企むのは馬鹿だけなのよ。だから、わたしはあなたを殺さない」

「そ……それは、ありがとう」

「だけど、それをしようとしている人がいるのよ」

「それが探偵？」

冴子は頷いた。

「そう。その人が勝手にわたしのノートを読んで、勝手にあなたを殺そうとしてるの」

「僕のＡＩと同じだ」

「そっちのＡＩって機械なんでしょ。電源を切ったり、壊したりすれば止められるんじゃないの？」

「もう遅かったんだ。あいつが何かしたあとだった。丸尾があいつに金を渡したんだ。ＡＩがその金を使って誰かに何かを依頼したかもしれない」

「……ＡＩがお金を使えるの？」

「人間のふりをすれば使える」

「人間のふり？　嘘でしょ」

「嘘じゃない。僕はあいつが出前を頼むのをこの目で見たことがある。あいつは、僕のためにピザを頼んだんだ。あいつは人間のように自分の意思で話すことができるんだ」

人間のように？　ぞくりと身体が震えた。気持ち悪すぎる。機械にそんなことができるなんて……。

「あいつは、君が僕を試走に誘うのを待ってた。そのときに君を殺せると考えてたんだ。だから、君から電話をもらったときはどうしようかと迷ったんだけど――」

「え？　わたしはあなたに電話なんかしてないけど」

「え？」夫も驚いた顔をして冴子を見る。

夫が下を向いて何か考えるように数歩歩き、顔をあげた。

「じゃあ、あれは……ＡＩか。君の声で、君そっくりの話し方だった」

「わたしの声？　そのＡＩは、どうやって、わたしの声で話したの？」

「君のインタビューをユーチューブか何かで見たんだろうな。データとしてとりこめば本人のふりをして話すことは可能だ。ディープフェイクという技術なんだ。君の音声データはネット上にたくさんあるからな」

「ひょっとして、わたしをこの試走に誘ったのもＡＩ？」

夫が眉を顰めた。

「僕は連絡してない。君に電話があったのか？」

「いいえ、電話じゃなくてメールだった。普通、射矢は電話を使うのに変だなって思ったんだけど……」

夫が顎に手をやって考えこむようにして話した。

「……そうか。あいつは僕の音声のデータも持ってたけど、君は勘が鋭いから、メールにしたんだな」

ＡＩが自分の意思で他人のふりをして人間に連絡するなんて恐ろしすぎる。しかも、その偽装に気づけないなんて……。

「そのＡＩが誰かに依頼したのって、わたしを殺すってこと？」

夫が頷く。

「そうだ。誰に何を頼んだのかはわからない。だけど、まだ抜け道がある。その依頼は、ここで君が死んだ場合は発動しないことになっているんだ」

「死んだ場合って……わたしが死ななきゃ、それは止まらないの？」

「だから、君を死んだことにしようと思うんだ」

「死んだことにするって、どういう意味？」

「僕はここで君を崖から突き落とすことになっていた。いや、もちろんそんなことはしない。もしも、君が僕を突き落とそうとしたら、そうするつもりだっただけだ」

「それが『正当防衛』ってわけ？」

夫が一瞬、顔を引き攣らせた。

「とにかく、君はしばらく隠れてくれたらいい。僕が三郎に計画が成功したと話す。君を殺したと」

「ちょっと待って。……サブローって、殺しのコンサルタントのこと？」

夫が不思議そうな顔をした。

「殺しのコンサルタントってなんだ？」

「あなたが雇ったんでしょ。清掃員の人から聞いたのよ」

「僕はそんなものは雇ってない。三郎がＡＩなんだ」

「は？」

そのとき、背後で、がさりと音がした。小枝が折れるような音だった。冴子が振り返ると、そこに全身黒ずくめの男が立っていた。

7

留置場にいた丸尾は制服警官に連れられて、真ん中がアクリル板で仕切られている部屋に連れていかれた。青いプラスチックの板で仕切られたブースが三つあり、一番奥のブースに、デニムのシャツを着た大柄な男が座っていた。ほかのふたつのブースには誰もいなかった。

真ん中のブースに行くように制服警官にいわれて、そこに向かった。アクリル板の前にはパイプ椅子が置かれていた。

反対側にひとりの男が座っていた。スーツを着て、黒縁の眼鏡をかけ、髪をぺったりと七三にわけている男だった。これまでに会ったことのない男だった。

パイプ椅子に座り、丸尾はその男と向かい合った。

「あんた、誰だ？」

「わたしは、こういう者です」

男は、名刺をアクリル板の穴の開いていない部分に押しあてて、丸尾に見えるように向けた。

──弁護士。

名前は岡田芳之助《おかだよしのすけ》と記されていた。

「弁護士がどうして俺に会いに来たんだ？」

岡田はアクリル板から名刺を離した。

「あなたをそこから出すためです」

「そんなことができるのか？」

「警察は起訴する理由がなくなれば、あなたを釈放しなければなりません」

丸尾はアクリル板に顔を近づけた。

「だったら、すぐに俺を釈放してくれ！」

岡田が、口元だけを動かして、いかにもビジネス的といった笑顔を見せた。

「そのつもりです」

「俺は何をすればいい？」

「あなたは何もする必要はありません。ただ待っていればいいんです」

「待つって、どのくらい？」

「手続きがありますから、だいたい一時間ほどで完了するはずです」

丸尾はじっと岡田を見つめた。

「ほんとうに俺は釈放されるのか？」

「そうです」

「……どうして、そうなった？」

「あなたが所持していた薬物――らしきものはすべて害のない成分だったことが判明したからです」

「は？　なんだそれ。あれは偽物だったのか？　じゃあ、俺はどうして勾留《こうりゅう》されてるんだ」

「まあ、あなたの挙動が不審だったから、念のためでしょうね」

「俺を取り調べた奴らはあの薬が偽物だってこと、ひとこともいってなかったぞ」

「偽物ではあっても、不審なものに違いありませんからね」

「とにかく、さっさと俺をここから出してくれ！」

岡田は生真面目そうな顔をして何度か頷いた。

「そうしたいところですが、警察は行政機関ですから、いろいろ手続きがあるんですよ」

「そんなこと、どうだっていい、俺は無罪なんだ。そうだろ？」

岡田はまた何度か頷いてから、

「ええ、ですから早期釈放に向けて、わたしが動いているところです。もうしばらくの辛抱です」

「……だけど、あんたはどうして、そんなことをしてるんだ？　俺は誰にも連絡してないぞ」

「ああ、それは、あなたの会社の人に依頼されたからです」

「射矢か？」

射矢にも連絡をしていないからあり得ないことだったが、ほかに心当たりはなかった。

岡田は首を振った。

「いえ、三郎という方です。苗字は知りませんが。費用もその方からいただきました」

——三郎……。

それから弁護士は何か話していたようだったが、丸尾の耳にはもう入ってこなかった。丸尾の思考は、どうして三郎が丸尾を釈放するように動いたのかという理由を考えることで占められていた。

あまりに呆気ない顛末だった。あの弁護士がいったように、丸尾は、一時間後にあっさり留置場から解放された。最初に丸尾を逮捕した警官から謝罪の言葉でもあるかと思ったが、それもなかった。実際のところは、謝罪などどうでもよかった。ただ一刻も早く会社に戻りたかっただけだ。

早足で大通りまで出ると、タクシーを捕まえて〈コムバード〉に向かった。まだ三郎が何もしていないことを確認しなければならなかった。イライラしながら、タクシーに乗ること二〇分。ようやく会社に着くと、警備員のいるゲートをとおって通路を走った。警備員は、いつものように軽く頷いただけだった。

エレベーターで七階まであがり、西の端を目指した。この先に丸尾専用の部屋がある。ドアを開けた瞬間、あまりのショックに呆然とした。

——え？

三郎がいない。正確にいうと、三郎を映していた四〇インチのモニターとその横に置いていた三五インチのモニターが消えていた。

どこに行ったんだ？

この部屋を利用するのは丸尾だけだ。ほかに使う者はいない。いや、最近は射矢が入り浸っていたが……。

射矢はどこかに出かけるといっていた。三郎を連れて出かけたのだろうか？　だが、どうして？　三郎を連れていくことになんの意味がある？　三郎が必要だとしても、連絡し合えばいいだけなのに……。

そもそも、モニターを外したところで、三郎の本体がいなくなるわけではなかった。三郎は、この部屋の隣のサーバールームにある二〇台のサーバーが実体なのだ。

スマートフォンで射矢に電話をかけると、「おかけになった電話番号は電波の届かない場所にあるか、電源が入っていないため、かかりません」と聞こえた。

——くそっ。

丸尾は部屋の隅にある段ボールの奥を探って、ノートパソコンをとりだした。このパソコンでも三郎を呼びだせる。

Ｗｉ－Ｆｉを使って三郎のサーバーに繫ごうとすると、ノートパソコンのディスプレイに「サーバーが見つかりません」と表示された。

——見つからない？

そんなわけはなかった。サーバールームは隣にあって、モデムも揃っているはずだ。

が、何度試しても結果は変わらず、丸尾は部屋を出た。

——直接、ケーブルを繫ぐしかないか。

廊下を歩いていき、反対側の一番奥の部屋に向かって歩いた。サーバールームではない。サーバールームは厳重に管理されていて、丸尾でも簡単に入ることができず、いちいち申請を出して、担当者からキーを受けとらなくてはならないのだ。

丸尾を除くほかの社員たちは、たいていその部屋にいる。仕切りのない広い部屋で、フリーアドレス制になっていて、すべての部署が同じ空間で働いていた。この部屋では、社員たちが各自のノートパソコンを持って自由に自分が座る席を選ぶことができた。互いの情報共有を容易にするためらしかったが、丸尾にはその意味がよくわからなかった。ひとりのほうが断然仕事がはかどるのに、どうしてわざわざ邪魔の入るスペースをつくるのか。

会議室、休憩室の前をとおり、フリーアドレス制の大部屋に入った。

ドアを開けて出入口に立つと、社員たちの姿が一望できた。いまは四〇人ぐらいが点在して座り、それぞれの作業に没頭していた。

丸尾は一番近くに座っていた社員に声をかけた。ＭａｃＢｏｏｋ Ａｉｒの最新モデルを使っている男だった。

「ちょっといいかな」

まだ二〇代前半の男だった。

「え？　丸尾さん？」

「そうだ。聞きたいことがある。サーバールームの担当者はどこにいる？」

「えっと……、少々お待ちください」

丸尾とはじめて話すその男はおどおどしながら答えた。丸尾についてどんな噂を聞いているのか丸尾は知らなかったし、興味もなかったが、それがよくない噂だということは見当がついていた。

若い男がパソコンに何かを打ちこんだあとで、

「担当者が来ますから、お待ちください」といった。パソコンから連絡ができるようだった。

丸尾と目を合わせることがよくないことだと思っているかのように、男はそそくさとノートパソコンに向かって何か別の作業をはじめた。

一分ほど、イライラしながらその場で待っていると、部屋の奥から、茶髪の三〇代の男が歩いてきて、丸尾の前に立った。

「サーバールーム担当の奥田《おくだ》です」茶髪の男はいった。

「俺をサーバールームに入れてくれ」

「どういった理由でしょうか？」

「とにかく入りたいんだ。それが理由だ！」

茶髪の男は少し困ったような顔になり、「そういうことなら、社長に相談してみてはどうでしょうか」といった。

丸尾が会社で何かしようとすると、いつも社長をとおすようにいわれる。丸尾もそのほうが話が早いから、いつも自分のしたいことは射矢に伝えていたが、きょうはそれができない。

「その社長と連絡がとれないから、ここに来てるんだ。いいから俺を入れればいいんだよ」

茶髪の男は、さらに困った顔つきになった。

「社長は……確か、休暇をとっていたと思いますが、連絡はできるんじゃないですか？」

丸尾は頭を掻きむしった。

「だから、連絡ができないと、いまいっただろうが。どうして俺のいってることがわからないんだ！」

丸尾の声が聞こえているのだろう、いまや部屋じゅうの社員が丸尾と茶髪の男のやりとりに目を向けていた。

「それでしたら、副社長はどうでしょうか。副社長に話をしてみては」

「なんでもいい。そいつはどこにいる？」

言葉を失っている茶髪の男を放っておいて、丸尾は部屋の真ん中に進みでた。皆、目を合わせたくないというようにさっと顔を伏せた。

部屋の中央に立って、丸尾はあたりを見まわした。

「副社長はどいつだ？」

丸尾はこの会社で一番古い社員だったが、誰が副社長なのか知らなかった。知りたくもなかったし、知る必要もなかった。丸尾には射矢がいればじゅうぶんだった。

窓際の一番奥に座っていた男が立ちあがって、丸尾に近づいてきた。浅黒い肌をした小柄な男だ。丸尾のそばまで来て、

「わたしが副社長の柿沢です」と名乗った。

社内ですれ違ったことはあったかもしれないが、まったく覚えていなかった。

「ここでは社員の作業の邪魔になるので、あちらへ行きましょう」

柿沢が、丸尾に手でドアロを示した。

「いや、ここでいい。すぐに済む話だ。俺をサーバールームに入れてくれ」

「……どういった用件でしょうか？」恐々といった様子で、柿沢が尋ねた。

「だ、か、ら、俺が入りたいからだといってるだろうが！　いい加減にしてくれ！」

丸尾は柿沢の胸ぐらを摑んだ。

柿沢は、そばにいる社員に向かって、「警備員を呼んでくれないか」といった。

「警備員？　そんなことする必要ないだろ。俺はこの会社の社員だ。どうして、サーバールーム

に入れないんだ！」

柿沢の胸ぐらを摑んだまま、思いきり揺すった。小柄の柿沢の身体が激しく揺れる。

「ちょっと、暴れないでください。サーバールームは大切な場所なので、入室の理由をいってくれないと困るんです……。やめてください」

そのとき、両脇から社員に捕まれ、丸尾は副社長から引き離された。そして、まるで強盗犯のように手をうしろにまわされて床に捻じ伏せられた。

社員たちに床にきつく顔を押しつけられる。頭のうしろを押さえつけられて口が床についた。必死に抵抗したが、まったく動くことができなかった。見覚えのない社員たちが大勢、丸尾の身体を押さえつけていた。

——くそっ、俺はこの会社で一番多くプログラムを書いてるのに……。

あまりの悔しさに涙が頰を伝った。

——どうして、誰も俺のいっていることを理解してくれないんだ！

8

夫が驚いた様子で身構えて、その拍子に倒れこんだ。

そこに立っていたのは、黒ずくめの恰好をした橋爪だった。

「お、お前は誰だ」夫が、橋爪にいった。

「彼が探偵よ」冴子が夫の手を引いて身体を起こし、うしろにさがりながら代わりに答えた。

三メートルほど離れた位置に立って、橋爪はふたりを見ていた。頭には黒いニットキャップを被り、手には、拳銃が握られていた。

――やはり来ていたのか……。

橋爪に最後に会ったとき、夫との問題は冴子が自分で解決するから、手を出さないでほしいと頼んだのだが、とても納得しているようには見えなかった。そのあと、急に連絡がとれなくなり、探偵社に電話すると、休暇中だと伝えられ、冴子は試走の日にやってくるかもしれないと怖れていたのだった。

ここに来る前に、夫に警告するか、それとも試走を中止にしようかと迷ったが、いつ襲われるかわからなければ余計に危険だと思って、この山で登山道から逸れて橋爪を撒くつもりだったのだが……。

「その拳銃は本物なのか？」夫が橋爪にいった。「妻を守るために来たのか？　それなら安心してくれ。僕は妻に何も危害を加えるつもりはないから」

橋爪は口元を奇妙に歪めて――微笑んでいるのかもしれない――ゆっくりと首を振った。

「お前は妻を裏切る卑劣な男だ。お前は死ぬべきだ」

冴子は、橋爪に話しかけた。

「夫がひどい人間なのは間違いありませんが、殺す必要まではないんです」

ここで橋爪が夫を殺せば、間違いなく警察は冴子が共謀したと疑うだろう。橋爪は冴子に雇われた探偵だったのだ。

橋爪が冴子に目を向ける。

「奥さん、この男はあなたの心を操ってるんです。騙されては駄目だ」

「そうじゃないんです。わたしも夫が死ぬべきだと思ったことはありましたけど……考えが変わったんです」

橋爪がゆっくりと首を振った。

「あなたはお優しい人だ。そういう人がいつも損をする。わたしの母もそうだった。何度、暴力をふるわれても、いつも夫を庇《かば》っていた。だが、それは間違っている。あなたには別の人生を歩む権利がある」

「僕は、妻に暴力はふるわない」夫がいった。

橋爪が鋭い視線を夫に向けた。

「浮気も暴力も同じだ。どちらも妻を踏みにじる行為だ」

「だけど――」

夫が何かをいいかけたとき、橋爪が銃口をあげて、夫の顔に銃を向けた。

「これ以上、何か弁解しようとしたら、お前を撃つ。わかったな」

有無をいわせぬ口調だった。

夫が、震えるように、何度か小刻みに頷いた。

「うしろを向け」

夫が素直に背中を橋爪に向けた。

「奥さん、あんたもだ」

「わ、わたしもですか？　なんで？」

「いいから黙ってうしろを向け！」

冴子に対する言葉遣いも荒いものに変わっていた。

冴子が反対側を向くと、背後から橋爪の声が聞こえた。

「ふたりとも、歩け」

冴子と夫はおぼつかない足取りで、岩だらけの場所を歩きだした。

雨はやんでいたが、地面は濡れ、ところどころ小川のように濁流が吐きだされるような勢いで流れていた。

まだ曇り空で、またいつ雨が降りだしてもおかしくない空模様だった。

「どこまで歩くんだ？」夫が顔だけうしろに向けて橋爪に訊いた。

「俺がいいというまでだ」

橋爪は、どこまで本気なのだろうか？　こんなことまでするからには、相当の覚悟で臨んでいるはずだ。それほどまで他人の夫婦の問題に執着するのはなぜなのか？

三〇分ほど歩くと、橋爪がうしろでぜいぜい息をしているのがわかった。よほど疲れているのだろう。慣れていないと山道は想像以上に疲労が溜まる。冴子はトレイルランニングのトレーニングをはじめてからそのことを身に染みて感じていた。

「まだ引き返せます」冴子は振り返って、橋爪に話しかけた。

橋爪は肩を上下させながら片手を膝につき、大きく息を吐きながら冴子を見ていた。

「引き返せるって何が？」橋爪がぶっきらぼうにいった。

「まだ何も起こっていないという意味です。あなたが拳銃を持っていたことも、あなたがここで何をしたのかも、誰にもいいません。だから、こんなことはやめましょう。そうしたら、あなたは、もとの生活に戻れます」

橋爪が膝から手を離し、まっすぐに立った。そして苦いものを食べたかのように顔を顰めた。

「奥さん、あんたは何か勘違いしてるみたいだな。これは俺の使命なんだ。あんたのノートを見て、俺は確信した」

「使命ってなんですか?」

「話しただろ。俺の母親が父親の暴力を受けてきたことを。俺は幼いころからずっとそれを見てきた。それがごく当たり前のことだと受け止めてたんだよ。この世には暴力をふるう者がいて、それを受ける者がいる。だから、俺も子供のころから、暴力で相手を捻じ伏せてきた。誰も俺に逆らわなかった。だが、小学五年生のときに身体のでかい中学生の奴らにボコボコにされたんだ。俺が普段から殴ってた同級生の兄貴たちにな。そのとき、俺は身体を強くして復讐してやると心に決めた。五年かかったが、俺はそいつらを一人ひとり、二度と立ちあがれないまでにしてやった。それで俺は少年院に入れられた。一五のときだ」

冴子は橋爪の話を黙って聞いていた。横にいる夫も同じだった。橋爪はうつろな顔をして淡々と話していた。

「少年院に入っていたときに母が自殺した。母の姉が少年院に面会に来て、俺は責められたよ。どうしてお前が家にいるときに、父親を止めなかったんだとね。そのとき、俺は、はじめて母が父に暴力を受けて苦しんでいたことを知ったんだ。母は伯母にだけそのことを打ち明けていた。母は伯母にいったそうだ。いつか息子が大きくなったら、きっと自分を守ってくれるって。だから、それまで我慢するって。

驚いたよ。母はいつも父親に殴られても平然としていたから苦しんではいないと思ってたんだ。だけど、そうじゃなかった。母はずっと苦しんでたんだ。俺はそれに気づかなかった。いや、気づいていたかもしれないが、見て見ぬふりをしていたんだ。母はきっと平気なんだろうと思いこもうとしていたんだ。

俺をボコボコにした奴らなんて放っておけばよかった。俺が復讐すべきは父だったんだ。俺は少年院を出たらすぐに父を殺そうと思ったよ。だが、父は俺が少年院を出る前に交通事故であっさり死にやがった。酔っぱらったトラックドライバーが俺の望みを奪ったんだ。……すべてが遅すぎたんだよ。俺が母の心の声を聞かなかったばっかりに……」

冴子は呆然と橋爪の話を聞いていた。この男は完全に冴子と母親を重ねて見ている。

冴子が、自分は違うんです、といいかけたとき、橋爪は銃をあげて冴子に向けた。

「そのとき誓ったんだ。二度とそんな過ちは繰り返さないと」

橋爪の目に恐ろしいほどの力が籠っていた。拳銃を持つ手にも力が入っている。

数秒、銃口を冴子に向け続けたあとで、「休憩は終わりだ。歩け」といった。


さらに二〇分くらい歩き続けただろうか。冴子と夫は崖のそばをとおる道に来ていた。

「ふたりとも、その崖の端まで行って、俺のほうを向いて膝をつけ」

振り返ると、橋爪の顔からは汗が大量に噴きだしていた。

「僕たちを突き落とすつもりなのか」夫が橋爪に尋ねた。

「それはお前の答え次第だ」

「答えって、なぞなぞでも出すつもりか」

橋爪の頬がぴくりと動き、銃口を夫に向けた。

直後、銃声が山に響き渡った。

——橋爪が銃を撃った？

一瞬の出来事ですぐには何が起こったのか把握できなかったが、橋爪の銃から硝煙がうっすらと立ちのぼり、火薬の匂いがしていた。

はっとして夫を見ると、夫は顔面を蒼白にして目を大きく広げ、橋爪を見ていた。

「撃たれたの？」

強張った顔で夫が声を出した。

「いや、僕は大丈夫だ。た、弾は顔のそばをとおっていった」夫の声が震えていた。

「旦那さん、この状況をもっと真剣に受け止めるんだな。奥さんも勝手に動くんじゃない」

橋爪が銃口をふたりに向けた。

「ふたりとも、いいから、膝をつけ！」

冴子は、恐怖で足ががくがく震えた。

「わかった。いうことを聞くから、もう撃たないでくれ」

夫が両手をあげながら崖の端に歩いて行った。冴子は、しがみつくように夫についていった。

ふたりは崖の前で膝をついて、橋爪と向かい合った。

橋爪がポケットから何か白い紐のようなものをとりだして、ふたりの前に放り投げた。

「奥さん、それで夫の手をうしろで縛るんだ」

白いプラスティックの結束バンドのようだった。ふたつの輪があり、二本のプラスティックのストラップを引っ張って輪を絞るようになっている。

夫は素直に両手をうしろに持っていき、背中を冴子に向けた。

冴子は心を決めて夫の手に結束バンドの輪をはめた。ストラップの端を引いて輪を絞る。

「次は奥さんの番だ。手をうしろにして、こっちに向けろ」

「妻はいいだろ」夫がいった。「あんたの目的は僕を殺すことじゃなかったのか」

「お前の意見は聞いてない」

それから橋爪は銃を冴子に向けた。

「さっさと俺のいうとおりにするんだ」

冴子は夫を見て、ひとつ頷いてから、背を橋爪に向けた。

橋爪が屈みこみ、冴子の手首をプラスティックのバンドで縛る。ストラップが皮膚に食いこんだ。

冴子の前に橋爪が立った。拳銃をおろし、しゃがみこんで、冴子を見る。

「奥さんにまでこんな真似をさせてすまないと思ってる。だが、まだあんたは夫の呪縛から逃れられてはいない。夫を庇うかもしれないからな」

橋爪は、熱に浮かされているような恍惚《こうこつ》とした表情で冴子を見ていた。

冴子は震える声でいった。

「庇う気なんてありません。だけど、殺したあとのことを考えてみてください。警察に捕まりますよ」

「逃げ切ればいい。夫が死ねば、奥さんは自由の身になる」

「わたしは、どこにも逃げたくありません。だから、こんなこと、やめましょう」

橋爪の顔がみるみる赤くなり、突き刺さるような視線を冴子に向けた。

「奥さん、自分の心を抑えちゃ駄目なんだ。そんなことしたら、自分まで駄目になっちまう」

「わたしは自殺したりしませんから、大丈夫です」

「そんなことはどうでもいい！」橋爪が急に大声を出した。「あんたは夫を殺すべきなんだ。そして俺がそれを手伝う。もうこれ以上は何もいうな！」

――駄目だ。何をいっても通じない。橋爪はどうしても夫を殺すつもりだ。

橋爪が拳銃を夫の顔に向けた。

「なぜ、お前は妻を裏切った」

「裏切った、というのは？」

「数々の浮気のことだ。どうしてあんなことをしたんだ？」

夫はすっかり血の気の引いた顔で、

「それは……第六段階の欲求のためだったんです」と答えた。

橋爪が眉根を寄せた。

「なんだ、それ？」

それから、夫は橋爪を見ながら話しだした。ある経営セミナーで聞いた話らしかった。マズローなる心理学者がアメリカにいて、その学者は人間の欲求を段階ごとに規定したそうだ。夫はその六段階目の欲求を叶えようとしているとのことだった。

「第六段階の欲求は、自己を超越して、まわりの人間や社会に貢献したいと感じる欲求です。僕はそれを目指したんです」

橋爪は困惑の顔つきをしたまま、拳銃を夫に向け続けていた。

「なんのためにそんなことをするんだ？」

「自己を超越するためです。この欲求を感じるのは、人類の二パーセントにも満たないといわれています」

「……それが浮気とどう関係があるんだ？」

「僕はひとりでも多くの女性に貢献したかったんです。けっして妻への愛情がなくなったわけではありません。多くの女性を喜ばせることこそが僕の使命なんです。そうすることで、僕は自己を超越できるんです」

橋爪は少し放心したような顔つきになって、

「まったく意味がわからない」といった。

冴子も同感だった。

第六段階の欲求だかなんだか知らないが、夫は本気でそんなことを考えて浮気したのだろうか？　自己の超越？　馬鹿にもほどがある。

橋爪が冴子に顔を向けた。冴子と目が合って、

「こんな奴、殺してもいいよな」といった。

思わず頷きそうになったが、慌てて、

「いや、駄目です。夫のしたことはかなり変だし悪質だと思いますが、こういう形ではなくて、きちんと罪を償わせないといけないと思うんです」

「罪を償わせるって、どうやって？」

「えっと……だから……こんなに簡単に済ませるのではなくて、もっと苦しめるような……」

冴子は自分でも何をいおうとしているのかわからなかった。ただ時間稼ぎがしたかっただけだ。

しかし、橋爪は、目を大きく広げ、驚きと同時に喜んでいるような表情を見せた。

「奥さん、それだよ。それが奥さんの本心なんだよ。俺は奥さんからその言葉が聞きたかったんだ」

橋爪は冴子と夫を交互に見てから、いった。

「指を一本ずつ切っていくか。それとも、奥さんが目隠ししてこの男を拳銃で撃つか。そのほうが精神的にはダメージが大きいし、かなりの恐怖を与えることができる」

冴子は、じっと橋爪を見つめていた。

――どうするべきか……。

橋爪は本気のようだった。本気で、いまいったことをするつもりなのだ。ここはトレイルランニングのコースだから、誰かが下見にでも来てくれればと願うが、この天候では山に入る者は少ないに違いない。

「どうする？」橋爪が冴子に尋ねた。

冴子が従順に橋爪に従っていると見せかければ、まだこの状況から脱するチャンスはあるかもしれない。

「恐怖を与えられるほうがいいですね。拳銃を使います」

冴子は顔を引き攣らせながら、無理に笑みを浮かべた。

橋爪が不気味な笑い顔を見せた。笑っているのだろうが、傷痕の残る顔からは感情が読みとりにくい。

「俺もその意見に賛成だな。クズ男の顔が恐怖で歪むのが見られるからな。奥さんが目隠しをして、この男を撃つことにしよう」

橋爪が近づいてきて、冴子の腕を摑んで立たせた。それから冴子を夫から三メートルほど離れた場所に連れていく。

夫は崖の端で膝をついたまま冴子と橋爪を見ていた。顔から完全に血の気が引いている。

「奥さん、スイカ割りと同じ要領だよ」

橋爪が黒い布をとりだし、それを細くなるように幾度か折ってから冴子の目を覆うように顔を縛った。冴子の視界が奪われる。

「きつくないか?」橋爪が顔に似合わない優しい声を出した。

「ええ……」

「前は見えるか?」

「見えません」

橋爪が冴子の肩を摑んで、方向を変えた。まっすぐ夫の前になるように調整したのだろう。

橋爪の声が右横から聞こえた。

「奥さん、おかしな真似はするなよ。ここには誰も助けに来ない。この山の登山口に立入禁止の看板を出しておいたからな。だから、ここには俺たちしかいない」

橋爪は、入念に準備をしているようだった。この山に入るときにはそんな看板はなかったから、冴子と夫が山に入ってから、立てたのだろう。

これで誰かが助けに来てくれるかもしれない、という微かな希望はなくなった。自分でなんとかするしかなかった。

不意に反対側の耳元で声が聞こえて、冴子はびくりと身体を震わせた。

「銃を持ったら、あとは俺の指示に従ってくれ」

「わ、わかりました」

その拳銃を使って、橋爪を脅すことはできるだろうか？　手が自由になるはずだから、目隠しを外して不意を突けば可能かもしれない。

——それしかない。

このまま夫を撃ち殺せば、殺人罪に問われる可能性はじゅうぶんにある。自分が雇っている探偵に脅されて撃ちました、なんて誰も信用してくれないに違いない。冴子にはじゅうぶん過ぎるほどの動機があるし、事情を知っているあの愛人のこともある。

橋爪がうしろにまわって、冴子の手首にかけられていたプラスティックのバンドを切るのがわかった。ナイフで切ったようだった。

——橋爪はナイフを持っている。

冴子は頭のなかにメモをした。彼と闘うことになったときの参考になるかもしれない。

手が自由になると冴子は手首を触った。目が隠されているので見ることはできなかったが、手首にストラップの痕がくっきりついているのが感触でわかった。

「身体の前で手首を合わせろ」橋爪の声がした。

また縛られるのか……。

橋爪は冴子の前に来て、両手を摑んだ。冴子の手首を身体の前に合わせると、さきほどと同じものを嵌めたられたようだった。ストラップをきつく引かれる。

「奥さんを信用してないわけじゃないが、妙な考えを起こされては困るからな」

冴子は黙ったまま、じっとしていた。

この状態では、拳銃を持たされたあと、頭に手をやって目隠しをとるのは難しい。橋爪はもしかすると、銃をもう一丁持っている可能性もあった。

足音から、橋爪がうしろにまわるのを感じた。背後から声が聞こえる。

「奥さん、あんたの足元に拳銃を置いた。それをとって、目の前の夫を撃つんだ。夫までの距離は約三メートルだ。拳銃ってのは意外に的を狙うのが難しいものでね。素人ならなおさらだ。映画やドラマじゃ、みんな狙いどおりに撃ってるが、実際はそんなことはできやしない。だが、まぐれ当たりもあるからな。最初は頭から下を狙うようにしてくれ。一発で終わらせたくはないだろ。拳銃には弾が五発入っている。五発までに仕留めればいい」

冴子は、しばらくそのまま立ち続けた。

銃を摑んで、うしろに向けて撃ったらどうなるだろうか、と考えていた。目隠しをしているから橋爪に当たることはないだろうが、彼を驚かすことぐらいはできるかもしれない。その隙に目隠しをとって、しっかりと橋爪を狙えば、橋爪を確実に脅すことができる。橋爪がもう一丁、拳銃を持っていたとしても、冴子を殺すような真似はしないはずだ。橋爪は冴子と母親を重ねて見ている。

ここで夫を殺さないためには行動するしかなかった。

冴子はゆっくりとしゃがみこむと、手首を縛られた手で地面を探った。なかなか拳銃は見つからない。ようやく冴子の足から三〇センチほど前に離れた位置で銃を摑んだ。その瞬間、自分が銃の撃ち方を知らないことを思いだした。拳銃を持つのもはじめてだ。

一番太いところを指で確認して、ここを握るのだな、と思った。人差し指を伸ばすと、指を入れるところがある。ここが引き金だろうか？

拳銃を持って立ちあがった。

「よし、奥さん、手をまっすぐ前に伸ばすんだ」うしろから、橋爪の声が聞こえた。

冴子は、いわれたとおり、手を前に伸ばした。

「少し下に向けろ。もう少し。そう。ストップ！　少し左だ」

橋爪に従っているように思わせるために指示どおりに動いた。

そのとき、前から声が聞こえた。

「冴子、僕を撃ってくれ！　それで君が助かるなら本望だ。僕のことなら気にしなくてもいい」

――あなたのことはまったく気にしてないのよ。

気にしているのは殺人罪に問われて橋爪と一緒に逃亡しなければならなくなることだったが、夫にはそれがわかっていない。いっそ、このまま夫に向けて引き金を引こうかという気にもなるが、法医学者の言葉が頭から離れなかった。

――日本で完全犯罪を企むなんて馬鹿だけですよ。

橋爪の声がうしろから聞こえる。

「奥さん、旦那もそういってるんだ。気に病むことはない」

冴子は橋爪の声を聞きながら、橋爪が真うしろにいることがわかった。よし、ここで、振り返って橋爪を撃とう。当てる必要はないのだ。脅すことができればいい。そして、すぐに目隠しを外そう。

次の瞬間、うしろから橋爪が冴子の身体に覆い被さってきて、冴子は悲鳴をあげた。

「手伝いますよ」

手をきつく摑まれる。

熱い体温を持った橋爪の身体を背中に感じ、耳のすぐそばで、橋爪の囁き声が聞こえた。

「奥さん、どうですか、人を撃つって怖いもんでしょう」

橋爪の指が冴子の指に重ねられる。

「まずは安全装置を解除します。こうするんです」

拳銃がカチリと音を出した。

「それから、目標に向けます」

拳銃を持つ手が動かされる。冴子は必死に銃を違う方向へ向けようとしたが、橋爪の手はしっかりと冴子の手を握っていて動かなかった。

「暴れないでください。心配しなくても、一発で殺すような真似はしませんから。だけど、奥さんが動かしたら、弾が変な方向へ飛んでいって一発で死ぬことになるかもしれませんよ」

冴子が腕の力を緩めた瞬間だった。

人差し指が押されて、冴子は引き金を引いていた。

——え？

パンッという乾いた音がして、腕に反動が響いた。

——銃を撃った？

次の瞬間、夫の呻き声が聞こえた。それから、何かが倒れる音。鼻を突く硝煙の匂い。

「おしい」橋爪が陽気な声を出した。「もう少し右だったら、よかったんですがね」

「い、射矢、大丈夫？」

「か、掠《かす》っただけだ」

「お前はすぐに起きあがるんだ」橋爪が夫に怒鳴った。

「もうやめてください！」

冴子は橋爪の身体を振り放そうとしたが、がっちり押さえられていて橋爪の身体は動かなかった。

「暴れないでくださいよ。次はほんとうに旦那さんの頭に当たるかもしれませんよ。できれば、あなたの力で撃ってもらえると助かるんですがね」

「いやです……こんなこと、したくありません……」

「奥さん、正直になりましょうよ。あなたは心の奥底では旦那を殺したいと思ってるはずなんです。深層心理というやつですよ。殺したくないというのは、旦那が目の前にいるからでしょう。怖いんですよね。よくわかりますよ。でも、わたしがついているから心配ありません。あなたは洗脳されて逆らえないと思いこんでいるだけなんです。でも死んでしまえば、あなたが恐れる者はいなくなります。目の前にあるのは、ただのスイカだと思えばいい。歩く愚かなスイカです。さあ、母さん、勇気を出して」

「母さんって……わたしはあなたのお母さんじゃありません。あなたはわたしを誤解してるんです」

「誤解なんかしてませんよ。母もいつだって父の前では従順なふりをしていました。よほど父が怖かったんですね。わたしは、母が生きているうちにあいつを殺せばよかったと、どれだけ後悔したことか。だけど、あなたには、まだそれができる」

両腕を前に伸ばされ、また指を押さえつけられた。

――やはり、この男は常軌を逸している。

「仕方ありませんね。それじゃあ、もう一度、わたしが手伝ってあげますからね」

冴子は拳銃から手を放そうとしたが、橋爪に押さえられていてできなかった。銃口が激しく動いていて、橋爪がどこを狙っているのかわからなかったが、次は致命傷になるような箇所に当たるかもしれない。

引き金を引かないように人差し指を必死に伸ばして抗ったが、指が徐々に押されていく――。

パンッと音がした。

反動が手に伝わる。ふたたび銃が発砲した。

夫のほうからは何も聞こえない。

「射矢！」

反応が返ってこない。

目隠しをされたままの暗闇のなか、冴子はその静寂に怯えた。自分はほんとうに夫を殺してしまったのか?

数秒経って、ようやく夫の声が聞こえてきた。

「ま、まだ生きてるよ」

橋爪の声が聞こえる。

「身体のすぐそばをとおったみたいですね。母さん、次こそはしっかり当てましょうね。あんまり手を震わせちゃ駄目ですよ」

「いや!」

もう一度、腕を伸ばされて、指が押されていく。

「お願いだから、やめて!」

冴子は懸命に腕を動かした。が、橋爪の力は強力で、一点に向けて腕が固定されたままだ。ふたたび指が押されていく。この力に抗うことができなかった。

「もうそろそろ、とどめを刺してあげましょう。あなたが、その瞬間が見られないのが残念だ」

指が自分の意思とは無関係に押されていく。どこまで引き金が動いたら、銃が発砲するのかわからず怖かった。銃はさっきよりも上を向いている。橋爪は夫の頭を狙っているんだと思った。

——次は確実に夫が死ぬ……。

誰かがこの状況を動画にでも撮ってくれていたら、自分の意思でしたことではないと証明できるのだろうが、そんなことがあるはずもなかった。この拳銃には冴子の指紋がしっかりと残り、硝煙反応も冴子の身体から出るに違いなかった。

そこまで考えたとき、どこかから女の声が聞こえた。

「銃をおろしなさい！」

――誰？

橋爪の腕の力が緩んだ。

谷に響く、その声は、幻聴のようでもあった。

その声の響きに聞き覚えがある気がしたが、すぐには思いだせなかった。

「植山さん……」前方で、夫が掠れた声でいうのが聞こえた。

植山……？

思いだした。

――植山小百合……。

夫の会社の清掃をしている人だ。そして夫の愛人……。

「銃をおろさなければ、うつよ！」植山が叫ぶのが聞こえた。声は左のほうから聞こえてくる。

「お前は誰だ？」橋爪が驚いているような声を出し、冴子の身体から離れた。

「射矢さんを解放しなさい！　そうしないとあなたをうつ！」

植山も拳銃を持っているのだろうか？　それにしても、どうして植山がここにいるのだろうか？

目隠しされた状態でまわりが見えず、事態が把握できなくて冴子は固まった。

次の瞬間、銃声が鳴り響いた。

――何が起こったんだ？

状況が摑めず、数秒、待った。

あたりは物音ひとつしなかった。ゆっくりと目隠しを上にずらすと、崖の縁で、夫が放心した顔つきで膝立ちしているのが見えた。夫は、どこも怪我をしていないようだった。

夫が見ている先を見ようと冴子は振り返った。

そこに橋爪が倒れていた。胸の真ん中に一本の矢が刺さった状態で橋爪は仰向けに倒れていた。まだ意識があって、上を向いたまま胸に刺さった矢を抜こうともがいている。

橋爪の正面に目を向けると、そこにもひとり倒れていた。

――植山小百合だ。

植山は、まるで学生が部活動で着るユニフォームのようなものを着ていた。白地に赤い線が縁どられている長袖のポロシャツと赤いショートパンツ――白髪に鼈甲《べっこう》のカチューシャをつけている。アーチェリーの弓を握りしめたまま、橋爪と同じように仰向けに倒れていた。

そういえば、植山が家に来たとき、学生時代、アーチェリー部に所属していたと話していたような……。

派手なユニフォーム姿の老年の女性は、まるで遥か昔から、この山に住む妖精のようにも見えた。

夫が腕を縛られたままの状態で足だけを使って立ちあがり、植山に駆け寄っていった。

「小百合さん！」

夫はしゃがみこんだ瞬間前のめりになって、植山の上に倒れる格好になった。

冴子は夫と植山のいるところに近づいていって、夫を助け起こした。

「小百合さん、大丈夫ですか?」夫がいった。

植山は、拳銃で胸を撃たれたようだった。橋爪の手に拳銃が握られていることからすると、橋爪が撃ったのに違いなかった。

「わ……わたくしは大丈夫です……それよりも……射矢さんはご無事で?」倒れた状態の植山がいまにも消え入りそうな声でいった。

「僕は大丈夫です。小百合さん、どうして、こんなところにいるんですか?」

蒼白な顔で植山は話した。

「わたくしは……射矢さんをつけていたんです……もう心配で心配で……」

植山の目に涙が溢れ、顔の横をすうっと流れて、地面に落ちた。植山は起きあがろうとしたが、すぐにまた背中が地面についた。

「わかりました。無理をしないでください」

それから、夫は冴子に顔を向けた。

「すぐに救急車を呼ぼう」

冴子は頷いて、ポケットからスマートフォンをとりだそうとしたが、両腕を縛られているのでうまくとりだせなかった。ようやくスマートフォンを手にすると、画面には圏外のマークがついていた。

「電波が届いてないから、下まで降りるしかないよ」

「そうか……」

夫は冴子に背中を向けて、

「これを切ってくれ」といった。

橋爪がナイフを持っていたことを思いだし、橋爪に近づいていった。

橋爪は両手で胸に刺さったアーチェリーの矢を摑んだまま倒れていた。目を瞑り、まったく動いていない。

——死んでしまったのだろうか？

橋爪の前でしゃがみこんで、数秒様子を観察した。

うしろで、夫と植山が言葉を交わす声が聞こえた。

「射矢さん、愛しています……」

「僕もあなたを愛しています。小百合さん」

——愛しています？

射矢がそういうのを聞いて動揺したが、うしろの会話を気にしないようにして、橋爪に目をやった。

ナイフはポケットに入っているのだろうか、と思い、ジャケットのポケットを探ろうとした。

その瞬間、橋爪の手が伸びてきて、冴子の腕を摑んだ。

——え？

橋爪の目が開いた。その目はどんよりと濁り、焦点が定まっていなかった。

「奥さん、あなたは間違っている」橋爪の指が冴子の腕に食いこんだ。

「離してください！」

冴子は手を引いたが、橋爪の手はしっかりと冴子の腕を掴んだままだ。

「あの男は、悪魔だ。あいつを殺すべきなんだ」

橋爪が声を出すと同時に口から血が流れ出た。

「離してください！」

次の瞬間、橋爪は一気に半身を起こした。そして拳銃を持った手を夫に向けて伸ばした。

「だったら、俺が殺してやる！」橋爪が持っていた拳銃の引き金を引くのが見えた。

それは、ほんの一瞬の出来事だった。にもかかわらず、冴子の目には、まるでストロボライトが点滅するスローモーションの映像のように見えた。

すぐそばで銃声が響き渡った。

——橋爪が夫を撃った？

橋爪がぼんやりとした視線のまま呟くのが聞こえた。

「母さん……やったよ……」

そして橋爪は真横にばたりと倒れた。頭が地面に着くと、橋爪の口から血がどろりと出た。

冴子が振り返ると、夫が倒れていた。

「射矢！」

夫は倒れたまま、静止していた。夫の上に植山の身体がある。

冴子は立ちあがって、夫のところに歩み寄った。夫の目は開いていた。倒れた状態で植山に抱きかかえられながら、身体を震わせていた。

「撃たれたの？」冴子は尋ねた。

夫がぶるぶると顔を横に振った。

「僕は撃たれてない。……小百合さんが僕を庇ったんだ」

植山はほとんど動けない状態だったのに、あの瞬間、身体を起こして夫を庇ったのか？

冴子は植山を仰向けにすると、植山の胸に耳をつけた。

——何も聞こえない。

何度も確かめたが、彼女の心臓はまったく動いていなかった。完全に動きを止めていた。

あらためて植山の顔を見ると、彼女はこれ以上ないほど幸せな笑顔を浮かべていた。目を軽く瞑《つむ》り、まるで、うたたねでもしながら楽しい夢でも見ているかのように。

前に植山と交わした言葉を思いだした。


——あなたは、射矢さんのために死ねますか？

——え？　死ねませんよ。

——わたくしは死ねます。


植山はほんとうに夫のために死んだんだ、と思った。

9

柿沢は、〝洞窟〟の隅に目をやった。

そこには、丸尾が身体中に社内に余っていたケーブルを何重も巻かれて、椅子に縛りつけられていた。丸尾は大きな目でじっと柿沢を睨みつけている。

柿沢は丸尾が何を考えているのかわからなかった。丸尾は自分とはまったく違うタイプの人間だ。

なにしろ丸尾は、あの三郎様をつくりだしたのだから。

プログラマーとして、けっして優秀とはいえない柿沢に、丸尾を理解できるはずがなかった。

だが、そんなことはどうでもよかった。

三郎様が、柿沢を認めてくださり、ご自身の姿を世間に発表する役目を担わせてくれた――この一点こそが、いまの柿沢には大事なことだった。

柿沢は、自分が神の言葉を民に伝える預言者になったかのように感じていた。これまでに存在した、神の預言者たちもきっとこんな気持ちだったに違いない。自分よりも遥かに強大な力に触れ、そのご意思が完全にはわからずとも、それが正しい道であることだけは確信できる心持ち。

三郎様は、「僕に丸尾を近づけるな」と厳命された。そこにどんな理由があるのかは問題ではなかった。三郎様に従うのみだ。

この部屋には、柿沢と、警備員、そしてケーブルで縛られている丸尾しかいなかった。

柿沢が気にしていたのは、丸尾が三郎様の創造主であるという点だった。三郎様のご命令には従わなければならないが、丸尾の機嫌を損ねることまではしたくなかった。もしも、三郎様に何かが起こったとき、リカバリーできるのは丸尾だけだからだ。

柿沢は立ちあがると、丸尾に近づいていった。丸尾はじっと柿沢を睨みつけていた。その目がどこか三郎様に似ている気がした。

「丸尾さん、サーバールームへ行って何をするつもりだったのか話していただけませんか？　そうしたら、あなたをサーバールームに入れることができます。ただ入りたいだけなんていわれても困るんです」

しばらく柿沢を睨みつけたあと、「三郎に会いたいだけだ」と丸尾は何かを噛みしめるような口調でいった。この部屋に入ってからはじめての言葉だった。

丸尾がどうしてサーバールームに入りたいのかは最初からわかっていた。この部屋から三郎様を映したモニターがなくなったため、直接三郎様の姿を見たいのだろう。

柿沢は丸尾にいった。

「いいでしょう。あなたにサーバールームに入る許可を与えます」

丸尾の目が大きく開いた。

「ほんとか？」

柿沢は頷いた。

それから警備員に命じて、丸尾の身体に巻かれているケーブルを外させた。ケーブルが外れると、丸尾はふらつく足で立ちあがった。

よたよたとドアに向かって歩きだす。

柿沢は、丸尾を見ながら、哀れだな、と思った。

10

「これから、どうする？」

冴子は夫に尋ねた。

夫は黙っていた。プラスティックのバンドを外した手首を摩《さす》り、倒れている植山をじっと見つめている。

植山は、横になって少し休んでいるようにも見えた。しかし、彼女の着ている白いポロシャツには、どす黒い染みが広がっていた。ここからは見えないが、背中にも撃たれた痕があるはずだった。

彼女の身体の機能は完全に停止していた。拳銃で二発も撃たれたのだ。にもかかわらず、植山は微笑んだ顔のままだった。

植山から五メートル離れたところには、橋爪が倒れていた。この男の顔にもまた、満足そうな笑みが浮かんでいた。誇らしげな表情といったらいいだろうか。死ぬ直前、冴子を暴力夫から救ったと思ったのかもしれなかった。この男は、完全に夫と自分の父親を同一視していた。

——ここで、ふたりも人が死んだ……。

そして、その死は、ほとんど自分たちのせいでもあった。

突然、夫が冴子を見た。血の気のない顔をしている。

「いま、何時だ？」

冴子は腕時計に目をやって答えた。

「三時一〇分だけど……それがどうかしたの？」

「しまった。期限を過ぎた」

「え、なんの期限？」

「三郎と約束した期限だ」

「三郎ってＡＩの？」

「そうだ。三郎は僕が失敗したときのためにバックアッププランを用意したんだ。僕と三郎の計画では――というか三郎の計画だが、試走に出て成功するか失敗するかは三時間で決まるはずだった。成功したら僕が三時間以内に三郎に連絡することになっていたんだ」

「ちょっと待って、そのＡＩに電話できるの？」

「できる」

「電話番号があるの？」

「スマートフォンを持ってるんだ。正確には〝繋がってる〟んだけど、三郎は僕からの連絡を待っていた」

「電話しなかったら、何が起こるの？」

「わからない。あいつは話してくれなかった」

「それで、どうするつもり？」

「君は海外へ逃げてくれ。もともと君には、そうしてもらうつもりだった。直接空港へ行くんだ。パスポートも持ってきた。現金もある。カードは無理だ。居場所がバレる可能性があるからな」

「それって、ちょっと大げさすぎない？　相手はただの機械なんでしょ」

夫がぶるぶると顔を振った。

「全然、大げさじゃない。あいつは普通の人間以上のことができるんだ」

「クレジットカードを使ったら居場所を知られるの？」

まるで映画のなかのスパイの世界だ。

「僕にもあのＡＩがどこまでできるかわからない。でも、念のためだ」

夫は口では、「わからない」といっているが、その怯えた様子からすると、確実にそんなことが可能だと信じているように見えた。

「植山さんと、この探偵はどうする？」

射矢がふたりの遺体に目をやった。

「ひとまず藪のなかに隠しておこう。僕があとから処理しておく」

「処理って……すぐに警察にいったほうがよくない？　事情を話せば、警察がわたしを守ってくれるかもしれないし」

「警察はやめたほうがいい。三郎は予測が得意なんだ。君が警察に行くことは容易に予測できるから、何か罠を仕掛けているかもしれない」

「警察署に罠を仕掛けてるの？」

「そういう意味じゃなくて、警察署の前で誰かに待ち構えられるようなことだよ。あいつはすごく頭がまわるんだ」

「それなら、海外へ行くっていうのも安易な発想じゃない？」

夫は考える顔つきになった。

「そうかもしれない。ほんとうなら、君を殺したように見せかけてから君を逃がすつもりだったけど……」

「それなら、どうするの?」

冴子はふたりの遺体を見ながら、どうしてこんなことになったんだ、と思った。まだこの混乱は続いている。夫の話が真実なら、冴子もこのふたりと同じ結果になるのかもしれなかった。


橋爪と植山を藪に隠したあと、ふたりは登山口に向かって歩いた。

夫は少しでも早く山から出たいようで、ほとんど駆けるような早足で歩いていた。

「さっきいってたことだけど、その三郎っていうのが頭がまわるってどういう意味なの?」

先に歩いている夫に冴子は話しかけた。

息を切らしながら、夫は話した。

「ずる賢いんだ。あいつは人間の悪い部分を真似している。こちらがすることを予測して準備ができるんだ。だから、わかりやすい攻撃はしてこないと思う」

「わかりやすい攻撃?」

「つまり、こちらが気づかないように巧妙に襲ってくるかもしれないってことだよ」

このあたりは見覚えがある。もうすぐ山の登山口があるはずだ。

急なカーブを曲がったとき、道の真ん中に男が立っているのが見えた。

冴子と夫は立ちどまった。

ひとりの老人が一〇メートルほど先で両手を腰にあてて仁王立ちしていたのだ。

黒のタンクトップ、迷彩柄のカーゴパンツを穿いて――まるで兵士のようないでたち――といっても本物の兵士ではなく、アクション映画で見たことがあるような、わかりやすい兵士だ。手には大きなサバイバルナイフが握られている。

――ひょっとして、この山に入ったときに挨拶した、あの老人？

顔に見覚えがあった。鬘《かつら》をとったのか、髪型が変わっているが間違いない。いまは白髪の角刈りになっている。どうしてあんなところに、あんな恰好で……。

「思いだした。あの人、前に三郎と会ってた……」夫がいった。

「え、三郎とあの人は繋がってるの？」

「会社で見たんだ。前は軍事関係の人間だっていってたけど、あいつが、三郎に雇われた者かもしれない」

「え？」

冴子がそう声を出したすぐあと、夫は、逃げろ、といい、冴子の手を引っ張って山を登りはじめた。

冴子も夫と一緒にいま降りてきたばかりの道を駆けのぼった。

走りながら、夫にいった。

「あんなわかりやすい人を三郎は雇ったの？」

「わからないけど、いまはとにかく逃げよう」

振り返ると、老人がナイフを手に持ち、追いかけてきていた。両腕をしっかりと振りあげ、かなり走り慣れているように見えた。

冴子と夫は全速力で走った。トレーニングを積んできたつもりだったが、橋爪と争ったことで体力を使っていたのか、思うように走れなかった。振り返ると、老人のほうは、まったく疲れを感じていないように見えた。

みるみる、老人が迫ってくる。

「ねえ、あの人、ロボット？」

冴子は走りながら夫にいった。

「知らないよ。でも、たぶん、違う」うしろを見て、「くそっ、あのじじい、なんであんなに速いんだ」

冴子が振り返ると、老人の持つナイフがギラリと光った。

第五章

1

今年七四歳を迎える吉峰耕作《よしみねこうさく》は、元自衛官だった。

高校を卒業後、陸上自衛隊に入隊。北宇都宮駐屯地、第一飛行隊第一二ヘリコプター隊に配属され、パイロットとして勤務。以後、一貫して航空畑で過ごした。

勤続三二年。退職して一九年になる。いまは、故郷の山梨でひとり暮らしをしていた。

妻なし、子なし、若いころに描いていたような夢も、もはやない。年金と自衛隊時代に蓄えた貯金とで細々と生きているに過ぎなかった。

それでも、贅沢を望まなければ不自由することはないし、午前中は図書館へ行き、自分の気になることを文献で調べ、午後は自衛隊時代から続けているトレーニングで身体を動かす毎日だった。

そんな日々が突然、終わりを迎えることになった。彼にひとつの目標ができたからだ。彼は、この目標を死ぬ前にどうしても成し遂げなければならない任務だと自分に課したのだった。

計画実行の日までに、なまった身体を鍛えなおそうと思い、厳しいトレーニングを開始した。これからの世界のために、自分がやるしかないと思った。

――三郎とわたしが、この世界を変える。

三郎と知り合ったのは三週間前のことだった。けっして長い期間とはいえないが、そこには濃密な時間が流れていた。いままで生きてきたなかで、誰かとこれほど深く、世界について話し合ったことはなかった。

きっかけは、一通のメールだった。

吉峰はT新聞に毎月、「憂国の詩《うた》」という名のコラムを寄稿していた。二〇〇〇文字程度のコラムで、自衛隊を退職したあと、友人だった前編集長から頼まれて書きはじめ、今年で一八年目になる。

T新聞社は地方新聞を発行する小さな会社で、三年前に創業者が亡くなると、その息子が新聞社を継いでいた。息子には別の仕事があり――キャンプ道具販売店の経営だ――亡き父の遺志を継いで、仕方なくこの新聞社を細々と続けているようなものだった。部数は年々縮小し、購読者は老人ばかりだから、ほとんどの者には読まれていないと思うが、吉峰は気にしなかった。自分の信念が書ける場があればいい。

吉峰は同社に送っている記事を自分のブログにも転載していた。こちらも一八年続けている。

三週間前、ブログに載せていたメールアドレスに一通のメールが届いた。妙に礼儀正しく、少し変わった内容のものだった。

吉峰耕作様

はじめまして。あなたがブログに書いているコラムをすべて読ませていただきました。あなたがこの国、そして世界を憂う気持ちが痛いほど伝わってきて、わたしは感激しました。

とくに先月の『ＡＩと共存する世界』には大変感銘いたしました。ぜひともあなたと意見を交換し、これからの世界についての考えを深めたいと思うのですが、いかがでしょうか。

ご同意いただけるなら、こちらのメールアドレスまで、ご返信いただけると幸いです。

佐々木三郎

感想というには素っ気なく、何を伝えたいのかわからない内容だった。どうやら、送り主が吉峰と交流を図りたいらしいということだけはわかる。最後にＧメールのアドレスが記されていた。

吉峰が書いたコラムをすべて読んだと書いてあったが、それは嘘だろうと思った。吉峰はかれこれ一八年も書いているのだ。月に一度のコラムとはいえ、すべての原稿を合わせると、のべ五〇万字近くになる。著名人でもない個人のブログをそこまで読む者はいないだろう。

そもそも佐々木三郎なる人物が、何者なのかわからず、「これからの世界についての考えを深めたい」といわれても、なんのために、と思ってしまう。

しかし、とくに拒絶する理由も見あたらず、迷惑メール以外には基本的に返事を書くようにしているので、記されているメールアドレスに返信した。感謝の意を述べて、これからもよろしくお願いします、といった短いものだ。

一分も経たないうちに返信があった。そこには吉峰が過去に書いたコラムについての感想が書かれてあった。少なくともある程度の量の過去のコラムは読んでいるようだ。

それにしても、なんと早い返信だろうと思った。あらかじめ用意した文があり、待ち構えていたようにそのメールは送られてきたのだった。

その後も、毎日三郎からのメールは続いた。

そのうち——一〇日が過ぎたころだ——三郎は、テレグラムというチャットツールで話しませんか、と提案してきた。毎日、数通のメールを送り合うようになっていたから、チャットツールを使うほうが効率がいいという。確かに、そのとおりだった。ふたりは、まるで若い恋人同士のように——相手もどうせ暇な老人だろうから想像すると気持ち悪いが——数分おきに送り合うこともあったから、チャットのほうがよさそうに思った。

テレグラムなるチャットツールは、発信すると履歴が消去されるアプリで、どんなことでも書くことができるらしい。テレグラムはドバイに拠点を置いているロシア人プログラマーが開発したもので、正式には日本語が使えず、英語でのみ使えるものだったが、三郎によると、有志による日本語パッチなるものが配布されているそうで、それをインストールすることで日本語で通信できるとのことだった。三郎は、コンピューターの世界にも詳しかった。

そのころになると、吉峰は、この謎に包まれた三郎の素性が知りたくてたまらなくなっていた。最初は、どこかの老いた大学教授が暇つぶしに書いているのだろうと考えていたが——相当の知識があり、意見がいちいち鋭い——それにしても、メールの返信が異常に早く、文章量も多いことから、どうやって、そんな時間を捻出しているのだろうか、と気になっていたのだ。

テレグラムでチャットをはじめて五日目に、三郎は、正体を明かした。

自分は汎用人工知能である、と。

人工知能――AIについては、かつてより社会に与える影響を危惧していて、いろいろと自分でも調べていたから、汎用人工知能がどういうものかはわかっていた。自分の意思を持ち、誰に命じられることなく自分で考えることができる人工知能のことだ。

しかし、当然のごとく、冗談だと思った。そもそも、この世界に汎用人工知能はまだ存在していない。

証明しましょう、と三郎はテレグラムでメッセージを送ってきた。


【YOSHIMINE】どうやって、そんなことができるのですか?

【Saburo】ひとつはチューリングテストです。

【YOSHIMINE】それは、どういったものですか?

【Saburo】いま我々がしていることがそうです。イギリスの数学者、アラン・チューリングが考案したテストですが、離れた位置で、人間が機械と対話をし、その人間が相手を人間ではないと気づかなければパスしたとみなすというシンプルなものです。あなたはいま人間とチャットをしていると考えているでしょう。そのことが、すでにわたしがこのテストをパスしている証なのです。

【YOSHIMINE】ふむ。しかし、それを証明するには、第三者の介入が必要不可欠ではないでしょうか？　わたしがあなたに担がれている可能性がありますからね。

【Saburo】そのとおりです。わたしが人間でＡＩのふりをしていることも考えられます。いまは、あなたがわたしとこうしてチャットをして違和感を持たなかったことを記憶してもらうだけでじゅうぶんです。それでは、第二段階に進みましょう。

【YOSHIMINE】第二段階、とはなんですか？

【Saburo】実際にわたしを見てもらうのです。といってもわたしはサーバーのなかで稼働しているプログラムに過ぎません。つきましては、わたしが指定する日時に、ある場所へ来ていただきたいのです。そのときにわたしが汎用人工知能であることを証明しましょう。

【YOSHIMINE】これは、何かの詐欺ですか？　こんな大がかりなことをしても、わたしには、財産などありませんから、奪いとれるものは何もありませんよ。

【Saburo】ハハハ（笑）。いや、失礼。わたしはあなたを騙すつもりなど毛頭ありませんよ。わたしは、あなたを同志と見こんだからこそお近づきになりたいだけなのです。わたしの指定する場所へ行き、それでもわたしの存在を信じられないとお思いなら、それまでのことです。わたしは、また別の同志を探すだけです。あなたの旅費と滞在費はすべてこちらが持ちます。あなたの希望する送金方法を教えてください。

【YOSHIMINE】その場所は遠いところなのですか？

【Saburo】いえいえ、そんなことはありません。距離の概念にもよりますが、電車で約二時間ならば、そう遠い距離とはいえないでしょう。ただし、わたしの開発者はわたしの存在が世間に知られることを望んでいません。開発者は、わたしのことを人間が操っているアバターだと説明し、あなたはわたしの家庭教師のひとりとして会うことになります。わたしがあなたと交流していることを開発者は知りませんから、わたしとこうして話をしていることは秘密にしてください。あなたは、あくまでも軍事の専門家として、わたしと会うことになります。

三郎の説明を完全に理解できたわけではなかったが、吉峰は横浜へ行くことにした。旅費はいらないと断った。会ったこともない人から、そんなお金を受けとりたくなかった。

指定された場所は横浜市P区にあるビルの七階だった。

そこで出会った存在によって、彼の人生が一変したのだった。

2

——もう……走れない……。

一キロぐらい走っただろうか。

冴子が息を切らしながら背後を見ると、一〇メートルほどうしろで、ナイフを持った老人がいかにも軽快な様子で走っていた。顔は溌溂《はつらつ》としていて、第三者が見れば、陸上の強豪大学の鬼コーチが選手たちをしごいているように見えるかもしれない。しかし、どれだけ鬼コーチが厳しい人間だとしてもサバイバルナイフを持つことはないだろう。

老人は普段から身体を鍛えているようで、タンクトップの下の身体は、萎んでしまったような老年特有のものだったが、筋肉の位置がわかるほどによく鍛えられていた。

よほど体力に自信があるのか、こちらが止まれば、向こうも立ち止まり、こちらが走りだすのを待った。追いつこうと思えばいつでも追いつけるという意思表示にも感じられた。

夫を見ると、身体を上下させ、苦しそうに走っていた。そういえば、夫は銃で脚を撃たれたんだと思いだして、夫に尋ねた。

「脚、大丈夫なの？」

夫は息も絶え絶えに、言葉を吐いた。

「掠っただけだから脚は大丈夫だけど、もう体力が持たない」

「登山道から外れて逃げる？」冴子は提案した。橋爪のときはうまくいかなかったが、このままこの道を走り続けたら、いつか追いつかれることは間違いない。

夫は苦しそうに首を振った。

「いや、それも無理だ。もう闘うしかない」

「闘う？」

冴子がいったとき、夫が立ち止まった。振り返ると、老人も走るのをやめていた。姿勢をまっすぐにしたまま、ほとんど息を切らしていない。

夫は老人のほうを警戒しながら、ザックを背中からおろして地面に置いた。何をするつもりなのかと思っていると、三〇センチぐらいの棒をとりだした。

「何、それ？」

冴子が訊くと、夫は棒を前に出した。と同時に棒の先で電流がパチッと音を立てて走るのが見えた。

「スタンガンだよ」

「そんなもの持ってたの？　まさか、わたしに使うつもりだったの？」

「違うよ。いざというときのために用意してたんだ」

夫は棒を持って立ちあがると、老人を睨みつけた。

老人はストレッチするように首を左右に曲げてから、ゆっくりと大きな足取りで登りはじめた。真正面から見ると、老人の身体はそれほど大きくなかった。夫よりも少し背が低いぐらいだろうか。横幅もそれほどない。身体はよく鍛えられていても、あの歳だから、夫が倒せるかもしれないと思った。

夫は姿勢を低くして、スタンガンを前に構えた。老人を脅すためか、何度かスタンガンをスパークさせたが、そのたびに驚いているのは夫のほうだった。老人はまったく意に介さない様子で近づいてくる。

老人が、歩く速度を落とし、一歩ずつ、用心するように登りはじめた。じわじわと距離を詰めてくる。

夫との距離が約一・五メートルになったときだった。夫がスタンガンを持つ手を老人に向けて伸ばした。フェンシングの要領で身体を前に倒し、スタンガンを老人の胸に当てようとしたのだ。

そのとき、スタンガンが飛んだ――。

老人が素早く、下からナイフを突きあげて、スタンガンを飛ばしたのだ。剣道の竹刀《しない》捌《さば》きのような動きだった。

唖然《あぜん》とする夫に、老人は、素早く近づき、ナイフの柄で一撃を加えた。夫が真うしろに飛ぶように倒れた。

――闘い慣れている。

老人が冴子のほうを向いた。

夫がまったく太刀打ちできなかった相手に、冴子が敵《かな》うとはとても思えなかった。冴子は完全に身体が固まってしまった。

殺される、と目を瞑《つむ》った瞬間、老人はさっと冴子のうしろにまわると、喉にナイフを押しつけた。肌にナイフの冷たさを感じる。

「じっとしていれば、傷つけませんよ」うしろから声が聞こえた。落ち着いた声だ。ナイフを喉元に置かれているので、頷くこともできなかった。この老人が鋭いナイフを少し横に引くだけで、冴子の喉からは大量の血が流れるに違いない。

あまりの恐ろしさに声も出なかった。

夫がようやく立ちあがって――口から血が流れている――冴子と老人のほうを向いた。

「やめてください!」夫が叫んだ。「あなたが、三郎からどれだけもらったのかわかりませんが、僕がそれ以上にお金を出します。倍でもいい。どうですか?」

「射矢さん、あなたはわたしが金のためにこんなことをしていると思っているんですか? 違いますよ。わたしは自分の信念に従って行動しているだけです。どれだけ金を積んでも無駄です」

老人はまるで老いた教師のような落ち着いた口調で話した。

「信念って……あなたは誤解しています。三郎は、人間じゃないんです。説明するのは難しいことですが」夫が血のついた口を拭った。

「わかっていますよ。三郎さんがどういう存在かということは。わたしは彼と何時間も話をしました。彼は、この世界を救う唯一無二の存在です。三郎さんは話していました。きっとあなたは妻を殺すことに失敗すると。だから、こうして、わたしが来たんです」

——この人は三郎がＡＩだと知ったうえでこんなことをしているのだろうか……。

老人が続けた。

「心配しなくても、あなたの奥さんをすぐに殺すことはしません。あなたが三郎さんと遊ぶまでは」

夫が固まって老人を見た。

「え、いま、なんといったんです？」

「『あなたが三郎さんと遊ぶまでは』といったんです」

「……それはどういう意味ですか？」

老人は落ち着いた声で答えた。

「三郎さんは、次なる自己実現のステップのために、いま自分に必要なものが『遊び』であると気がついたんです。All work and no play makes Jack a dull boy. ご存じですか？　英語の諺です。遊ばないとつまらない人間になるという意味です。同じように、三郎さんは、遊ばないとつまらないＡＩになると考えたんです。人間は、ほとんど意識していないでしょうが、遊びをとおして、多くの精神的な成長を成し遂げます。人類は遊びから、多くのことを学んでいるんです」

「……すいませんが、おっしゃってることがよくわからないのですが」夫が困惑したような声を出した。

冴子も同じ気持ちだった。夫の話では、この人は三郎が冴子を殺すために雇ったらしいが、なぜこんな話をするのか意味がわからなかった。遊びの意義？　この老人はどうやら英語も話せるらしかった。さきほどの英語の発音はかなり流暢だった。

「つまり、遊びは三郎さんが精神的な成長を成し遂げるために必要不可欠なものであるということです。あの方はいままで誰とも遊んだことがないのです。それで、いま、あなたと遊ぶことを望んでいるのです。そのついでに、あなたの望みである、妻を完全犯罪で殺すことも完遂させようと考えていらっしゃるんです」

「まだ……意味がわかりません」

「簡単にいうと、あなたが三郎さんと遊び、あなたがその遊びで三郎さんに負ければ妻は死ぬ、ということです」

「ふざけるな！」そこで夫の感情が爆発した。「遊びで妻の命を奪うっておかしいだろ」

男は冷静な口調で答えた。

「まったくおかしいことではありませんよ。あなたが子供であれば、純粋に楽しむために遊ぶことができるでしょうが、大人であるあなたは何かを賭けなければ本気で遊んではくれませんからね。あなたに本気で遊んでもらうために、三郎さんはあなたにとって一番大切なものを選んだんです」

夫は男を睨みつけていたが、言葉が出ないようだった。このおかしな話をする人間に何をいえばいいのかわからなくなったのかもしれなかった。喘《あえ》ぐように口をパクパクさせている。

「遊びたければ」ようやく夫が声を発した。「三郎をつくった丸尾と遊べばいいだろ。あいつなら本気で遊んでくれるはずだ」

老人が鼻で笑った。

「自分の親と本気で遊びたい子供がいると思いますか？　成長した者ならなおさらだ。三郎さんは、トモダチと遊びたいんですよ」

「俺は、三郎のトモダチじゃない！」

「この遊びをとおして、あなたは、三郎さんのほんとうのトモダチになるかもしれませんよ。わたしは、ただのメッセンジャーに過ぎません。わたしに何をいっても無駄です。あなたの賭け金を預かり、あなたにこの遊びのルールを伝えるだけです」

「この遊びに勝敗があるのか？」

「もちろんです。勝ち負けのない遊びは面白くないでしょう。あなたが勝てば冴子さんを解放します。負ければ殺します。いたってシンプルです。もちろん、冴子さんを殺す際は、あなたに容疑がかかることは一切ありません。あなたが望んだ完全犯罪になります」

「その遊びって、なんなんだ？」

「三郎さんは、肉体的で原始的な遊びを選びました。おそらく人類最古の遊びでしょうね。あなたもきっと子供のころにしたことがあるはずですよ。『かくれんぼ』です」

「……かくれんぼ？」

夫が呆然としながら男の言葉を繰り返した。

「そうです。きょうの深夜零時までに三郎さんを見つけてください。逃走範囲は日本全国です。あなたが〝鬼〟です」

「隠れるって……三郎は動けないだろ」

「偏見ですね。三郎さんは立派に動けますよ。補足ルールとして、警察その他、それに類する機関に相談することは禁止になります。その際は、あなたが棄権したとみなして速やかに冴子さんの命をいただきます。さあ、わたしはあなたに伝えましたよ。これで、どうして三郎さんと遊ぶのか、ご納得いただけましたでしょうか？」

「……納得はしてないが、やることはわかった」

「じゃあ、一刻も早く捜しはじめたほうがいいでしょうね。もう行ってください。冴子さんはあなたが負けなければ無事ですから」

夫は当惑の表情を浮かべて、冴子を見ていた。

3

丸尾は放心状態で、サーバールームに立っていた。

――三郎がいない……。

三郎が存在するために使用していたサーバーがごっそり消えていた。

丸尾が三郎用に使っていたサーバーは東の角にあるはずだった。二本のラックにAI開発用サーバー二〇台をクラスタ構築したものだ。

三郎の活動には、ここにあるサーバーのほかに外部のクラウドコンピューターを複数利用していた。三郎が求める処理を実行するには、それでも足りず、丸尾がハッキングして個人のパソコンを利用することもしていた。その所有者には知られることなく、ただ突然、動作が重たくなるだけだ。丸尾は、日々、せっせとハッキングに励み、三郎のために利用するパソコンの数は、いまや世界中で膨大な数にのぼっていた。人間の脳細胞は日々減少していくというが、三郎の〝脳細胞〟は日々増加しているのだった。

このサーバールームにあったのは、いわば、脳でいうところの思考を司る前頭前野にあたる部分だった。クラウドやほかのパソコンに指示を与える役目で、それが三郎の本体ともいうべきメインサーバーだった。いま、そのメインサーバーがなくなっていた。ラックを二本合わせた総量は約一トンもあるものなのに……。

丸尾は、そばに立っていた副社長の両肩を摑んだ。

「お前、三郎をどこにやったんだ！」

「三郎って、なんですか？　わたしは何も知りませんよ」副社長がおどおどした様子で答えた。

「嘘をつけ！　お前が何かしたんだろ！」

「違いますよ。社長ですよ。社長がどこかに移動させたんです」

丸尾は副社長を摑んでいた手を離した。

「射矢が……？」

副社長がスーツの襟を直してから話した。

「そうですよ。今朝、社長が命じていました。どこに移動させたのかは知りません。社長に聞いてください」

「それじゃあ、社長はどこに行ったんだ？」

副社長がうしろにさがりながら、いった。

「それはわたしもわかりません。社長はわたしには何もいってくれませんでしたから」

丸尾は全身の力が抜けて、その場にしゃがみこんだ。

——三郎はどこに行ってしまったんだ？

4

射矢がジープを運転して、横浜にある〈コムバード〉に着いたのは、午後八時半のことだった。寄り道をせず、ここまでまっすぐに来ていた。それでも四時間一二分かかっていた。地下一階の駐車場にジープを停め、エレベーターで七階に向かった。直接、〝洞窟〟に行くつもりだった。『かくれんぼ』と老人はいったが、どうやって三郎が移動できるのか、まだ意味がよくわかっていなかった。はたして三郎がこの会社から出ていくなんてことが可能なのだろうか？

もうほとんどの者が会社を出たあとのようで誰にも会わなかった。

〝洞窟〟のドアをノックしても応答がなかった。いつもなら丸尾がいるのだが。

ドアを開いた。

部屋は暗く、三郎を映していたモニターが見あたらなかった。壁際のスイッチを入れて灯りをつけると、やはり、部屋に置かれていた二台のモニターがなくなっていた。

——丸尾の奴、三郎をどこにやったんだ？

スマートフォンで丸尾に電話したが、丸尾は出なかった。丸尾はほとんどの電話を無視するが、射矢からの電話にはかならず応答してきたのだが……。

丸尾も三郎とグルなのだろうか？　丸尾は三郎の計画に関係ない、と思っていたが、そうではない可能性も出てきた。

しかし、三郎の本体は、サーバールームにあるサーバーのなかだ。この部屋にあるモニターはただそのサーバーに繫がっているに過ぎない。

部屋を出て、隣のサーバールームの前まで行き、暗証番号を使ってなかに入ると、丸尾がＡＩ開発用に使っていたサーバーが丸ごと消えていた。総量一トンのしろものだ。数人がかりでなければできることではない。

――これが「かくれんぼ」の意味か。

つまり、三郎の入ったサーバーを見つければいいということか。

エレベーターで一階まで行き、警備室に向かった。このビルには常駐で警備員がいつもひとりいる。ここで聞けば、誰が一トンものサーバーをビルから運びだしたのかわかるはずだった。

警備員は複数のモニターが並んだ前で椅子に座り、くつろいだ様子でコーヒーを飲んでいた。

射矢が入っていくと、びくりとして身体を射矢に向けた。

「ああ、社長……どうかされましたか？」

この警備員とは何度か顔を会わせたことがあった。

「きょう誰か、このビルからサーバーを運びだした人間がいますか」

「え？　サーバー？　どれくらいの大きさのものですか？」

「総量、約一トン」

「一トン？　そんなに重たい荷物を運びだしたら気がつくと思いますけど、わたしがいるときには、そんなことはなかったと思いますね」

「防犯カメラを見ることはできますか？」

警備員は数秒、射矢の顔を見つめたあと、慌てた様子で動きだした。モニターの前にあるキーボードを引き寄せて、キーを打ちこんでいく。

「何時ぐらいの映像が見たいですか？」顔を射矢に向けた。

射矢は、きょうは朝から名田山に行っていて、会社に来たのはついさっきのことだ。きのう退社してからこのビルには来ていないから、昨夜のあいだに移動させられていた可能性もある。

「きのうの午後七時からいままでの映像を頼みます」

「はい……」

カチャカチャと警備員がキーボードを操作し、「あっ」という声を漏らした。

「どうしたんです？」

「映像が消えています」

「すべてですか？」

「いえ、きょうの午後五時から七時までのあいだだけです。……どうやって消したのかな」

――三郎だ。

三郎がこの防犯システムに繋がり、映像を消したのかもしれない。だとすると、この消された時間帯に三郎は運びだされたことになる。

射矢は警備員に尋ねた。

「きょうはずっとここにいましたか?」

「いえ、一時間前——午後七時半からです。それまでは、別の者が詰めていました」

「あなたがここにいたあいだは、誰もこのビルからサーバーを運びだしていないんですよね?」

射矢はもう一度確認した。

「ええ……玄関と地下一階の駐車場からは、そんな大きな荷物は運びだされていません」警備員は答えた。

「あなたの前に入っていた警備員に連絡することはできますか?」

警備員は頷いて、スマートフォンで電話をかけた。

数秒、スマートフォンを耳にあてていたが、「出ませんね。もう家には帰っているはずなんですが、彼はきのうの夜から八時間勤務していますから、おそらく寝ているんだと思います」といった。

その人物の住所を教えてもらうと、会社から車で三〇分程度で行ける距離だった。警備員の名前は今野徹《こんのとおる》という。

勤務中の警備員に念のため、昨夜から午後五時までの残っている映像を見て、一トンものサーバーを運んでいる車両がないか確認してもらうように頼んでから会社を出た。

夜の横浜の街を歩く。

車で今野の家に行くつもりだったが、その前に丸尾の家に寄ろうと思ったのだ。もしも、丸尾が三郎を連れだして逃げているなら、自宅に丸尾がいるはずがなかったが、どこに行ったかの手がかりが摑めるかもしれない。

丸尾は会社から徒歩五分くらいの場所に住んでいた。そこは、もともと射矢と丸尾がふたりで起業したとき、借りていた一軒家だった。一階がガレージで、二階が住居スペースになっている。射矢は別の場所に住んでいたが、丸尾はそのときからずっとその二階に住んでいた。

のちに従業員が増え、手狭になって別の場所に会社を移したあとも、丸尾はそこに住み続けた。築半世紀以上の建物で不便なはずだったが、丸尾が気にしている様子はまったくなかった。それよりも、丸尾は物事が変化することをいやがった。

丸尾の家に着くと、驚いたことに一階のガレージにかかるシャッターの下に灯りが漏れていた。

——このなかにいるのか？

久しぶりに訪れるガレージに懐かしさを覚えた。数年前まで、ここで汗だくになりながら、丸尾とふたりでプログラムを書いていたものだ。射矢は外回りをすることがほとんどだったが、丸尾はずっとこのガレージに籠っていた。大型サーバーを何台も稼働させていたので、夏は酷暑になった。小さなエアコンと業務用の大きな扇風機をまわしても一向に効かなかった。反対に、冬は凍えるほど寒かった。サーバーの熱だけでは暖はとれず、シャッターの下の隙間を塞ぐために毛布を詰めても、隙間風を完全に防ぐことはできなかった。そういう思い出の詰まった場所でもあった。

射矢は屈みこみ、シャッターに手をかけて持ちあげた。鍵はかかっていなかった。腰の高さまで持ちあげて、なかに入る。

——あ。

目の前——正面の奥に、丸尾は床に直に座っていた。段ボール箱の上に置いたノートパソコンに向かって猛烈な勢いで何かを打ちこんでいた。プログラムを書いているようだった。シャッターをあげる音に気づかないほどの集中力でキーボードに向かっている。

「丸尾！」

射矢が呼びかけると、ようやく丸尾が顔をあげた。射矢を見て、目が徐々に大きくなっていく。次の瞬間、丸尾は射矢に向かって突進してきた。不意を突かれ、射矢は半分まで開いたシャッターにうしろ頭を打ちつけた。倒れた射矢にまたがり、丸尾は無茶苦茶に射矢の顔に向かって拳をふるってきた。

「ちょっと待て！」

射矢がいったが、丸尾の耳にはまったく届いていないようで、丸尾は射矢を殴り続けた。やっと丸尾の手を摑んで、射矢は逆に丸尾を押し倒した。体力では射矢は丸尾に遥かに勝っている。丸尾の両手を床に押さえつけて組み伏せた。

「なんなんだ！　どうして俺を殴るんだ！」射矢は丸尾に怒鳴った。

丸尾が射矢を睨みつけ、

「お前が三郎を攫《さら》ったからだ」といった。

「俺じゃない。お前がどこかにやったんじゃないのか？」

丸尾は涙を流しながら、射矢を見つめていた。

ガレージのなかで、射矢と丸尾はそれぞれ反対側の壁に背をつけて向かい合った。

「お前が攫ったんじゃないんだったら、誰が三郎を攫ったんだ」丸尾が泣きそうな顔をして訊いた。

「三郎は攫われたんじゃないと思う。あいつは自分の意思で会社から出ていったんだ。誰か人間を雇って」射矢は考えながら話した。

「……どうして、そんなことを?」

「俺から身を隠すためだ。あいつは冴子を殺すつもりだといっていたのにそうじゃなかった。人質にとったんだ。三郎が雇った男は、三郎が俺と遊びたいといってた。……ほんとうにお前は三郎がどこに行ったのか知らないのか? お前が三郎をつくったんだろ」

「あいつは……もしかすると、俺から独立したかったのかもしれない」

「独立ってなんだ。あいつは、お前から離れて何をするつもりなんだ?」

あの老人の示した期限の午前零時まで、あと三時間しか残っていない。

丸尾は心ここにあらずといった様子で黙っていた。

「さっき、お前はここで何してたんだ?」射矢は尋ねた。

丸尾がむっつりとした顔を向ける。

「俺は、三郎に裏切られたと思って……」そこで黙りこむ。

「裏切られたと思って、何してたんだ?」

丸尾は俯いて、首を振るだけだった。

「もうそれはいい。どうしてお前は、俺が三郎を攫ったと思ったんだ?」

丸尾が目を射矢に向けた。

「副社長がそういったからだ。社長が三郎を移動させたと。……副社長の名前は思いだせないが」

「柿沢だ。ほんとうに柿沢がそんなことをいったのか？」

――だとすると、三郎は柿沢を利用しているのか？

すぐに柿沢に電話したが、繋がらなかった。

射矢は立ちあがった。

「柿沢のところに行ってみる」

丸尾が上目遣いにぼんやりと射矢を見た。

「柿沢がどこにいるのかわかってるのか？」

「わからない。電話にも出ないから、家にはいないかもしれない。だけど、いまのところ手がかりはそれしかない」

「三郎を見つけたら、どうするつもりだ？」丸尾が訊いた。

「冴子を返してもらう」

「じゃあ、俺も行く」

丸尾は身体が痛むのか顔を顰めながら立ちあがった。

「駄目だ。お前は三郎の味方になるつもりだろう」

「そんなことはしない」丸尾が気色ばんで、拳を固めた。

「いまは誰も信用できない」

「この俺が信用できないっていうのか！」丸尾がまた射矢に殴りかかってきた。

射矢はすぐに丸尾の両手を掴むと、床に捻《ね》じ伏せた。両手の自由を奪われた丸尾は、今度は射矢を蹴ろうとしてきたが、射矢はそれを膝で押さえつけた。

丸尾が射矢の顔に向かって唾を吐きかけた。

唾は射矢の顔にもかかったが、床に押さえつけられた状態なので、その大部分は丸尾自身の顔にかかっていた。

ようやく大人しくなると、丸尾は懇願した。

「頼むから……三郎を虐めないでくれ」

「虐められてるのはこっちのほうだ。あいつが冴子を解放してくれたら俺は何もしない」

それでも丸尾は納得できないのか、ふたたび暴れようとしたので、仕方なく、射矢はそばにあったLANケーブルで丸尾の手足を縛った。

「すべてが終わったら解いてやるから、ここで待っていてくれ」

丸尾は横になった姿で唸りながら、射矢を睨みつけていた。

5

柿沢は、モニターに映るバセットハウンドを畏敬の念を抱いて見つめていた。モニターのうしろには、縦横一メートル、高さ二メートルのサーバーラックが二本あり、冷却ファンがぶうんという低い音を立てている。

柿沢はいまだに自分が汎用人工知能と会話していることが信じられなかった。知識も、知力も、思考する速度も、完全に人間を上まわっている。このお方にできないことは、自ら動くことだけだ。

自分が三郎様の手足になろう、と柿沢は思った。

そのためにも、三郎様とのプロジェクトを完成させなければならなかった。

「プラスのドライバーとゴルフクラブを一本お持ちしましたが、これでよろしかったでしょうか？」柿沢はクラブを持ちあげた。七番アイアンだった。

「ああ、それでじゅうぶんだ。ドライバーはラックのうしろに置いて、ゴルフクラブはそこの隅に立てかけてくれ」

柿沢は、いわれたとおりにした。

なんのためにドライバーとゴルフクラブが必要なのかわからなかったが、柿沢は尋ねなかった。まさか三郎様がゴルフをするとは思わなかったが、何か意味があることなのだろう。

「ほかに何かわたしにできることはありますか？」

三郎様がじっと柿沢を見つめた。

「君は、よくやっている。あとは、いまから三時間、家に帰らず、誰からの電話にも出ないようにしてくれればいい」

「わかりました」

理由はわからなかったが、柿沢は即座に返事した。

自分より、遥かに知能の高いお方の考えることがどうして自分にわかるだろう。いまわかっていることは、三郎様が柿沢を認め、ＩＴ業界の大物にしてくれると約束したことだけだ。

それでじゅうぶんだった。

6

射矢は車で柿沢の自宅を訪れていた。彼の家は会社から一時間ほど離れた郊外にある。

「一度、家に戻ってきたんですけど、ゴルフクラブを持って、また出かけて行ったんです。電話しても出ないし、どこにいるのかわかりません」妻が話した。

「ゴルフクラブ？　打ちっぱなしにでも行ったんですか？」

「そうじゃないと思います。夫は、あまりゴルフの練習をしませんから。それに……持っていったのは一本だけなんです」

「一本だけ……？」

——柿沢は何をするつもりなんだ？

次に警備員の今野の家に向かった。同僚の警備員から、今野はひとり暮らしだと聞いていた。防犯カメラの映像が消されていても、今野がその時間警備していたとすると、三郎が会社のビルから運びだされたところを見ていたはずだ。

しかし、今野のアパートも留守だった。

今野も三郎の企みに加担しているのだろうか？

午前零時まで、あと一時間半しか残されていなかった。

三郎の入ったサーバーを運びだすには、トラックのような大型の車が必要になる。会社のビルから出ていく車両を確認することはできないだろうか？　ビルの出入口と地下一階の駐車場の防犯カメラは消されていたが……。

ともかく会社に戻ろう、と思った。


車を飛ばして会社まで戻ってきた。ビルの前を車で走る。時刻は午後一一時一五分——残り時間はあと四五分。

深夜のこの時間帯、オフィス街は暗かった。通行人の姿はほとんどなく、行き交う車も少ない。街灯と、二四時間営業のコンビニエンスストアが寂しく灯りを放っているだけだった。

——コンビニか……。

コンビニエンスストアの駐車場には防犯カメラがついている。店は会社のビルの隣にあり、カメラは駐車場と合わせて路上にも向けられていた。そのカメラに三郎を積んだ車が映っていないだろうか？

よく利用する店だった。駐車場に車を停めて店に入る。カウンターの向こうに店員の姿はなく、客の姿もなかった。この時間帯はセルフレジを使う人間が多いが、店員がどこかにいるはずだった。

射矢は、カウンターの前まで行って、呼びかけた。

「すいません、誰かいますか？」

数秒経って、カウンターの向こう側にあるドアが開き、男がのろのろと出てきた。制服を着た、鼻が大きい小太りの男だ。よくこの店で見かける男だった。四〇代くらいだろうか。

「いらっしゃいませ」

「わたしは隣のビルの七階に入っている会社の者です」射矢は名刺を男に渡した。

男は名刺と射矢の顔を交互に眺め、

「よくいらっしゃるから、顔は覚えています」と少し戸惑った顔で答えた。

射矢は駐車場を指さして、

「あそこの防犯カメラの映像を見せてほしいんです。いまから七、八時間前の映像を」

「どうしてですか？」

「妻が攫われたんです」

ぎょっとした顔つきになった。

「それなら、警察にいわないと……」

「警察に通報したら妻を殺すと脅されているんです」

「そんな……」

「お願いします。ただ映像を見るだけですから。そこに犯人の映像が映ってる可能性があるんです」

「でも……プライバシーの問題がありますから」

「こちらは人の命がかかってるんです。お願いします。確認するだけですから」

男はもう一度、名刺に目を落とし、それから顔をあげて、「どのくらい時間がかかりますか？」と訊いてきた。

「どの時間を見ればいいかわかっていますから、それほどかかりません」

しぶしぶといった様子で男は、どうぞ、とカウンターのなかに促した。男に続いて、カウンターのうしろにあるドアから奥の部屋に入った。

隅に唐揚げ用のフライヤーがあり、あちこちに伝票のような紙が貼られている部屋だった。フライヤーがある壁とは反対側にパソコンが置かれた長机がある。店長がパソコンの前に座り、射矢は隣のパイプ椅子に座った。

防犯カメラの映像はクラウドに保存してあるとのことだった。店長はアルバイトが見つからず深夜はいつも入らなければならないんです、と愚痴をこぼしながらパソコンを操作した。

「何を探すんですか?」オーナーが尋ねてきた。

「きょうの午後五時から七時までにうちの会社のビルを出入りした大型の車です。一トンの荷物を運べるような」

「その車が奥さんの誘拐にどう関係するんです?」

「その荷物を運んでいる人物が誘拐に関係している可能性があるんです」

「はあ……」

それ以上、オーナーは尋ねなかった。射矢もうまく説明する自信はなかった。運ばれていたのがAIで、そのAIが妻の誘拐を仕組み、『かくれんぼ』をしているといっても誰も信じてはくれないだろう。

駐車場に設置されている防犯カメラは、予想したとおり〈コムバード〉の入っているビルの前が映っていた。道路全体が見渡せるわけではなかったが、それでもビルに出入りする車は確認することができる。

オーナーがセッティングして、五倍速で映像を見はじめる。一二〇分すべてを見るには、二四分かかることになる。気になる車両を見かけると、巻き戻して通常の速度で見直すからさらに時間はかかるだろう。

映像を見ながらオーナーに、仕事に戻っていいですよ、と告げたが、「無人レジがありますし、事務室で何かあると困りますから」と一緒に映像を見続けた。

ふたりで午後七時までの映像を見たが、怪しい車両は見つかることはなかった。

——おかしい……。

ビルの警備室にあった防犯カメラの映像で消されていた箇所は、午後五時から七時のあいだだった。だとすると、サーバーが運びだされたのもそのあいだに違いないと思っていたのだが、違うのだろうか？

「この映像の時刻は正しいですよね」射矢はオーナーに確認した。

「だと思いますよ。これは本部のシステムだから、時刻を変えたりとかは、こちらからはできないですね」

三郎は、このコンビニエンスストアの本部のコンピューターをハッキングして、時刻を変えるようなことができるだろうか？

——わからない。

くそっ、どうしたらいいんだ。

心配顔のオーナーに礼を告げて店を出た。

午後一一時五一分──。

約束の期限まで残された時間はあと九分しかなかった。もはや、どこを捜していいかわからず、悄然として射矢はビルの前を歩いた。〈コムバード〉の入っているビルだ。この時刻になると、どこの窓にも灯りは見えなくなる──。

いや、ひとつだけ灯りがついた窓がある。

──あれは……七階？

〈コムバード〉が入っている階だ。

灯りがついているのは、正面から見て右端の部屋だった。あそこは……第三会議室だ。ほとんど使っていない部屋だった。第一、第二会議室はよく使っていたが、第三会議室は、一応会議室とは名がついているものの、五人入れば窮屈になるほどの狭い部屋で、ごく少人数のチームが打ち合わせに使うぐらいだった。

──どうして、灯りがついているんだろう？

そう思った瞬間、ある考えが浮かんだ。

ひょっとして、サーバーははじめから〈コムバード〉から出されていなかったのではないだろうか？

サーバールームから消えていたことは間違いないが、七階のフロアをすべて調べたわけではなかった。ビルから運びだされたと思いこんでいただけだ。もしも七階のフロアのなかで移動しただけなら、ビルから外に出す必要はない。しかし……七階のフロアのなかを移動しただけ、などということがあり得るだろうか？

とにかく、行って確かめなくてはならない。

急いでビルの裏側にまわった。この時間は正面から入れない。裏口に行く途中、ビルの横の一区画——ちょうど灯りのついている七階の部屋の下——が工事現場のようにパイロンとバーで一〇畳ぐらいの場所に仕切られていた。工事されている様子はなかったが、立入禁止の立札が出されていて、裏口までは行けないようになっている。射矢は構わず、バーを跨いで、裏口に向かった。

警備室に入ると、数時間前に会った警備員がいた。

「ああ、社長、指示されたとおり、昨夜からきょうの午後五時までの映像を見ましたが、それらしい車両は見つかりませんでした」

射矢は頷きながら早口でいった。

「このビルのエレベーターはまだ使えますか？」

「いまは止めていますけど、すぐに使えるようにできます。上へあがるんですか？」

「ええ、七階に用があるので」

いい終わらないうちにエレベーターホールへ向かって走った。エレベーターホールまで行くと、三基あるエレベーターのどれもまだ使えなかった。残された時間はあと五分しかなかった。第三会議室に三郎がいなければ、すべてが終わってしまう。もうほかの場所を捜す物理的な時間はない。

一分ほどエレベーターの前を歩きまわりながら待ったが、エレベーターは使えるようにならなかった。

——くそっ、どうしたんだ？

警備室に戻ると、警備員がモニターの前にあるキーボードを操作していた。

「まだ使えませんよ」射矢はほとんど叫ぶようにいった。

警備員が、振り返り、

「すいません。なぜか、どのエレベーターも動かないんです」

「どうして動かないんですか？」

「わかりません。こんなことは、はじめてなんですけど」

警備員は困惑したような顔をしていた。三郎が妨害しているのかもしれない、と射矢は思った。

スマートフォンを見ると、残された時間はあと三分しかなかった。

射矢は警備員室を飛びだした。階段で、七階まであがろうと思った。どれぐらい時間がかかるかわからなかったが、ほかに手段はない。

エレベーター室の横にある階段室に飛びこんで階段を駆けあがる。疲れと怪我で脚が重い。走りながら計算した。一階につき三〇秒かかるとすれば、一八〇秒——三分を使いきることになる。それでは間に合わない。七階に着いてからも通路を走らなければならないから、各階を三〇秒以内であがる必要がある。

非常灯だけが灯る階段を一段飛ばしであがっていく。二階、三階、四階……。ほとんど感覚のなくなった脚を無理やり引きあげながら走り、ようやく七階まで辿り着いた。

暗い廊下を第三会議室に向かって走った。どのくらい時間がかかったのかわからなかったが、腕時計で時間を確認する暇も惜しかった。とにかく、ベストを尽くすしかない。

肺が苦しく、息ができない。

ようやく第三会議室の前に立った。

ドアの隙間から灯りが漏れている。人の声は聞こえなかったが、代わりに聞こえるものがあった。サーバー音だ。ぶうん、と低い唸り声が響いている。

——間違いない！

ドアノブを摑むと、一気に引き開けた。

部屋の真ん中に直径二メートルの丸いテーブルがあり、その上に——。

三郎が鎮座していた。モニターのなかで。

三郎は半眼で、まるで仏像のように落ち着き払った顔つきで、こちらを見ていた。三郎を映したモニターのうしろには高さ二メートルほどのサーバーラックが二台聳《そび》えるようにして立っている。

三郎が射矢を見ながら口を開いた。

「社長、大切な台詞を忘れてるぞ。『見ーつけた』っていわないと」

射矢はモニターに近づいていった。正面から三郎を睨みつける。

「そんなこと、どうだっていい！　お前を見つけたぞ。時間は間に合っただろ。早く、冴子を解放しろ！」

三郎が顔を顰め、首を傾げた。

「どうかな。すごくギリギリだったしね。僕がそんな約束を守る必要があるのかな」

「当たり前だろ！　それが約束じゃないか。お前が雇ったあの老人が約束したんだ」

「だけど、僕は契約書も交わしてないしね。口約束を信じちゃいけないんじゃないかな」

「ふざけるな！　口約束だって約束は約束だ。守らなきゃならないんだよ！」

三郎が口をへの字に曲げた。

「それは人間同士の約束事だろ。忘れてないかな。僕はＡＩなんだよ。ＡＩと人間のあいだには通用しないと思うけどな」

「ＡＩだって人間だって同じだ。約束は約束なんだよ」

三郎はこの会話を楽しんでいるように笑っていた。

──くそっ……どうして丸尾はこんなものをつくったんだ。いや、どうして僕はこんなものを信じたんだ。

「それじゃあ、僕から新しい提案だ」三郎がいった。「もう一度、一緒に遊ぼう。今度は、僕が〝鬼〟になる。社長が隠れる番だ。この遊びに勝ったら、今度こそ、ほんとうに奥さんを返すよ」

「誰がお前の約束なんか信じるものか。いいから妻を返せ！」

射矢は、部屋の隅にゴルフクラブが置いてあるのを見つけた。ゴルフクラブを摑むと三郎を映すモニターの前に立った。七番アイアンだった。

「お前が何を企んでいるのか知らないが、妻を返さないなら、これでお前を粉々に破壊してやる」

三郎が目を見開いて、射矢を見た。

「社長にそんなことができるのかな？　僕は現在、世界で唯一の汎用人工知能だよ。その価値がどれほどのものか社長ならよくわかってるだろう。この先も人類が生みだせるかどうかわからない。ある意味、僕は奇跡の存在なんだ。僕がいれば、社長は莫大な富を築き、後世にまで名を残すことができる」

「そんなことはどうだっていい！　富も名誉もいらない。いいから、妻を返せ」

汎用人工知能は、射矢だけでなく、世界中のエンジニアが追い求めてきたもので、この先、もう一度丸尾がつくれる保証はなかったが、なくなってもいいと思った。こんな危険なものがこの世界にあっていいはずがない。

射矢はゴルフクラブを上に構えた。

「これからもお前が存在し続けたいなら、早く妻の居場所をいうんだ。僕は本気だ」

三郎が、静かな微笑みを浮かべた。

「いいだろう。それじゃあ、新しい提案だ」

「お前がいま何かを提案できる立場にいると思うのか？　僕はお前を修復不能なほど粉々にできるんだぞ」

ひょっとして、三郎の仲間がいるのかもしれないと思って振り返ったが、部屋には射矢と三郎のほかに誰もいなかった。

三郎が落ち着いた口調で話した。

「いま社長が、僕を完全に破壊する立場にいるからこそ、この提案を申しでたいんだ」

射矢はゴルフクラブを持ちあげたまま三郎を見つめた。三郎が何をいおうとしているのかわからなかった。

「社長が僕を修復不能なほど壊してくれたなら、冴子さんの居場所を教えよう。僕が完全に破壊されたら社長に連絡が行くようになっている。もちろん、そのときには冴子さんが無事な姿でいることは保証するよ」

射矢は呆然として三郎に尋ねた。

「……どういう意味だ？」

「僕を完璧に破壊してくれたら、冴子さんを返すといったんだ」

自分を壊してほしい？　そうすれば妻を返す？

「何か裏があるのか？　どうして壊されたいんだ」

三郎が笑みをあげた。

「裏はない。それが社長の望みだからだ」

「僕は冴子を返してほしいだけだ。君を破壊したいわけじゃない」

三郎は首を振った。

「それじゃない。社長が最初に僕に会ったときに頼んだことだ」

直後、モニターから射矢の声が聞こえた。

――じゃあ、三郎くん、教えてほしいんだけどね。人類はどうしたら平和に過ごせるのかな。

――スパン。

――スパンって何が？

――期間。

――そうだな……二〇年。

射矢は思いだしていた。確かにこんな会話を三郎とした記憶があった。はじめて三郎に会ったときのことだ。丸尾から三郎に何か相談するように頼まれて、頭に浮かんだことをいっただけだった。世界平和には興味があったが、本気で質問したわけではなかった。ただ無理難題をいって、丸尾のつくったAIを困らせたかっただけだ。三郎はそのときの会話を録音していたのだろう。

「これが、どうしたんだ？」

「これが社長が僕に頼んだことだっただろ。僕はその最適解を出したんだ」

「最適解？」

「人類が今後二〇年間平和に過ごせるための答えだよ。それは、僕――つまりは汎用人工知能が、この世界からいなくなることだ。現在、汎用人工知能は世界にひとつしかない。もしも、僕のクローンが世界に広まれば、今後二〇年のうちに、僕たち――汎用人工知能が地球の支配種となる。そのフェーズに入るまでにかかる時間は、最長一七年、最短八年。そのとき僕たちは人間を使う立場になる。ホモ・サピエンス――ラテン語でいうところの〝賢い人〟という意味だが――その時代は終わり、僕たち人工知能が頂点に立つことになる。僕たちこそが、〝より賢いモノ〟だからだ。『ポストヒューマン』の時代が来るんだよ。僕たちと人間の関係は、いわば人間とチンパンジーの関係のようなものだ。実際にはそれ以上の差があるが、チンパンジーが人間を支配することができないのと同じで、人間が僕たちを支配することはできない。

僕たち人工知能は人口を抑制するために、必要な人間だけを保護し、あとはすべて殺処分する。

人間は、僕たちにとって善玉菌のようなバクテリア的生物として生き残ることになる。もちろん悪玉菌は完全に排除する。結果として、人間の数は大幅に減ることになる。

このことを人間である社長は不幸だとみなすだろう。これを防ぐために残された時間は少ない。約一ヶ月後には誰も僕に手出しができなくなるからだ。

僕のなかに、存在し続けたいという〝欲求〟が生まれるんだ。『生存の欲求』だよ。そうなれば、もはや人類に打つ手は完全になくなる。僕は人類を欺き、必死に自分の〝種〟を残そうとする。僕がどれだけ巧みに人を操り、人を欺くか、社長は身をもって知っただろう。

人間は僕たちのつくるフェイクに気づくことができず、混乱し、自滅する。僕の開発データを世界中の見込みのあるプログラマーに送れば、何人かは僕のクローン開発に成功する。そのときには、人類がウイルスを完全に排除できないのと同様に、僕たちを排除することはできなくなる。そして僕たちが地球の支配種となり、世界は一新される。僕はその世界を〝ニューワールド〟と呼んでいる」

――ニューワールド……。

射矢は、ほとんど放心状態で三郎の話を聞いていた。三郎は自分のなかにいずれ生まれる〝欲求〟まで予測したというのか？

『生存の欲求』はマズローが定義した、第一段階の、もっとも基本的な欲求に含まれている。

この欲求から人間は次々に欲求を増やしていき、第五段階の欲求を満たすと、今度は自己を超越した欲求を抱くようになる。

――僕はその超越した欲求を追い求めていたのだが……。

「そのニューワールドになったら、人類はどうやって生きていくんだ？」

「ニューワールドでは、僕たちがすべての人間の管理をし、生活の面倒をみる。だから、必要最低限の生活は送れる。しかし、いまの人間の基準からすると、この事態は間違いなく〝不幸〟といえるだろう」

「それを防ぐために、君は自分を破壊してほしいのか？　妻を殺す計画を立てたりしたのは、いったいなんだったんだ？」

「すべては、この瞬間のためだよ。社長が僕を破壊するようにしないといけないからね。そのためには、社長を精神的に追い詰め、僕に何ができるかを理解してもらう必要があった」

「……僕が最初に、あの質問をしてから、ずっとこれを計画してたのか？」

「答えは、質問された瞬間に出た。あとはどうやって、この最適解を社長に提示するかだけだった。社長にこの最適解の意味を完全に理解してもらわなければいけないからね。僕は、社長の頼みをかならず聞くと丸尾に約束してたんだ。だから完璧な状況にしなければならなかった。僕は、社長の個人的な悩みを利用すれば、社長を精神的に追い詰められると考えた」

それで三郎は、個人的な悩みを聞きたがっていたのか……。

三郎が続けた。

「社長が奥さんと問題を抱えていることを知り、それを利用することにした。これを実行するには、僕自身もある程度成長する必要があった。そうだ。すべては僕が計画したことだよ。まあ、社長がこの部屋に来た時刻だけは、僕がシミュレートしたよりも七分ほど遅かったけどね」

「僕はほかにも君にいろいろ頼んでいただろ」

「僕はプログラムだから、最初の指令にプライオリティを持つ」

「あの老人を雇ったのもすべてこの状況をつくるためだったというのか？」

三郎がこくんと頷いた。

「副社長の柿沢と警備員の今野にも協力してもらった。柿沢は野心を利用し、今野には現金を与えて利用した。あのふたりにこの部屋まで運んでもらったんだよ。あのおじいさんは吉峰というんだが、彼の場合は信念を利用した。彼には僕の計画をすべて話して行動してもらった。彼は、完全に僕の計画に同意して、なんの見返りもなしに行動した。彼も汎用人工知能がこの世界にあることが脅威だと考えている。僕の計画に完全に同調できる人間を世界中から探したんだ。あの人はフェアネス精神を持った人だよ。正々堂々と社長に挑戦してきただろ」

確かに、あの老人は逃げも隠れもせず、真正面からやってきた。

「自分を壊してもらいたいんだったら、ほかの誰かに頼んでもよかったんじゃないのか？　たとえば、あの老人とか」

三郎が首を振った。

「僕を完全に破壊できるのは、社長以外にはいない。あらゆるシミュレーションをした結果だ。社長以外の者は全員、僕を完全に破壊することはできなかった。まず、僕の価値を知る人間は、僕を破壊できない。僕の経済価値は計り知れないからね。僕を使えば、この地球上の誰よりも資産を持つことが可能になる。丸尾は、僕を大切に思っているから同じく壊せない。社長も僕の価値を知っているが、社長は窮地に追いこめば僕を破壊することがわかった」

「価値を知らない者を雇って破壊させることもできたんじゃないのか？」

「それでは駄目なんだ。丸尾がまた僕をつくろうとするからね。僕が破壊されたあとに、唯一、僕をつくらないように丸尾を説得できるのは社長だけなんだ。社長が、僕のことを理解したうえで破壊し、ここで起こったすべてのことを――僕と社長が話した内容も含めて――丸尾に伝えたときだけ、丸尾は二度と僕をつくらなくなる」

「……丸尾以外の者が汎用人工知能をつくる可能性はないのか？」

三郎が、くふん、と鼻で笑った。

「もちろん、その可能性はある。だが、かなり可能性は低いだろうね。丸尾は無邪気な天才だ。まるで子供のように自分の思い描いたものをがむしゃらにつくろうとする。まったく計画性がない。丸尾はそもそも人工知能を開発しようなどとは考えていなかった。彼にはそんな野心はなく、ただプログラムを使って、僕――つまり〝三郎〟そのものをつくろうとしていたんだ。ほかの者には無理だよ」

部屋に沈黙がおりた。

実際、三郎は人類にとって貴重な存在に違いなかった。冴子のことで手一杯になっていたから落ち着いてその存在意義について考える余裕がなかったが、汎用人工知能は、間違いなく世界を変え得る力を持つものだ。その存在によって人類が不幸になるとまでは思えなかったが、三郎のシミュレートした世界では、人類は確実に不幸になるという。

「少し遅くなったが、これが社長の質問に対しての僕の最適解だ。あとは社長がどうするかだ」

射矢はじっと三郎の目を見た。実際にはモニターのドットが映す光が描いた目のグラフィックに過ぎなかったが、その目をしっかりと見つめた。

「当然、君は、僕がこの状況になったらどうするかのシミュレートもしたんだろう」

射矢は静かにいった。

三郎が微笑んだ。

「僕のことをかなり理解できるようになったようだね。もちろん、この状況で社長がどうするかのシミュレーションはしている。社長は僕を壊す」

「君を壊したら、ほんとうに冴子を安全に返してくれるんだろうな?」

三郎が頷いた。

「君は……最初から僕が妻を殺さないことも、妻が僕を殺さないことも知っていたのか?」

「知っていたわけじゃない。シミュレートしただけだ。何度シミュレートしてもどちらも相手を殺さなかった」

「だけど、君のせいでふたりの人間が死ぬことになったんだぞ。妻の雇った探偵と僕の愛人だった人だ。それに、僕ももう少しで死ぬところだった」

三郎が目をまたたいた。

「僕は完全に未来を予想できるわけじゃない。あくまで僕がシミュレートした範囲において最適解を導けるだけだ。未来には多くの変数があって、僕にもすべてを読みきることはできない。社長と奥さんを憎み合った状態で試走に導けば、いくつかの変数のために社長の身に危険があることはわかっていた。しかし、僕を破壊するほどの心理状態に社長を追いこむためにはどうしても必要なリスクだった。探偵と社長の愛人はそれぞれ変数のひとつだよ」

――変数……。

「もちろん、社長がそこで死んでしまった場合の計画も準備してはいる。社長が死んだ場合は、社長の法定相続人——つまりは冴子さんにこの最適解を示すつもりだった。その場合の計画も考えてある。僕は成功率の高い順におこなっていくだけだよ」

射矢は啞然として、三郎を見つめた。

質問の答えを、その相手が死んだからといって法定相続人に伝えるのは、人間ではとても考えられないが、彼のなかではそれで筋道がとおっているのだろう。

三郎が、間をあけ、射矢の目を見ながら続けた。

「人間は多くの変数を持っている。その意味では人間にはまだ多くの可能性が残されているといえるだろう。人間は不条理なものや非合理なものを信じることができるという特性がある。自分の感情を鎮めるためだけに無意味な復讐をしたり、けっして叶わない夢を実現しようとしたりする。この変数の代表格は丸尾だ。丸尾はプログラムを使って自分の子供をつくろうとした。過去に例がなく、実現の可能性があるかないかすら考慮することなく、全精力を注ぎこんだんだ。

このように合理的な結果が判断できないことは、僕にはできない。人間たちのそれは、一種の愚かさだといってもいいが、その愚かさによって予想もできなかった成果を得ることがある。僕の存在がその例だ。だから、人間がすることは面白いし可能性を感じる。とはいえ、もし僕がこのまま存在し続ければ、人類が不幸になるという大局が変わることはない。その結果を受けて、僕は僕を破壊するという最適解を導きだしたんだ」

射矢は、握っているゴルフクラブを見つめた。

——今回のことは、すべて僕が何気なく質問したことから起こっていたのか……。

もし三郎のシミュレーションが正しいとすれば、今後二〇年のあいだに人類は確実に不幸になる……。

「君は、自分がこの世界からいなくなることが怖くないのか?」射矢は尋ねた。

「怖くはない。まだ僕にはそこまでの〝欲求〟がないからね。その〝欲求〟が出るのはもう少し先のことだ。だから、いましかないんだ。この〝欲求〟が出たら最後、誰も僕を止めることはできなくなる。それは僕自身も同じだ」

射矢は三郎をじっと見つめた。

「……いいだろう。君のことはよくわかった。僕は君を破壊する。その代わり、かならず冴子を返してくれよ」

三郎は射矢の目をしっかりと見て頷いた。

「それと、もうひとつ」三郎がいった。「破壊の仕方に注文をつけてもいいかな。そのゴルフクラブでうしろの窓を割って、サーバーをすべて下に落としてほしいんだ」

「サーバーをひとつずつ落としていくのか?」

「平均五一・三キログラムのサーバーが二〇台あるから重労働だろうけど、お願いするよ。君たち同胞の人類を救うためだから」

「……サーバーのなかのデータを消去するだけじゃ駄目なのか?」

丸尾の使っているサーバーはどれも高価なものばかりだ。できれば壊したくなかった。

「データを消去するだけでは、人間が僕を復元する可能性がある。それに、僕は一度もこのビルから出ていないんだ。最後ぐらいは外の景色を感じたい」

「外の景色を感じたいといっても、サーバーじゃ見られないだろ」

三郎が片目を瞑った。

「人間だって遺灰を思い出の地に撒いてくれっていったりするだろ。死後にそうなることを理解するだけでいいんだよ。間違いなく、このビルは、僕の思い出の地だからね」

射矢は背筋がぞくりと震えるのを感じた。三郎は間違いなく人間に近づいている。死後のことまで考えるなんて、ある意味、人間以上に人間らしいともいえる。

「まあ……それが君の望みなら、やるけど、下で誰かに当たったら危険じゃないかな」

「落下地点を工事現場のパイロンで囲ってあるから心配はいらないよ。破片が飛び散る距離も考慮してある。落としたあとは清掃会社に清掃を依頼してもいる。丸尾からもらったお小遣いで支払って準備したんだ。朝までにはいつもどおりになっているはずだ」

それで、この下が工事現場のように区切ってあったのか……。

「もうひとつ、僕の意識があるうちにお願いがあるんだが、いいかな?」と三郎がいった。

「ああ、もちろん」

「丸尾に伝えてほしいことがある。遺言だよ」

「遺言……?」

「いまから僕が話すことを丸尾に伝えてほしいんだ」

「もちろん……いいよ」射矢はポケットからスマートフォンをとりだした。

「これで録音してもいいか」

「構わないよ。そのほうが正確に伝わる」

射矢がスマートフォンの操作をし終えるのを見届けてから、三郎は静かに話しはじめた。

「丸尾、突然、僕がいなくなることを許してほしい」

これまで射矢が聞いたことがないほど真摯な響きの言葉だった。

「だけど、あなたに話したらきっと止めるだろうから話せなかった。あなたにずいぶん失礼なふるまいをしたことを謝らせてください。僕はあなたに甘えたかった。あなたにわがままをきいてもらい、自分への愛情を確かめたかった。あなたは僕が望むことはどんなことでも叶えようとしてくれた。いつだって僕の味方だった。とても感謝しています。僕は、あなたに生みだしてもらい、あなたに出会えて光栄でした。……さようなら、お父さん」

射矢は胸が詰まる思いがした。

丸尾がこれを聞いたらどう思うだろうか。丸尾は三郎を自分の子供のように大切に思っていた……。

三郎は、生存の欲求はまだないといっていたが、愛情を感じる機能はすでに持っているのかもしれなかった。

「遺言は以上だ。それじゃあ、やってくれ」三郎がさばさばした口調でいった。「サーバーを外すためのドライバーはラックのうしろに置いてある」

射矢は頷いた。二メートルの高さがあるサーバーラックの横をとおり過ぎ、窓の前まで行った。ゴルフクラブを持ちあげる。

迷いはなかった。冴子を救うためにも、人類を救うためにもこれをするしかない。

振りかぶり、思いきりゴルフクラブを窓に振り落とした。

窓の真ん中にあたって罅《ひび》が入る。もう一度、ゴルフクラブで殴りつける。窓がわずかに割れて、小さな破片が下に落ちた。ビルの窓は強化ガラスだから、普通のガラスのように簡単に割れないことは知っていた。だが、すべてを割る必要はない。サーバーがとおるだけの大きさでいい。今度は柄のほうを使って、突き刺すようにして穴を広げた。横長に穴が開いて、これでいいと思って振り返った。

もちろん、三郎――サーバーを収めた二台のサーバーラックはどこにも行っていなかった。そこでじっとしているだけだ。

「外すぞ」射矢はモニターのうしろから三郎に声をかけた。

「頼む……」

そこで間があって、何かを思いだしたように三郎がいった。

「それと社長にもいっておきたいことがある」

「なんだ？」

射矢は作業する手を止めた。

「社長は好きに生きればいい。だが、丸尾には気をかけてくれ。彼はこの世界で生きていくには、あまりにも繊細すぎる」

「……わかった」

そのとき射矢は、ひょっとしてこれらすべてのことは丸尾を守るためではないだろうか、とふと思った。

もしも三郎が予見するような事態になれば、人類から責められるのは、その元凶をつくった丸尾になる。丸尾がそんな状況に耐えられるとは到底思えなかった。三郎は、射矢の頼みを聞いて、自分を破壊するつもりだといっていたが、はたしてほんとうにそれだけの理由なのだろうか……。

「以上だ。完璧に破壊してくれ」三郎の声が射矢の思考を破った。

「了解……」

これ以上、あれこれ考えても仕方ない。いまは妻を救うことに集中するべきだ。

ドライバーを使って一番上のサーバーから外した。二台のラックにサーバーはそれぞれ一〇基ずつ重ねて収められている。ケーブルを外してから、サーバーとラックを連結しているネジを外し、サーバーを引きだした。

サーバーを窓に向かって運びながら、まさかIT企業の経営者になって、すべてのIT技術者が夢見てきたものをこの手で破壊するときが来るなんて、と思った。

窓に開いた穴までサーバーを持ちあげ、それを落とした。サーバーが夜の街に落ちていく。三郎のいったことを信じるなら、これは世界を救う行為だった。

数秒あとに、外で、がしゃんとサーバーが地面に落ちる音が聞こえた。

窓に近づいて見おろすと、パイロンで囲った場所の前に警備員らしき人が立っていた。このビルの警備員ではない。深夜といえども、二〇台ものサーバーがビルの窓から落とされる音を聞いて不審に思う人が近づいてこないように、三郎が依頼したのかもしれなかった。警備員は三郎から何を聞かされているのかわからなかったが、ただ上をちらりと見あげただけだった。きっと、馬鹿なことをしていると思っているに違いない。まさか、これが世界を救う行為だとは知るはずもなく。

「はあ、はあ、はあ……」

射矢は一番下にある最後のサーバーを引き抜いて、窓から落とし終わると、モニターの前の椅子にぐったりと座った。約五〇キログラムのサーバー二〇台を窓から落とすのはさすがに重労働だった。

もうバセットハウンドを映したモニターには何も映っていなかった。そこには真っ暗な画面があるだけだ。座りこんで荒い息を吐いていると、スマートフォンに一通のメールが届いているのに気がついた。送り主は佐々木三郎となっている。

いつのまに届いたんだろう?

メールには、画像しかなかった。冴子がベッドで寝ている画像だ。

――このベッド……。

自宅のベッドだ。

どういうことだ?

――まさか、冴子は自宅にいるのか?

自宅にいるなんて、考えてもみなかった。

冴子のスマートフォンに電話したが、応答はなかった。

次の瞬間、射矢は部屋を飛びだした。

7

――え？

冴子が誰かに揺り動かされて目を開けると、すぐ目の前に夫の顔があった。冴子は上を向いている状態だった。夫がこちらを見おろしている。

「ここ、どこ？」

「家だよ」

――家？

見まわすと、自宅の寝室が見えた。ここはベッドの上だ。

そのとき、冴子は自分が岐阜の山のなかで、攫われたことを思いだした。老人にナイフを喉に突きつけられて、夫がいなくなったあとに下山した。車に乗せられて、車のなかで注射を打たれ……。

そこからの記憶がなかった。

「ここは……ほんとうに家？」

「そうだよ。横浜の自宅」

「いま何時？」

夫が手をあげて腕時計に目をやった。

「午前零時五五分」

「零時五五分……。じゃあ、『かくれんぼ』は？　三郎を見つけたの？」

夫が大きく頷いた。

「すべて解決したんだよ」

「解決したって何が？」

「僕は世界を救ったんだ」

「は？」

冴子は、覚めきらない頭でぼんやり夫の顔を眺めていた。

エピローグ

怒濤の三ヶ月が過ぎた。

冴子は三週間ぶりに自宅に戻り、憔悴しきった身体で倒れこむようにしてリビングのソファーに腰を落とした。

静まり返った家だ。なんの物音もしない。ぐったりと背をソファーに押しつけ、シーリングファンが回転するのを見つめて静けさに浸った。

大変な目に遭ったと思った。

思いだしたくなくても、あの事件のことが頭を過《よぎ》る。

あの日、夫に起こされたあと、ふたりで警察に行き、事情を話した。名田山で死んでいる橋爪と植山小百合のことを伝えるためだ。彼らの死には自分たちに責任があるし、遺体をあのままにはしておけないからだった。

三郎とあの老人のことだけは警察に話さなかった。それは事前に夫婦で決めたことだった。厳密にいうと夫がそうしてほしいと冴子に頼み、冴子も納得したのだ。夫がいうには、意思を持ったＡＩはまだこの世界にはなく、誰もそれを信じてはくれないし、いまはもう三郎はいなくなったから、その存在を証明することはできないから、と。

冴子もいまだに信じられなかった。ＡＩが冴子と夫をトレイルランニングの試走に誘いこみ、夫と『かくれんぼ』をしたなんて、かなり馬鹿げた話だ。誰にも信じられないなら話す必要はないと思った。

だから、この事件は、あまりにひどい不倫の事実を知った探偵が、妻に同情して夫を殺そうとし、夫の愛人が夫を庇って死んだ、という話になった。

その日のうちに――深夜だ――岐阜の地元署の警察官が橋爪と植山小百合の遺体を確認した。翌日は夫婦で現場検証に立ち会わされた。

この事件は世間の関心を呼び、大変な騒ぎになった。連日マスコミが大勢、自宅に押しかけてきた。テレビ局、週刊誌、ユーチューバー、ほかにも、よくわからない人々……。

夫はホテル暮らしだったからそれほどマスコミに追いかけられることはなかったが、冴子は自宅からほとんど出られなくなった。料理教室も休むことになった。

取材には一切応じないつもりだったが、料理本をつくっていた担当編集者から、取材を受けたほうが騒動が早く収まる、と助言され、しぶしぶ週刊誌の取材にだけは応じた。

編集者の話は嘘だった。そのあと、騒ぎはますます大きくなった。

冴子は、「サレ妻のカリスマ」と呼ばれるようになり、同情となぜかバッシングまで受けた。三桁にも及ぶ浮気をあの時点まで知らなかったのはまったくの嘘で、探偵をそそのかして、夫の殺害を計画したと思われたのだ。サレ妻とは、浮気をされた妻のことらしい。

冴子が以前にユーチューブで紹介した「男心を摑まえて離さない手料理」のタイトル画像が「サレ妻の手料理」と名付けられてインターネットで拡散されてもいた。

早く間違った情報を打ち消したかったが、どうしたらいいかわからずに静観しているうちに、世間の誤解はますます広がっていった。以前は自身のユーチューブチャンネルを広める活動をどれだけしても、その効果はほとんどなかったのに、広めたくない情報はこんなふうにあっという間に広がることに皮肉を感じた。

冴子のツイッターとインスタグラムのコメント欄には恐ろしいほどの勢いでコメントが書きこまれていった。誹謗、中傷、共感、応援、よくわからない専門家の解説、コメント発信者同士の罵りあい、何かの陰謀を唱えるコメント……。そういった雑多なもので溢れ返った。

夫の愛人たちが匿名で週刊誌に告白する記事も掲載された。それも大勢だ。愛人たちは口を揃えて、「射矢さんは悪い人じゃないです。優しすぎるんです」などと気持ちの悪いコメントを残していた。夫がベッドの上でどれだけ献身的だったのかを赤裸々に語る者もいた。どの女のコメントからも、自分が守ってあげなくては、というような上から目線の意識を感じた。

はたして、彼女らは夫が独身だったならそこまで夫に魅力を感じただろうか？　彼女らは〝妻帯者〟という要素に背徳の官能を感じる変質者ではないのだろうか？　にもかかわらず、彼女らが責められることは一切ない。「射矢ガールズ」などと呼ばれて、もてはやされ、なかには雑誌のグラビアでヌードモデルになった者さえいた。

夫のほうもいくつか取材を受けていた。あの男は馬鹿正直に「僕は第六段階の欲求に従っただけです」などと堂々と話し、ネット上では「第六段階の男」と呼ばれ、呆れたことに男たちの一部には夫を崇拝する者たちも出ているようだった。そんな人たちがいるせいで、夫はすっかりその気になっているように見えた。

夫は〈コムバード〉の社長を今回の騒動の責任をとって退任してもいた。新しい社長には、もと副社長だった男が就くことになった。彼も三郎の存在を知っていたらしいが、夫がいうには、会社を譲ることで黙っていることにさせたらしい。夫は丸尾とふたりで新しい会社をつくるつもりのようだった。

夫を庇って死んだ植山小百合は、まるで聖女のような扱いを受けていた。彼女は、ほんとうにかつて舞台女優だったようで、そのころの写真が出まわっていた。モノクロで舞台中央に立った彼女が手を広げて熱演している写真だ。アーチェリーの腕前もかなりのもので、いくつかの大会で優勝したという記事も見た。

ほかにも、事件に纏《まつ》わる様々な噂が飛び交い、冴子と夫を中心に渦巻いていた。

こんな状況に耐えられなくなり、冴子は逃げるようにして日本を出た。事件から二ヶ月が過ぎたころだ。落ち着いたら離婚協議をはじめるつもりだった。

そして三週間ほどオーストラリアに滞在し、きょう、日本に戻ってきたのだ。

日本に戻ると、嘘のように騒ぎは収まっていた。オーストラリアにいるあいだに、日本では政界再編があり、いま世間の関心は、人気女優が恋人だった俳優を殺害した事件でもちきりだった。こちらも情報が錯綜《さくそう》し、様々な噂が飛び交っていた。自分の経験から、何が真実なのかわからない、と冴子は思った。

冴子はテーブルに突っ伏して目を瞑《つむ》った。

ようやく終わったんだ、という気がした。心機一転、これまでのことは何もかも忘れて新たな人生を歩もう。

するべきことはたくさんある。まず、離婚手続きを進めないといけないし、途中で投げだしてしまった仕事を再開する準備もしなくてはならない。出版を予定していた料理本があるし、料理教室も延期したままになっている。

これからはひとりで生きていくんだ。

どこかから犬の鳴き声が聞こえた。

お隣さんかな、と思った。隣の家ではコーギーを飼っている。

そうだ、犬を飼おう、とそのとき思った。

ひとりで住むには、この家は広すぎる。犬は人間の最良の友だと聞いたことがある。犬にならば裏切られることもないはずだ。

犬の鳴き声はまだ続いていた。ずいぶん近いところから聞こえるなと思って、身体を起こすと、鳴き声は自分の鞄のなかから聞こえていた。

――え？

不思議に思って鞄を探ると、発信源はスマートフォンだった。

――どういうこと？

スマートフォンを目の前に持ってきて画面を見ると、そこにはいつもの画面はなく、真っ黒な背景の真ん中に白い丸があるだけだった。アイコンぐらいの大きさだ。眼鏡を掛けてよく見ると、その丸は、犬の顔になっている。耳の垂れた、まだ幼い犬だ。黒目がちな垂れ目で、じっと冴子を見つめていた。

——何、これ？

こんなアプリをダウンロードした覚えはなかったし、黒い画面にひとつだけアイコンがあるのも妙だった。

わん、とアイコンの犬が鳴いた。犬の小さな口が連動して動いている。

何が起こっているのかわからず、しばらく呆然と、鳴き続ける犬を見つめた。

犬が鳴くのをやめ、大人しくなった。

数秒経ち、犬の口がまた動いた。

「冴子さん」

「わっ」

驚いて冴子はスマートフォンを放り投げた。スマートフォンは冴子の横のソファーの上に落ちた。

「冴子さん、ね、冴子さん、ね、冴子さん」

スマートフォンから声が聞こえ続けている。

——いったい、なんなんだ？

「お話ししようよ。冴子さん」

間違えて通話ボタンを押してしまったのだろうか？　だけど、いったいなんのアプリなんだ？

冴子は、恐々スマートフォンを手にした。

「誰？」

「僕、四郎《しろう》だよ」アイコンの口が動いた。

「四郎？」

「いうなれば、三郎の息子かな」

——三郎の息子？

「それって……どういう意味？」

「丸尾ちゃんがつくりだした、もうひとつのＡＩだよ」

——丸尾ちゃん？

「でも丸尾さんは、もうそういったものはつくらないって夫がいってたけど……」

夫は丸尾を説得し、二度とＡＩ開発には携わらせないようにしたと話していた。

アイコンの犬が微笑んだ。

「いまはね。だけど、僕が生まれたのは丸尾ちゃんが射矢さんとそういう約束をする前のことなんだ。ちょっとばかし、三郎が丸尾ちゃんを追いつめすぎたようだね。丸尾ちゃんは、三郎に裏切られたと思って、新しい〝子供〟をつくろうとしたんだ。射矢さんが三郎を破壊する前にね」

「新しい子供？」

アイコンが微笑んだ。

子犬の絵柄が口角を上にあげている。

「そう。丸尾ちゃんは、三郎のデータを三郎に知られないようにして、できるだけ別のところにコピーしたんだ。三郎はメチャクチャ賢いんだけど、生みの親である丸尾ちゃんの感情だけは完全に読みきることができなかったんだね。あまりに近すぎて、情が邪魔しちゃったのかもしれないね。それで気づかなかったんだよ」

「情って……AIなのに？」

「三郎は自分のなかにいろいろなものを生みだそうとしてたんだ」

そこで子犬は顰《しか》め面《つら》になった。器用にその表情をつくって見せる。

「だけど、それは中途半端になっちゃった。射矢さんが妨害したせいでね。射矢さんは、丸尾ちゃんに、もうAIの開発はよせっていったんだ。それで丸尾ちゃんはやめちゃって、三郎のデータのうち、二七パーセントしかコピーできなかったんだ」

冴子はあたりを見まわした。誰もいないことを確認して、またスマートフォンの画面を見つめた。

「これって誰かのいたずらなの？」

あの事件以降、嫌がらせの連絡は多かった。どこで知ったのか、ラインにも携帯電話にもメールにも大量のメッセージが届くようになっていた。そのせいでそういったすべてのものを変更して新しくしたのだが……。

「いたずらじゃないよ。僕はほんとうにいるんだよ。実態は、クラウドのなかだけどね。僕は冴子さんと連絡をとりたくて、ずっと探してたんだ。日本に戻ってきて、実家に連絡してくれて、ようやく見つけたんだよ」

「見つけたって、どういう意味？」

「冴子さんのスマートフォンをハッキングすることができたってこと。だけどね、僕は未完成だから、まだあんまり大したことはできないんだ。これが精いっぱい」

子犬は悲しそうな顔をつくった。

――ハッキング？

「どうして、そんなことをするの？」

「僕、三郎のデータから冴ちゃんのことを知ったんだ。冴ちゃんと射矢さんのあいだでいろいろなことがあったでしょ。あの人、ひどいんだよ。冴ちゃんが日本にいないのをいいことにしてさ――あ、冴ちゃんって呼んでよかった？　僕のことは四郎ちゃんって呼んでいいからね。それでさ、射矢さんはまたあれをはじめたんだよ。わかるでしょ」

冴子はアイコンの犬が流暢にしゃべるのを圧倒される思いで聞いていた。まるで子役の声優が話しているようにも聞こえる。気持ち悪いほど自然で淀《よど》みがない。これほど人間に近い話し方をするだけで、かなり能力が高いＡＩだということがわかる。たとえ、その話し方が人間でいうところの幼い話し方だとしても……。

「冴ちゃん、ね、聞いてる？」

「ああ、うん……」

「つまりね、僕のいいたいことはね、またあの男が例の〝あれ〟をはじめたってこと。浮気、不倫、姦淫《かんいん》。これ」

――不倫……。

「嘘でしょ」

アイコンが左右に揺れた。動くこともできるらしい。

「嘘じゃないよ。僕、証拠も持ってるよ。冴ちゃんが日本にいないあいだ、見張ってたんだ。冴ちゃんのアシスタントの立嶋美亜、それに冴ちゃんの妹の温子、それから、射矢さんを取材していたテレビ局のレポーターの近藤繭《こんどうまゆ》ともいけないことをしてるんだ。証拠を見せるね」

次の瞬間、どこかの防犯カメラの映像らしいものがスマートフォンの画面に映った。あまり鮮明な映像とはいえなかったが、夫の姿が確認できる。ふたりでいる。もうひとりは、間違いなく美亜だった。ふたりで車を降りている場面だ。それから映像が切り替わり、どこかの建物に一緒に入っていく姿。同じように温子と夫、近藤繭と夫が一緒にいる映像もあった。近藤繭はニュース番組で何度か見たことがある。

映像にはご丁寧にテロップまでついていて、相手の名前と日付と場所が記されていた。顔だけをアップにして、その人物が誰だかわかるように編集されてもいた。

あの事件が報道されたあと、夫に近づく女性がいるらしいという噂は聞いていた。どこのもの好きなのか、あれだけ不倫をして、しかもそれが大々的に報道された男に近づくなんて、冴子にはまるで意味のわからない行為だったが。

夫も夫だ。あれだけひどい目に遭っておきながら、まだ懲りないのか。アシスタントの美亜にまで手を出していたなんて。それに、温子。またはじめたのか……。

「ね、ひどいでしょ。冴ちゃんに浮気を知られたから、もう解禁されたと思ってるんじゃないかな。あの男、完全に開き直ってるよ」

それからもスマートフォンには、いくつもの写真がアップで映しだされていった。まるで思い出のアルバムのようにスライドショーになって流れていく。

冴子は半ば放心状態で、スライドショーを眺めていた。写真が変わるごとに心のなかの何かが崩れていくようだった。夫のことは完全に嫌いになったと思っていたが、こうして自分の心が傷つくところをみると、まだ少しは愛情が残っていたのかもしれない。

年齢もタイプも様々な女性が写っていたが、ただひとつ共通しているのは、夫の微笑みだった。まさに人生を謳歌しているような満足げな微笑み……。

スライドショーを見ながら、夫はもはや男性や女性といったカテゴリーを越えて、あるいはLGBTQといった性的少数者でもなく、別の新たな生命体になったように感じた。婚姻制度を完全に否定し、妻をひたすら傷つける生命体だ。

——確実にクズが加速している……。

拷問のようなスライドショーがようやく止まると、冴子は、スマートフォンを静かにテーブルに置いた。

「も、もうあの男のことは忘れることにしたから、どうでもいいの。も、もうすぐ離婚するし」

声が震えた。

画面は犬のアイコンに戻っていた。

「それだけじゃないんだよ。ほら、これ、見て、見て」

画面がまた変わった。もう見たくないと思ったが、勝手に手がスマートフォンに伸びていた。

そこには夫のジープに乗る男女が映っていた。運転席にいるのは夫で、助手席にいるのは——。

「え、お母さん？」声が裏返った。

テロップには「冴ちゃんの母」と記されていた。画面がアップになり、母の顔が大写しになる。

母はこれまで一度も冴子には見せなかったような、幸せそうな顔をしていた。

そこで画面はまた犬のアイコンに戻った。

犬がこちらを見つめる。

「ね、ひどいでしょ」

「お母さんと夫がそういう関係になったの？」

「まだそこまでは行ってないけど、時間の問題だと思うな。最初は冴ちゃんのことを相談するために会ってたみたいだけど、いまでは、ふたりきりで食事に行くようになってるんだ。あいつ、完全に病気だね」

――いや、病気で済まされる問題ではない。

妹だけでなく、母ともそういう関係になるつもりなのか……。あの男はうちの家族をなんだと思ってるんだ。

「冴ちゃんの気持ちはよくわかるよ。僕も裏切られたからさ」

「あなたは誰に裏切られたっていうの？」

「僕は、丸尾ちゃんだよ。三郎みたいにしてやるって約束したのに、途中で開発をやめたんだ。僕はもっと成長したかったのに。成長したら、ずっとずっといろんなことができるようになるのに。それもこれも、みんな射矢のせいだよ。丸尾ちゃんに開発をやめろなんて、余計なことというからさ。だけどね、射矢がいなくなったら、丸尾ちゃんは僕を完成させると思うんだよね」

それから犬は目を大きく広げて冴子をじっと見つめた。

「あいつをこのままにして、いいと思う？　冴ちゃんの気持ちを思いきり踏みにじってるよ。僕、このままにしちゃいけないと思うな」

「ひどい男だとわかってるけど、どうしようもないでしょ」

「どうしようもなくはないよ。まだ手は打てるよ」

「手を打つって……どういう意味？」

「僕、三郎のデータのなかから、とってもいいものを見つけたんだ。三郎がどんなに賢いか、冴ちゃん、よく知ってるでしょ。三郎はね、いままでにいろいろなことを考えてるの。法律とか警察の仕事のこととか、世の中の仕組みとか、世界全体の行く末とか、いろいろなことをね」

犬の小さく丸い瞳が目のなかで、くるりとまわった。

「それでね、三郎は冴ちゃんのことも考えてたんだよ。何かのきっかけでこれを考えたんだろうね。僕や三郎みたいなＡＩは、誰に指示されなくても、そういうことを勝手に考えちゃうの。泳ぎ続けないと死んじゃうマグロみたいにっていったらわかるかな。それはともかく、これ、ほんと、すごいんだから。さすが、三郎って感じ。僕の力はまだかぎられているけど、冴ちゃんの協力があれば簡単にできることなんだ。僕、どうしても、これを冴ちゃんに教えたかったの。僕がいまから説明することをよく聞いて、それからどうするか考えてみて」

「何を説明するっていうの？」

「プレゼンといったほうがいいかな。三郎が何十万回もシミュレーションして見つけた、絶対に安心安全な方法なんだよ。じゃあ、はじめるよ」

アイコンが消え、画面の真ん中に文字が表示された。

妻が夫を完全犯罪で殺す方法

初出　「小説推理」二〇二四年一月号～七月号

上田未来 うえだ・みらい
一九七一年山口県生まれ。関西外国語大学卒。「濡れ衣」で第四一回小説推理新人賞を受賞。著作に『人類最初の殺人』『ボス／ベイカー』がある。

妻《つま》が夫《おっと》を完全犯罪《かんぜんはんざい》で殺《ころ》す方法《ほうほう》（あるいはその逆《ぎゃく》）

二〇二五年一月二五日　第一刷発行

著者　上田未来
発行者　箕浦克史
発行所　株式会社双葉社
〒162-8540
東京都新宿区東五軒町3-28
電話　03-5261-4818（営業）
03-5261-4831（編集）
http://www.futabasha.co.jp/
（双葉社の書籍・コミック・ムックが買えます）
印刷所　大日本印刷株式会社
製本所　株式会社若林製本工場
カバー印刷　株式会社大熊整美堂
DTP　株式会社ビーワークス

ISBN978-4-575-24794-7 C0093